隣国の王太子が奴隷として
売られていたので買ってみました
Ringoku no outaishi ga dorei
toshite urareteita node katte mimashita
―ただし、性奴隷だった件―

MELISSA

# 隣国の王太子が奴隷として売られていたので買ってみました

## —ただし、性奴隷だった件—


浅岸 久

Illustrator
うすくち

この作品はフィクションです。
実際の人物・団体・事件などに一切関係ありません。

# 隣国の王太子が奴隷として売られていたので買ってみました

―ただし、性奴隷だった件―

MELISSA

# プロローグ

長い人生においての、たった一日。

大聖女候補として真面目に生きてきたつもりだったけれど、今日という一日で全てが変わった。

私、ナタリー・ロジエ――ううん、聖都ではきっと私の身分は剥奪されているだろうから、今日からはただのナタリーだ。

私は逃亡先の古い宿にて、ベッドの上で呻《うめ》く男性に目を向けた。

年は私より少し上、確か二十四歳だったはず。浅い色の金髪にアイスブルーの瞳。すっと鼻筋が通り唇は薄い。あまりに顔が整いすぎて、いっそ冷たい印象の男性だ。

すらりとした長い脚。ずっと軍人としても活躍してきたからか、均整の取れた肢体にはしっとりとした筋肉がついている。

まさに美丈夫といった風情の男の名はヴィンセント・レナード・ヴィンディアリ。

そう、彼はヴィンディアリ王国の王太子殿下だった。――ほんの半月ほど前までは。

かつて王太子という立場だった彼が、どうしてこんな田舎町《いなかまち》の古びた宿にいるのか。そして、どうしてこうも苦しんでいるのか。それには深い理由があるのだが。

「ぅ、ぐぅ……っ！」

彼は胸を押さえながら、必死で苦しみを押さえ込もうとしている。ぎゅっと眉間に皺《しわ》を寄せ、荒く息を吐く。その頬は上気しており、苦しそうでありながらも壮絶な色香を放っていた。

きっと彼の背中に刻まれた奴隷紋が何か悪さをしているのだろう。

勝利の獅子《しし》と名高い軍人王太子も今や奴隷。身分だけでなく、その声や姿に至るまで――全てを奪われた彼は、悪意のままに捨てられた。偶然の出会いで、そんな彼を護衛として買い取ったまではよかったんだけど。

突然彼に襲いかかった苦しみをどうにかしてあげたい。何か方法があるはずだと、私は奴隷商人から渡されていた資料に目を通す。——いや、目を通そうとしたのだけれども。

(え……？)

表紙にあたる最初の一ページ。その書き出しの一行を読んだだけで、私の頭は真っ白になる。

無情にも、そこにははっきりとこう書かれていた。

『性奴隷　取り扱い説明書』

「………せ？」

目が点になった。いやいや、見間違いだろうと思って、資料を読み直す。

しかし、書いてある文言は変わらない。

「性奴隷取り扱い説明書っ!?」

見間違えようがない。どう見ても、そうはっきりと書き記されている。

(嘘《うそ》でしょ!?)

私は全力で叫んだ。

「ヴィンス!?　あなた、剣闘奴隷じゃなかったの!?」

——あろうことか、私は剣闘奴隷のつもりで性奴隷を購入してしまっていたらしい。

# 第一章　余命一年、自由に生きるって決めました

## 1

私が田舎町《いなかまち》の宿でいろんな覚悟を決める前。たった半日前の出来事だ。

「なんてこと……！　ナタリー、あなたは皆を騙《だま》していたのね！」

唐突に責めたてられ、私は目を丸くした。

シエルフィ聖教国聖都クレイルの中央に位置する大聖堂。大聖女選定の儀の真っ最中に、まさかこんな邪魔が入るだなんて想像だにしていなかった。

四人の大聖女候補のひとりとして、私、ナタリー・ロジエは今まさに創造神と九柱の神々に祈りを捧《ささ》げたばかりだった。

ドンッ！　と清浄な神力が降り注ぎ、私自身を染め上げたことはわかった。でも、次の瞬間、その神力とは全く異なる力が動いて——今、私の周囲を澱《よど》んだ魔力が取り巻いている。

まるで聖女としての神力を塗りつぶすかのような、明らかによくない澱んだ魔力が。

そんな中で真っ先に声をあげたのが、同じ大聖女候補にして公爵令嬢のフロランシア・リヴィエールだった。

「まさか、あなたが魔女だったなんて……！」

大聖女候補のつもりが、まさかの魔女呼ばわりである。

フロランシアは、ふわふわとしたプラチナブロンドの巻き毛に碧《あお》い瞳。まるで光の神の祝福を受けているかのような美しい女性だ。大聖女候補の中で最も身分が高くて、彼女こそが大聖女になるべき

だという声も大きかった。

　もちろん、大聖女は話し合いで決められるようなものではない。神託によるものだから、どうにもならないのだけれども、人々の期待を一身に受けたご令嬢だ。

　一方の私は、落ち着いた栗色《くりいろ》の髪に琥珀色《こはくいろ》の瞳。フロランシアと同じ大聖女候補といっても、全く華のない、ありふれた色彩の地味な娘だ。金糸の刺繍《ししゅう》が入った白い聖女のローブも、私の着ているものだけ安っぽい。

　でも、それも仕方のないことだ。一応私も子爵家の養女になっているけれど、あくまで肩書きだけ。貧民街出身の元平民なのだから。

　一般的に聖女のローブは自前で用意するもの。そして、その費用を私の養父は出し渋ったわけだ。子爵家の援助は期待できない。だから一般聖女として教会に入ってからも、その末端として質素な暮らしをしてきた。

　ただ神力だけは誰よりも大きい。だから大聖女候補に選ばれただけの冴えない娘だ。もちろん、候補に選ばれたからには、大聖女になるのだと頂点を目指してきたけれど。

「魔女？」

　私はぽかんと口を開けた。

　それは聖女が堕落し、神力を澱んだ魔力で染められた者のことをいう。呪術と呼ばれる呪詛《じゅそ》を扱う、まさに禁忌と呼べる存在だった。

（魔女？　え？　私が、魔女？）

　自分で言うのも何だが、私はそれなりに敬虔《けいけん》な聖教徒のつもりだった。呪術だなんて当然無縁。何を根拠にそんな恐ろしい存在に例えられるのかすらわからない。

しかし、フロランシアは本気だった。ぱっと手を振り、皆の注目を浴びて宣言する。

「真実の瞳《め》を授かったわたくしには見えますわ！　彼女が澱んだ魔力を纏《まと》っているのが！」

私はますます混乱した。

いや、確かに今、原因不明の何かに纏わりつかれている。けれどこれは、けっして私の内側から出ているものではない。

それに今、彼女が言った真実の瞳というのは、大聖女が身に付けるという特別な力のことだ。物事の真実の姿を見ることができるらしいが、彼女の言い分には無理がある。

「真実の瞳って、あなた、まだ大聖女の選定を受けていないじゃない」

大聖女の選定の儀は四人の候補が順番に祈りを捧げていく。

大本命らしきフロランシアは、最後に祈りを捧げる予定だった。だから彼女が真に大聖女だったとしても、まだその身に力を授かっているわけではない。真実の瞳など持ちえているはずがないのだ。

けれどもフロランシアは堂々としたものだった。

「いいえ！　あなたの存在を危惧した神が今、わたくしに語りかけてくださいました！　――見なさい、彼女の聖紋を！」

自分こそが正義だとばかりにフロランシアは言い切った。そうしてビシッと私の胸元を指差す。

瞬間、周囲のざわめきが大きくなった。

「おい、見ろ！　聖紋が黒く染まっている――！」

その声に、私は目を見開いた。

聖紋、それはまさに神に認められし聖女の証明のようなものだ。聖女の胸元には、必ず神による聖紋が刻まれる。だから聖女のローブは聖紋が見えるようなデザインになっており、私のローブも襟ぐ

りが大きく開いているのだ。

私の胸元には素朴な野花に似た小さな聖紋が描かれている。

十年前、突然その聖紋が浮かび上がり、一般聖女として召し上げられた。この聖紋こそ聖女としての一種の身分証明のようなものだが、それが、まさか黒く染まっているだなんて。

慌てて手で隠したけれど、もう遅い。周囲の人々にはしっかり見られていたようだ。

「まさか大聖女候補の中に魔女が潜んでいたというのか!?」

「なんとおぞましい！　殺せ！」

糾弾する声はどんどん大きくなる。その強すぎる言葉に、まともに声すら出せなくなった。

魔女なんてとんでもない。私には聖女としての任務を誰よりも全うしてきた自負がある。

魔物を払い、人々を癒やし、田畑に祈りを捧げ——誰よりも聖女たらんと身を粉にして働いてきた。そのことはみんな知っているはずだ。なのにどうして、誰も私を信じてくれないのだろう。

一歩、二歩と下がったところで、創造神の像にぶつかった。縋《すが》るものがそれしかなくて、私はその像に身を寄せる。今まで私が築いてきたものが粉々に壊され、呼吸することすら難しい。

「殺せ！」

「しかし、相手はあのナタリー・ロジエだぞ！」

「皆でかかれば大丈夫だ！　取り囲め！」

私が、大聖女候補の中でも特に大きな力を持っていることは有名だ。警戒する声と、それでも殺せと強く主張する声が入り交じる。

（どうすれば……！）

私だって聖女だ。魔物討伐だってお手の物で護身術も身に付けている。けれども、目の前にいるのは、今日まで私とともに祈りを捧げてきた人たちだ。どうあっても攻撃対象として見られない。

（誤解を解かないと。でも、どうやって？）

突然の事態に頭がまともに働かない。私は神の像に縋ったまま、首を横に振る。

「皆さん、安心なさって！」

フロランシアの凛《りん》とした声が響きわたった。彼女は大聖女として、私を討伐せんと訴えかける。

「今、わたくしが授かった大聖女の力でもって、彼女の力の源を封印しました」

「え？」

封印？　――それは一体何のことだと目を丸くした。

「ナタリー・ロジエの力は強大です。ですが、あの者が力を使い切ったら、その時点で死に至りますわ。だから、わたくしたちは、ただただ彼女を追い詰めればよいのです！」

力を使い切ったら死ぬ。その意味がわからなくて、私はわなわなと唇を震わせた。

でも、きっとその言葉は嘘《うそ》ではないのだろうと、納得してしまう。だって、私を取り巻く澱んだ魔力、それが確かに私の身体を狂わせはじめていたから。

「さすが大聖女様だ！」

「よし！　ナタリー・ロジエを追い詰めろ！」

「ちょっと待ってよ、みんな⁉」

必死で呼びかけるも、私の言葉など誰も聞いてはくれなかった。フロランシアを中心に、どんどんと士気が高まっていく。

背中に冷たい汗が流れた。逃げるべきだと理解するも、入り口はフロランシアたちを挟んで向こう側だ。どうしようもない。

フロランシアは周囲の者たちをぐるりと見回してから、片手を天へと掲げた。

「——さあ、皆さま。わたくしに続いて！」

フロランシアは高らかに詠唱をはじめる。彼女に倣い、この場に居合わせた聖職者や術者全員が私に向かって一斉に攻撃術式を組んでいった。

「嘘でしょ？」

私の掠《かす》れた声は、皆の詠唱にかき消される。

詠唱を終えて術式を完成させたフロランシアの口元が、楽しそうに綻ぶのが見えた。

ああ、そうかと思う。私は嵌《は》められたのだ。

そのときだった。

何者なのかはわからない。ただ、絶望した私の心に、誰かが深く共感してくれる。

私の体内の神力をかき混ぜ、染め変え、その誰かが私に教えてくれたような気がした。

——あの娘をよく見て。

例えるならば天の囁《ささや》きか。その声に導かれるようにフロランシアを見つめ返し、息を呑《の》む。

ふわふわとしたプラチナブロンドの巻き毛に碧《あお》い瞳——それが今は、まるで血のように赤く染まっている。

見間違いなんかじゃない。彼女はおぞましい何かに汚染されていた。

「さあ、討ちなさい！」

皆に呼びかけるフロランシアの声。愉悦するかのように聞こえるその声に、一体どうしてと思ったとき——私の視界は真っ黒に染まった。

## 2

『聖紋が出たという娘はお前か？　――フン、随分と貧相な娘だ。汚らわしい』

かつて貧民街に自らやって来て、周囲から漂う悪臭に顔をしかめながらロジエ子爵はそう言った。

彼はでっぷりと太った身体にやたらキラキラした宝石を身に付けており、自分とは生きる世界が違う人なのだとひと目でわかった。

貧民街でそんな格好をしていたら危険なのにと、幼かった頃の私はぼんやり考える。でも、横柄な態度の私兵たちが取り巻いており、ああ、逆らってはいけない人なのだと本能が働いた。

まだまだ幼かった頃の話だ。

便宜上、今の私は十九歳ということになっているけれど、本当の歳はわからない。誕生日も知らない。

私には家族もおらず、その日生きるために必死で働き、這《は》いつくばり、頭を下げ、どうにか硬いパンを一個買う程度の賃金をもらって――そのパンを何日にも分けて食べるような子供だった。

家などなく、身寄りのない子供たちのたまり場に身を寄せ、日々を過ごしていた。

ロジエ子爵は、そんな私を迎えに来たのだという。

その数日前、私は原因不明の高熱で寝込んでいた。生きるか死ぬか――もう死にそうだな、死んでもいいか――なんて思ったけれど、なぜか私は生き延びた。そして気がつけば、私の胸元に白い野花のような紋様が刻まれていた。

その紋様は聖紋というらしい。

聖紋が現れた娘はもれなく神力を授かり、聖女としての立場を手に入れることができるのだそうな。

そして、ロジエ子爵はそんな聖女になり得る娘をほしがった。

シエルフィ聖教国は、国民誰もがシエルフィ聖教の信者だ。身分が高くなればなるほど敬虔な信者も多くなる。だから貴族にとって、家から聖女が出ることは大きな名誉となる。

ロジエ子爵は、本来、私を虐げる側の人間だとすぐにわかった。けれど、私は差し出された手を取った。そうしなければ、私は遠からず飢え死ぬだろうと思ったからだ。

だから彼に引き取られて、少しはましな生活ができることを期待した。

とはいえ、本当に多少ましなだけだった。元々貧民である私のことを、彼も、彼の家族も嫌ったからだ。

子爵家の養子とされたものの、お前の住む場所などないとばかりに、すぐに教会に追いやられた。その中でも平民出身の聖女ばかりで構成される一般聖女という枠にくくられ、まるで奴隷のようにこき使われた。

幸か不幸か、私は誰よりも強い神力を持っていた。一般聖女だけでなく、貴族の子女で構成される上級聖女と比べても。そんな私を、上級聖女たちも気に食わなかったんだと思う。

聖女の役割といえば、人々の病気や怪我《けが》を癒やすことや、豊作を願い土地を癒やすこと。あとは魔に侵された獣――つまり、魔物の討伐など多岐にわたる。それを上級聖女たちから押しつけられ、とんでもない量の仕事をこなしていた。

休む暇もなく各地を走り回って、まともにご飯すら食べられなかった。

住んでいた教会へ戻っても「今日の帰宅予定は聞いていませんでした。あなたの食事は用意しておりません」なんて、悪びれもせず言われるのだ。それどころか、貧民街出身の私に「そもそも食べないことにも慣れているでしょう?」って、皆して、くすくす笑っていた。

どれだけ頑張っても努力すること自体を笑われる。この身に流れる平民の血を理由にこき使われる。私は、貧民街の片隅で震えていたあのときと同じで、みんなに頭を下げて這いつくばって生きていかなければいけなかった。

だから私は、一番上に立つと決めた。

そうしたら誰も私を馬鹿にできない。頭を下げずに自由に生きられるのだ。

元々才能はあった。当時から、私は誰よりも強い神力を持っていた。

だから私は、さらなる力を身に付けるために仕事をガンガン引き受けて、神力もいっぱい使って、勉強して、実力をつけて、毎日ギリギリで生きてきた。

そんな中、大聖女になるチャンスは思いの外、早く訪れた。

けっして喜ばしいことではないが、この国の王妃でもある当時の大聖女が若くして身罷《みまか》ったのだ。

引き継ぎを急がねばならないものの、大聖女選定までの試練は約一年かかる。それだけの時間をかけて、大聖女候補たちは己の力を神へと証明するのだ。

――今から丁度一年前、まさに私は大聖女候補に選ばれた。

そのとき、そういえばいたなっていう養父様に呼び出され、告げられた。

『いいか、ナタリー！　大聖女になどならなくていい！　けっして出しゃばるんじゃないぞ！』

何を言われているのかわからなかった。

だってロジエ子爵家は、聖女を出すために私を拾ったはずだ。家から大聖女が出る可能性があるのに、努力をするなと言うのか。

『大聖女候補に、リヴィエール公爵家のフロランシア様がいらっしゃるんだぞ!?　いいか、全てにおいてあの方に勝とうとするのではない！』

そもそも、勝ち負けの問題でもないように思える。が、つまりはフロランシアに大聖女の座を譲れと言っているらしい。

ああ、なるほどと思った。ロジエ子爵は、私が頂点に立つと、逆に立場が悪くなることを危惧しているのだ。

フロランシアのことはもちろん知っていた。私と同年代の公爵令嬢で、神力も強くて教養もある、心根の優しい聖女なのだとか。そんな彼女に、私みたいな貧民街出身の娘が勝ってはいけない。恥をかかせるなと言っているのだ。

(ばかみたい)

私は息を吐《つ》いた。

(そんなもの、従うはずがないじゃない)

――なんて。あのときから、私には味方なんていないって諦めていたけれど、今や味方どころか敵しかいなくなった。

大聖堂にて、フロランシアを中心に皆が攻撃術式を組み上げたとき、私は自嘲した。

あっけないものだ。私の人生は、無意味だった。

私は一方的に魔女と罵られ、公衆の面前で処刑されるのか、と。

真っ赤に染まったフロランシア、そんな彼女を光の神の愛《いと》し子と讃《たた》え従う者たちに一斉に攻撃を放たれ――。

ぶつかる。

――いや、ぶつかったはずだった。

視界が真っ黒に染まったと思いきや、次の瞬間、目の前の景色が一気に塗り変わる。

空は雲ひとつない晴天。

街ゆく人々の雑踏の中に、私はいて。

「――――え？」

なんだ？　急に女の子が？　なんて、戸惑う人々の声が聞こえた。

なぜか私はどこか見覚えのある――おそらく聖都ですらない田舎町のど真ん中につっ立っていた。

緊迫した空気などどこにもない。眩《まぶ》しい陽射しをいっぱいに浴びて、私は先ほどまでの空気感との差に目をぱちぱち瞬かせる。

「ん？　え？　ここ、どこ？」

とかなんとか言っても、微《かす》かに見覚えのある場所ではある。

確かシエルフィ聖教国の西部にある、アギヨンという街ではないだろうか。聖女としての任務で何度か訪れたことがある。

「おおい、姉ちゃん！　そこにつっ立っているとあぶねえぞ！」

「え!?　あ、はいっ！　ごめんなさいっ!!」

反射的に身体が動き、道の端に寄る。すると、なかなかのスピードで馬車が目の前を通過していった。安堵《あんど》してほっと息を吐いたところで、ようやく頭が動きはじめる。そして周囲をきょろきょろと見回すと、道行く人々が不思議そうな目で私を見ていることに気がついた。

「まさか聖女様……？」

「あれ？　いつからそんなところに？」

ぱらぱらと疑問の声が聞こえてきて、私はぎゅっと身を縮こめる。

突然現れたのだから驚かれるのは当然だ。さらに、今の私は真っ白な聖女のローブを身に纏っている。他の大聖女候補と比べたら質は落ちるが、儀式用の華美なものだ。目立たないはずがない。

（ってか、聖紋！　聖紋隠さなきゃ！）

胸元を押さえながら、慌てて路地裏に入る。そうして人の目から隠れたところで、私はようやく息を吐いた。

（えっと？　一体何が起こっているの？）

混乱してなかなか考えがまとまらない。私は呼吸を整えながら、さきほどまでのことを思い出す。白昼夢のようではあるが、大聖女選定の儀で起こった出来事はおそらく現実だ。現に、あの澱んだ魔力がいまだに私の身体の中に渦巻いている。

神力が思うように反応せず、嫌な感覚はそのままだ。それに、おそらく聖紋も。

ちらっと胸元を覗《のぞ》いてみると、自慢の聖紋が黒く澱んでいる。それが痛々しく思えて、私は眉間に皺《しわ》を寄せた。

（夢……じゃないのね）

まだ呼吸が整わない。胸はちりちりと痛んだままだ。

（……これが現実。受け入れなくちゃいけないのね）

誰よりも力を持った聖女だと自負してきた。けれど、味方だったはずの人々に糾弾され、殺されそうになったあの瞬間、私は何もできなかった。

思い出すだけで身体が震え、背中に冷たい汗が流れる。

（でも、どうしてアギヨンの街に？）

身体は震えたままだけれど、助かったのは事実だ。攻撃魔法を受けた感覚はなく、痛みも何もない。

ただ、あの大聖堂で感じていた清浄な存在が、今は消えている。

私に呼びかけてくれた誰か。フロランシアを見るよう、私の脳に直接囁きかけてきた。尊く、圧倒的なあの存在が、私をこの街まで運んでくれたのだろうか。

（そんなことが可能だなんて、考えられるお方はひとりだけ……）

――創造神様。

なんて、考えるだけで畏れ多い。にわかには信じがたいけれど、それ以外に説明はつかないのだ。

あのとき、私は創造神様の像に縋りついていた。大聖女選定の儀という特殊な場であったことからも、神様という存在が非常に近いところまで見守りに来てくれていたのではと思える。

（それに、これって転移術、だよね）

大聖女にはいくつか特別な力が宿るという。そのひとつが転移術である。

人を任意の場所まで瞬間移動させる力だと聞き及んでいるけれど、詳しいことはわからない。あまりに神力の消費が大きく、先代の大聖女には使用できなかったと聞いているからだ。

当然、直接目する機会などなく、それがどういう力なのか私自身にもよくわかっていない。

（でも、私が使用したって感じでもないのよね。神力を消費したような感覚はないし）

となると、ここまで私を運んだ存在はいよいよ限定されてしまうというわけで。

（本当に、創造神様が助けてくださったの？）

最後に縋りついた創造神様の像。私は強く天へ助けを求めて、誰かが応えてくれた。あの感覚が確かに私の中に残っている。

（私……もしかして。本当に、もしかして……）

ぎゅっと胸元の聖紋を押さえる。こんなにも黒く穢《けが》されてしまったけれど、内側に宿る清浄な気は確かにある。

（最後に見たフロランシアの顔が忘れられない。——あれって）

髪も瞳も真っ赤に染まったあの姿。澱んだ魔力を帯びた彼女の変貌した姿に、私以外誰も気付いている様子はなかった。彼女は私を魔女と言い切ったけれど、むしろ、私からすると彼女の方が魔女に見えた。

（…………真実の瞳）

もしかしてと、私はごくりと唾を飲み込む。

フロランシアがその身に宿したと宣言していたけれど、それは違う。

変わり果てた彼女の姿。そして、彼女の内側から溢《あふ》れ出ていた澱んだ魔力。——おそらく、私こそがそれを見通す力を手に入れた。

（創造神様は、私に呼びかけてくださった）

私は己を抱いたまま、一度目を閉じる。

もし、この身に宿したのが真実の瞳だったとすれば、本当の大聖女は私だということになる。

大聖女という存在を目指し続けてきたはずだけれど、実際にその立場かもと考えると、いまいち実感が湧かない。

「……本当に、私が大聖女？」

ぽろっと言葉がこぼれ落ち、いやいやまさかと唾を飲み込む。でも、もしかしたらという考えが渦巻いて止まない。

次に私は周囲に目を向けた。

真実の瞳を持ったからだろうか。なんだか、世界が少しだけ違って見えるような気がした。空気中に漂う清浄な気から、何か大きなものの存在を感じるというか。

（なんて、笑えるよね。私が本物の大聖女だったかもしれないのに、魔女だって糾弾されて殺されかけるだなんて）

でも、これだけははっきりと言える。

（――おそらく、フロランシアが魔女なのね）

変わり果てた彼女の姿をこの瞳でしっかりと見た。そして、それを見通すこの瞳こそが真実の瞳なのだろう。

今のフロランシアにとって、真実の瞳を持つ私の存在は邪魔に違いない。

「…………」

私はぎゅっと唇を噛《か》んだ。

深く考えるのは後だ。先ほどまでの出来事は夢でも幻でもない。私は生きて、このアギヨンの街に転移してきたという事実を受け入れよう。

きっと聖都はとんでもないことになっているはずだ。私は多分、魔女認定をされ、すぐに追っ手が来る。

幸いなことに、このアギヨンの街は聖都から遠く離れている。情報が伝わり、追っ手がここまでやってくるまでに何日かは猶予があるはず。だからといってのんびりしていいはずもないけれど。

私は、胸元を押さえたまま深呼吸する。そして、改めて自分の中に渦巻く神力と対話した。

本来ならば身体の中心からこんこんと泉のように湧き出ている神力が、閉ざされてしまったかのような感覚がある。今、私の体内に留まっている力ならば動かせる気配はあるものの、それで全部。新しく湧き出る様子はない。

この体内の神力を消費しきったら、私は死ぬ。どうやらそれも、事実なのだろう。

（元々が莫大《ばくだい》な器があってよかったというべきなのかな）

神力を一切使用しないとして、もって一年。実際、使用しないことなどないと思うから、せいぜい数ヶ月ってところだろうか。

きっと放たれるであろう追っ手から逃げ続けても、いずれ死ぬ。

（そっか、死ぬのか）

これまで生きてきた十九年を思い起こす。

（死ぬ……）

なぜかその事実は、すとんと私の心に落ちてきた。逆に肩の力が抜けたとでも言おうか。私はぱちりと目を開き、大きく頷《うなず》く。

（よし、決めた！）

あとどれくらい生きられるかはわからない。でも、私はこの国から出て行く。

逃げて、出て行って、その先でやりたかったことを全部やろう。可愛い服を着て、食べたいものを食べて、何にも縛られずに自由に過ごす。

あと一年、私は私のために生きるのだ。

（うん。悪くない）

むしろ、大聖女になることにこだわらず、もっと早くこの決断をしていたらよかった。

本当に私が大聖女だったとしたら、この国を捨てることは大きな裏切りになるだろう。でも、もう知らない。国が私を捨てたのだから、私ももうこの国のことなんて気にかけない。

（創造神様は背中を押してくださったもの！）

私をこの街まで飛ばして、逃がしてくれた。ならば私の決意も認めてくださる。そう信じたい。

（この聖女のローブも、売っちゃおうかな！）

なにせ今の私は手持ちのお金もない。だから当面の路銀を工面しなければ。それに大聖女候補のローブなんて目立つもの、いつまでも着ていられるはずもない。

（普通の女の子みたいな格好をして、旅をしよう！）

ここからならば西へ、ウィンディアリ王国に抜けるのがいいはずだ。あそこは開かれた王国で、移民も多い。国政は安定していて、私みたいなよそ者でも受け入れてもらえる土地柄のはず。

（ええと？　売れそうな物は、ローブの他に聖石の宝飾品が――）

ここは大聖女候補さまさまと言うべきか。丁度、貴重な聖石の指輪やらネックレスやらを、じゃらじゃらと身に付けさせてもらっていた。まずはそれらの聖石を選別するとしよう。

今、私の神力は貴重だ。すでに私の神力が溜まりきった聖石は、補給用に使えるか試してみたいから取っておく。だから小さなものや、あまり神力が溜まっていないものだけを外していく。

別に教会に返す義理もないし、売ってしまっていいだろう。足が付くかもしれないけれど、聖都から人が捜しに来る頃には、私はすでにウィンディアリ王国にいるはず。逃げ切れる自信はある。

「――よし！」

ナタリー・ロジエ――ううん、もうロジエ子爵家からの追放は確定だし、ただのナタリーだ。

ナタリーなんて、この国の女の子で一番多いんじゃないかってくらいのどこにでもいる名前だ。このままでいい。

（あと一年。せっかくだから、存分に楽しんじゃおう！）

そうして私は、最初の一歩を歩み出した。

何はなくともまずは服だ。

真実の瞳の効果なのだろうか。店主の人のよさみたいなものが、なんとなくわかる。だからいくつかの店を覗き見て、穏やかな雰囲気の女性が営む古着の服飾店で衣装を取り替えてもらった。

明らかにワケアリ聖女のローブを、一般的なワンピースに変更する。素材や刺繍の価値的には、私のローブの方が遥《はる》かに高級なはず。でも、そこは交換してもらえるだけで満足しておいた。むしろ、店主も勇気がいったはずだ。よく交換に応じてくれたと感謝している。

選んだのは水色のワンピースだった。旅商人の娘です、と言っても違和感がないくらいの小綺麗《こぎれい》なものだ。ちょっとした花柄のあしらいも入っていてなかなか可愛い。さらに白いブラウスにストライプ入りの青のリボンを結ぶと、自然と背筋が伸びる心地がする。

（ふふっ、なんだか街のお嬢さんって感じになったかも）

胸元の聖紋もしっかり隠れるし、なかなかいい感じだ。

さらに上から焦げ茶色のマントを羽織って、旅装束っぽく見せる。春になったといっても、まだまだ夜も寒いから、しっかりめに着込んでいて問題ないだろう。これなら街を歩いていても違和感がないだろうし、自由に動き回ることができる。

そして次に行ったのが、旅の資金作りだった。

当初の予定通り、聖石の宝飾品をいくつか売りに出すと、それなりにまとまったお金になった。もちろん全部ではなく、一部は手元に残している。

あと、聖石以外にわりとお金になったのが、これ。

（頭、こんなに軽くなるんだ）

髪だ。お尻が隠れるほどあったロングヘアーを、胸くらいまでの長さにばっさりと切ってみた。これでかなり雰囲気が変わったと思う。

一般人だとこれくらいの長さが平均的だし、そもそも私は見た目が地味なのだ。一般人に十分に紛れられるだろう。

ひとりでこうして街を歩くのは、少し不思議な感覚だった。聖女だった以前の自分とは違う。

以前は街の人とも壁があったというか、別の世界の人間だと見られていたように思う。同じ聖女仲間よりも一般の人々の方が私に優しかったし、頼りにしてくれていたけれど、その間にははっきりとした線が一本引かれていた。

でも、今は違う。誰も、私のことを振り返るようなこともない。

（溶け込んでいる。街に——）

どこにでもいる普通の女の子みたいに。

けっして楽観視できる状況ではないはずなのに、どこかそれが嬉《うれ》しい。

ほんの一年、その間だけ保《も》てばいいのだ。これから旅をしていくには十分な資金だ。

腰にずっしりとしたお金の重みを感じながら、ルンルンで街を歩いていく。

（わりとお金になったわね。——スリがちょっと怖いけど）

ただ、これも真実の瞳のおかげか、邪《よこしま》な考えを持っている人のことがなんとなくわかる。だから、スリに注意しつつ街の中を進んでいく。

比較的田舎町ではあるが、国道沿いであるためか、品揃《しなぞろ》えがいい店が多い。聖都と比べるとこぢんまりとしているけれど、通りを歩いているだけで必要なものはある程度揃えられた。

あとは食糧をある程度買い込んだら、旅に出られないこともないのだけれど——。

（さすがに、女の子ひとりってわけにはいかないわよね）

聖女時代であれば、ひとりで旅をする自信はあった。でも、神力が尽きたら死ぬという状況下において、今はなるべく力を温存したい。

聖石から神力を補給できる可能性があるのと同様に、外から神力を取りこむ方法はゼロではない。けれども、どれもお金がかかったり効率が悪かったり――あとは、手段にちょこっと問題があったりしてあまり現実的ではない。

それに、ここからは国境地帯だ。荒野が続き、野宿も視野に入れないといけなくなる。となると、今、普通の女の子でしかない私を護《まも》ってくれる誰かが必要だ。

（うん。覚悟を決めなきゃね）

というわけで、以前の私なら絶対に寄り付かなかった場所に、私はいた。

少し古びた煉《れん》瓦《が》造りの建物を見上げて、深呼吸をする。

私くらいの年齢の女性がひとりで旅をするには限界がある。だから誰か護衛が必要なわけだけれど、冒険者を雇い続けることは難しいだろう。彼らを完全に信頼できる保証がないからだ。

となると、現実的な落とし所がここだった。――奴隷商館である。

カランカランと、客の来訪を告げるベルが鳴るなり、にこにこした中年の男性が現れる。

「いらっしゃいませ！　どういった奴隷をお探しでしょうか？」

「旅の同行者っていうか、護衛になるような人を探しているの」

「なるほど、女性おひとりだと心配ですものね」

話が早くて助かる。

きっと私の年齢や身なりから、悪くない客であると判断されたのだろう。そのために、ある程度小綺麗な格好にしておいたのだ。

「お嬢さまのような方の同行者ともなれば――」

「あ、待って」

考え込む奴隷商人に対し、私は予《あらかじ》め考えておいた通り、一度ストップをかけることにした。

「よければ、奴隷たちの顔をひと通り見せてもらっていいかしら？」

「顔、ですか？」

奴隷商人はぱちぱちと瞬いた。

向こうのペースに乗せられてはいけない。だって、これは私の未来を左右する大事な選択だ。ほいほい奴隷商人の案内のままに奴隷を買うつもりはない。

ちゃんと私は、対策を考えてきたのだ。

先ほど街中で買い物をする中で、すでに真実の瞳の真価を感じていた。悪意を持った人間は、どこかどす黒い歪《ゆが》んだ空気を纏っているように見えたのだ。

だから、私は奴隷の姿もこの瞳で直接確認したい。

奴隷にだっていろんな人がいて、借金奴隷もいれば、犯罪奴隷もいる。悪意を持っているかどうか、是非この目でしっかり見極めておきたかった。

これから購《あがな》う奴隷は、きっとそれなりに長い付き合いになるはず。私が元大聖女候補で、今は命を狙われている身であることも話さないわけにはいかない。全てを知った上で護ってくれるような、信頼できる相手を探したい。難しいかもしれないけれど、慎重に相手を見極めたいのだ。

（それに――もしかしたら、私を看取《みと》ってくれる誰かかもしれないのだもの）

胸の奥がチクリと痛む。でも、その痛みから目を背けて、私はこれから先、残り少ない未来のために動こう。だから一緒にいてくれる人は、強さや能力ももちろんだけれど、信用できる相手であることを一番大事にしたい。

――などと考え込んでいたところ、奴隷商人も同じく、私の言葉の意味を考えていたようだった。

「ああ、なるほど、顔！　ははあ、お嬢さま、そういうことでしたか！」

私の要求に、奴隷商人はなぜか盛大に納得した。

突然したり顔になるものだから、反応に困る。一体どうしたのだろうと思い、私は身構えた。

「なぜこうも所作の美しい方が突然いらしたかと思いましたが、なるほどなるほど」

所作？　と不思議に思いつつ、連れて行かれたのは、私の想像に反してかなり綺麗な部屋だった。

部屋の中に奴隷を入れる檻《おり》のようなものが並んでいるけれど、照明魔法のおかげなのか、かなり明るい雰囲気だ。分厚い絨毯《じゅうたん》に真っ白な壁など、部屋の隅々まで綺麗に手入れされている。

奴隷商館といえばもっと薄暗いイメージがあった。想定外の部屋についきょろきょろしてしまう。

（みんな、随分と身なりが綺麗なのね）

私が客だとすぐに理解したのか、檻に入れられている人たちが立ち上がり、片手を胸に当てて微笑《ほほえ》んでくる。

（動きも洗練されているわ。しっかり教育されてるみたい）

奴隷というイメージが一変する。まるで執事か何かのようだ。なるほど、商人のお嬢さま方が奴隷商人と取り引きすると、このような相手を紹介されるものなのかと理解する。

ただ、護衛用の剣闘奴隷をお願いしたはずなのに、どの奴隷も細身の男性ばかりだった。

（これで本当に、護衛が務まるの……？）

見映え重視の儀仗《ぎじょう》騎士と同じようなものなのだろうか。私がイメージしていた相手とは違う。

人数こそ多くはないが、皆が皆とても見目が整い、かなり厳選されているようだ。真実の瞳を通して見ても、野心こそありそうな人もいそうだが、さほど歪んだ気配は感じない。

（ただ、戦闘力がありそうな人は――んんん!?）

部屋の奥へと足を進める中で、私は素通りできないものを感じた。

（え？　何？　あの奥の檻……っ）

奴隷たちが一様に私に笑顔を向けてくる中で、檻の奥に蹲《うずくま》ったままの男性がひとり。

「失礼致しました！　あの男は丁度、昨日仕入れたばかりで躾《しつけ》がなっておらず」

「いえ」

言い訳を連ねる奴隷商人を制し、奥へと歩いていく。

目的の檻の前に辿《たど》り着き、私は息を呑んだ。

二十代半ばくらいだろうか。私より少し年上の男性だった。

清潔感のあるシャツを着せられているから一見わかりにくいけれど、おそらく全身ボロボロだ。まともに立つこともできない様子で、ぐったりしている。

「全身に打撲痕があり、まだ売りに出せるような状態ではないのですが。……見目だけは整っておりますので、ひとまず、こちらの部屋に檻を用意したのです」

「ひどい怪我」

「数日お時間を頂けたら、こちらで治療してからのお渡しも可能ですが――」

奴隷商人はつらつらと語りかけてくる。

でも正直、それどころではなかった。怪我の心配はもちろんあるのだけれども、それよりも、だ。

尋常ではないほどの圧倒的な気配がそこにある。

清浄――とはまた違うのだけれども、眩《まばゆ》いほど真っ直ぐな魂とでも言えばいいのだろうか。それは素通りできないほどの大きさで、彼の素質を示している。

私はその高潔な気配に釘付《くぎづ》けになり、息を呑んだ。

「おい！　お客さまだぞ！　お前、きちんと立たんか!!」

「ぐ、…………っ！」

奴隷商人が喚《わめ》き散らしながら、懐から銀の輪っかのようなものを取り出す。それを握りしめて魔力を込めるなり、目の前の男は苦しそうに呻《うめ》いた。

「っ!?　待って、大丈夫!?」

あまりに苦しそうで、奴隷商人を止める。それから私は檻に駆け寄った。

「いいの、立たなくて。大丈夫だから。無理はしないで――！」

そう呼びかけたものの、男も反応しないわけにはいかなかったのだろう。彼はゆっくりと身体を起こし、恨めしそうにこちらに目を向けた。

（え――？）

瞬間、絶句した。

確かに綺麗な顔をしていた。ただ、驚いたのはそこじゃない。整いながらも、どこか印象に残りにくいその男性の顔に、何か別の姿が重なって見えるのだ。

この感覚、非常に覚えがある。今日、フロランシアに感じたあの違和感。重なって見える顔がおそらく、彼の真実――であるならば。

「ま、まさか……」

今はくしゃくしゃに乱れたグレーの髪に見えるけれども、本来の姿はおそらく違う。

プラチナブロンドの見事な髪に、アイスブルーの瞳。すっと通った鼻筋に、薄い唇。そして、かっちりとバランスのとれた身体に、長い手足。優れた軍人としても有名で、まさに美丈夫といった風情の彼の姿は――。

(ヴィンセント・レナード・ウィンディアリ!?　どっ、どうして隣国の王太子殿下がこんなところにいるのよ!?)

そっくりさんどころの話ではない。どう見ても、本人だ！

だって、かつて、この目で見たことがある。あの圧倒的な存在感、そしてカリスマ性溢れる彼の姿を見間違えるはずがない。

何らかの魔法により他の人には別の姿に見えているようだ。でも、私には彼の真実の姿がわかる。本当にウィンディアリ王国の王太子殿下が、こんなところで奴隷として売られているらしい。

(え！　え!?　ええええっ!?　嘘でしょ!?　一体何があったのよ!?)

ウィンディアリ王国と言えば、国王により善政が敷かれている大国だ。また王太子であるヴィンセントも優秀で、将来も安泰と言われている。何か事件があったに違いないけれども、こんな隣国の、さらに田舎町の奴隷商館に売られているとはこれいかに。

(め、面倒ごとの気配しかしない……っ！)

この命尽きるまで、やりたかったことをして自由に生きるぞと決めていた私が、一番買ってはいけないたぐいの奴隷かもしれない。

でも、こんなの、見て見ぬふりができるはずがなかった。

「すみません！　彼！　彼にします!!　治療、こちらで引き受けるので、今すぐ彼を買えますか!?」

値段を聞く前に、私は必死でそう主張していた。

# 3

（――買っちゃった！）

多分、私の人生の中でも一、二を争う大選択だったと思う。

（隣国の王太子殿下を！　買っちゃったよ！）

勢いというものは実に恐ろしい。

奴隷商館を一歩出て、私は呆然《ぼうぜん》としていた。

私の横にはまともに歩くことすらできず、地面に崩れ落ちるヴィンセントがいる。――いや、私以外の人には、グレーの髪に碧い瞳の、どこか印象に残りにくい美形に見えているらしいのだけれど。

一度、彼を隣国の王太子ヴィンセントとして認識してしまった私には、もう金髪にアイスブルーの瞳の美丈夫にしか見えない。ただ、本当に全身とんでもない怪我だらけだ。あまりにも痛々しくて、早くなんとかしてあげたい。

（ここは焦らず、出発は明日ね。ひとまず彼を治療しないと……！）

私の左腕には彼の主人である証《あかし》の銀色の輪っかがはめてある。少し古典的な装飾の入ったそれには、小さな魔石がついていた。

先ほど奴隷商人がヴィンセントに苦痛を与えていたアレだ。この腕輪に、奴隷を縛りつける魔法が込められているらしい。

（こんなもの、使うつもりはないけれど）

奴隷が言うことを聞かないときは、この腕輪の魔法によって躾《しつ》ける必要があるのだそうな。吐き気がしそうな慣習だけど、私がヴィンセントを護るための手段であると割り切ろう。

少なくとも、私は彼に危害を加えるつもりなんてない。この腕輪を身に付けることで、彼が他の悪意に晒《さら》されなければそれでいい。

ついでに奴隷商人から受け取った資料を革の鞄《かばん》に詰め、ヴィンセントを支え起こすことにした。

「つらいと思うけど、宿まで頑張って。そこまで行ったら、ちゃんと休めるから」

「ぐ……っ！　なぜ………」

声を出すことすらつらそうなので、もう喋《しゃべ》るなと首を横に振る。

身長差がありすぎて支えとしてはあまり役に立てないけれど、私は彼に肩を貸してゆっくりと歩いた。近さ優先で宿を選び、彼を運び入れる。ふたつベッドが並ぶこぢんまりとした部屋だ。そのうちのひとつに彼を寝かせ、私は宿の主人に水をもらいに行った。

神力による治癒術には、私だけでなくて治療者本人の体力も必要だ。キツいだろうが、ヴィンセントには頑張ってもらわないといけない。

「これ、飲める？」

部屋に戻るなり、彼にカップを差し出すと、彼は訝《いぶか》しむような目を向けた。

意志の強そうな眉が不愉快そうに歪み、じっとカップを見つめている。

「こっちは大金はたいてあなたを買ったのよ。変なものなんか飲ませないわ。——ほら、飲んで。お願い」

実際、彼の値段は相当なものだった。聖石の指輪や腕輪をいくつか売っていたおかげで懐は暖かかったけれども、想定の三倍以上かかった。怪我をしているからといくらか割り引いてもらったとしても、彼の値段は正直、庶民には手が出ないほどのもの。

というのも、奴隷というのは、その個別の能力はもちろん、奴隷を縛る奴隷紋の等級によって価格が決まるらしい。

信じられないことにヴィンセントは、奴隷自身の能力はかなり低い査定を受けていた。しかし、奴隷紋だけは最上級。そのせいで価格と商品のバランスがつり合わず、奴隷商人もどう売ったものかと考えあぐねていたようだ。

だから私が手を挙げたことが僥倖《ぎょうこう》と言わんばかりに、彼は色々オプションをつけてくれた。『色々お楽しみ頂けるよう、調整しておきますね』と言い、にこにこ笑いながら気を利かせてくれたのだ。

なかなか勇気のいる価格だったけれど、私はこれからの旅に困らない程度のお金があればいい。彼の購入は必要経費だ。それから、彼の治療をするために消耗する神力も。

「今からあなたの治療をするわ。それだけの怪我だもの、相当しんどいと思うから、水分、とっておいて」

「治療だと？」

「ええ。【これは私たちだけの秘密よ？　私は、聖女としての力を使えるの】」

神力を乗せた言葉に、ヴィンセントは驚いたように目を見張った。

これから先、私は彼と行動をともにする。何かあったときのために、私の状況は共有しておかなければいけない。だから、声に神力を乗せて伝えてみる。

（うん、命令は通るみたいね）

厳密に言えば、聖女の神力と一般的な魔力は別物だ。聖女は聖紋が刻まれた時点で、体内の魔力が神力へと変化する。それらは別の性質を持つものであるが、奴隷の腕輪は問題なく使えるようだ。

ヴィンセントの背中には奴隷紋が刻まれていて、それが今、私がはめている腕輪と繋《つな》がっている。

彼に苦痛を与える以外にも、主人として彼に影響力を持つらしい。つまり、この腕輪に力を通すことで、奴隷に命令することが可能なのだそうだ。

(あまり使いたくない力だけど)

でも、こればかりは絶対だ。私は覚悟を決めて、彼に命令した。

「詳しいことは後で話すわ。だから、まずは大人しく私の治療を受けて」

「――――わかった」

長い沈黙の後、ヴィンセントは掠れた声で呟《つぶや》いた。少し投げやりな様子で、私から水を受け取り口をつける。

まだ奴隷商館に連れて来られたばかりで、まともに世話もされていなかったのだろう。よほど喉が渇いていたのか、あっという間にグラス一杯の水を飲み干してしまう。

「うん。――じゃあ、上着を脱いで、ベッドに横になってくれる？」

「………」

上着を脱げという言葉に少し抵抗があったようだが、彼は素直にシャツを脱ぎ捨てる。

しっかりと筋肉のついた引き締まった身体は、本来とても美しいのだろう。ただ、今の彼は包帯がぐるぐるで、ところどころ血が滲《にじ》んでいる。汚れは落としてあるようだけれど、あまりに痛々しい。

「よく我慢したのね。えらいわ」

「――当然だ。子供扱いするな」

子供相手にかけるような言葉は、きっと心外なのだろう。彼が目を据わらせる。

「ふふっ、ごめんなさい。侮ったわけではないの」

こうして声をかけるのは、聖女をしていた頃の癖だ。

一番多かった仕事は、怪我や病気の人たちの治療だった。治癒術は聖女にしか使用できないものであり、特に、平民の方々の治療はずっと行ってきた。

ただ、治癒術は本人の治癒能力を高めるだけのものだ。術者だけでなく本人にも頑張ってもらわなければいけない。だから、普段から患者に寄り添う言葉をかけるようにしていた。

(百戦錬磨のヴィンセント殿下ですものね。えっと、勝利の獅子《しし》だっけ？　——すごい二つ名よね)

世界有数の大国、ウィンディアリ王国王太子殿下にして軍人王子。優秀な王太子として非常に有名なのだ。魔力も高く、魔法剣士としての腕もウィンディアリ王国では一、二を争うのだという。

彼の功績は色々聞き及んでいる。

ウィンディアリ王国と言えばその国土の広さから、数多くの国に面している。そのせいで、異民族との衝突や外交上の問題が絶えない。特に国土の南側は肥沃な大地が広がっており、他国の者たちがその地を制そうと虎視眈々《こしたんたん》と狙っている。若くして戦の先頭に立ち、それらの侵略を退けたことから、勝利の獅子の名が浸透したのだったか。

(でも、ヴィンセント殿下と言えば、やっぱりあれよね)

ただ戦上手というだけではない。ウィンディアリ王国の西側は海と面しており、数多くの海賊が住み着いている海域がある。一方、冬の寒さが厳しい北側は、食糧や資源を求めて、異民族が頻繁に村々を襲っていたのだとか。

それらの蛮族と呼ばれる人たちを討伐するわけでなく、彼は交渉のテーブルを用意した。技術と人手、そして資源。互いに安心して暮らせるように、落とし所を話し合った。そうして小競り合いの絶えなかった地域を、血を流さずに平定したのだという。

(単純に武力で解決しないところ、すごいなって思ってたけど)

年齢は私より少し上でしかないのに、器が違う。子供扱いされるのは不本意だろう。

くすくすと笑いながら、私は彼に向きなおる。

「治癒術を受けたことは？」

「――ある。だから説明は不要だ。できるものなら、ひと思いにやってくれ」

「わかったわ。遠慮はしない」

治癒術はどうしても不快感が生じるものだ。予め伝えていても、治癒中に苦しむ人は多い。

でも、彼なら大丈夫そうだ。今もこのひどい怪我をずっと耐えているのだから、忍耐力は折り紙付きだろう。

私は両手で彼の肌に触れた。触れられるだけで痛むのか、彼が苦しそうに眉間に皺を寄せている。

そんな彼に向かって、少しずつ神力を浸透させていく。それから神への祈りを捧げはじめた。

彼の全身に均等に神力を張り巡らせて、彼の身体の治癒力を引き出すように――。

「ぐぅっ！」

治癒術の反動で、彼の身体が跳ねる。

早速始まった。全身の治癒力を引き上げると、身体の内側から不快感が走るのだ。

これは治療者が皆通らなければいけない道。治癒術に慣れた私でも、患者の不快感は軽減できない
――と思っていたんだけど。

「…………ん？」

私も、そしてヴィンセントでさえ目を丸くした。

なぜなら、みるみるうちに彼の傷口が塞がっていくからだ。

それは普通では考えられないほどのスピードだった。左胸から斜めにザックリ残っていた大きな傷

口でさえ、あっという間に綺麗になっていく。

「え？　嘘、でしょ？」

思わず呟いてしまった。それなりに聖女歴が長いつもりでいるけれども、こんな状況ははじめてだ。

内出血もあいまって斑《まだら》になっていた肌が、すうっと綺麗な肌色に染まっていく。

そしてこの摩訶不思議《まかふしぎ》な状況に驚いたのは私だけではなかったらしい。

「なんだ、これは？」

あんなにもひどい傷ならば、一日に数時間ずつ、何日もかけて徐々に治していくことになる。なのに、なぜか今だけは、ものの数秒で綺麗さっぱり治療できてしまったらしい。どこに傷があったのかすらわからないほど、綺麗な肌がそこにある。

「君は一体……？」

先ほどまでの訝しむような態度もどこへやら。驚いたように、こちらをじっと見つめている。

「え、ええと。な、なんでしょう、ね」

いや、思いあたる節はゼロではない。けれども、ちょっと脳がぐるぐるなりすぎているので、答えを導くのは後にしよう。

「……とにかく、もう一杯、お水いる？」

本来、治癒術を施すとかなり体力を消耗するから、治療前後の水分補給は必須だ。そこは彼も必要性を感じたのか、こくりと頷く。

水差しからコップに水を汲《く》み直して、手渡す。彼も今度はすんなりと受け取ってくれた。そうして彼が喉を潤す間に、どこからどう説明したものかと考える。

（長く治癒術と付き合ってきたけど、こんなのはじめて。殿下が特別なのか、あるいは――）

——いや、わかっている。

真実の瞳といい、あの謎の転移といい、やっぱりどう考えても大聖女選定の儀の影響だ。

（……やっぱり、私が大聖女だったから？）

そうなんじゃないかなっていう気持ちばかりが膨らんでいく。だって、そうでなければ説明のつかないことが多すぎるのだ。

（大聖女、か）

今となっては非常に複雑な気持ちである。

ずっとその座を目指して頑張ってきた。その努力が報われたと考えるべきか、ようやくその力を手に入れたはずなのに、教会から追われる身になったことを嘆くべきか。あるいは、本来この力を万人のために使えたはずなのに、それすら敵《かな》わず、悔やむような思いもある。

「私は——」

「いや、やはりいい。これ以上君のことを知るのはよそう」

私が言葉に詰まっているうちに、ヴィンセントの方から会話を打ち切ってきた。

すでに普通に動けるようになったらしく、テキパキとシャツを着込んでいる。それからベッドから下りて靴を履き、すっと立ち上がった。

「知らない方が互いのためだからな」

次の瞬間だった。彼の眼光がキッと鋭くなったかと思うと、殺気が飛んでくる。

防御のための障壁を張る余裕もなかった。気がつけば腕を掴《つか》まれ、視界がぐるんとひっくり返る。

背中に衝撃が走ったかと思うと、私の方がベッドに押し倒されていた。

「動くな！」

彼は馬乗りになる形で私を拘束する。そうして私の左腕を掴んだ。

奴隷を縛る銀の腕輪。彼の目的は、私の左腕に光るその腕輪にあったらしい。強引にそれを外そうとする。

「っ！」

強く引っ張られ、私は呻いた。腕輪が腕にくい込み、激しく痛む。その痛みに顔をしかめると、ヴィンセントも一瞬迷うような目を向けた。けれども、その程度で諦めることはない。

「こいつを、よこせ！」

「待って……！」

そんなことを言われても無理なものは無理だった。

「外せないっ」

私だってこんなことになるとは思っていなかった。

おそらく奴隷商人による特殊な術式のせいだろう。不思議なことに、その腕輪はぴったりと私の腕にはまって、抜けそうにない。

（こんなの聞いてないよっ！　奴隷商人さんっ！）

まさかの事態に私の方が混乱する。なんと彼の主《あるじ》である間、腕輪を外すこと自体が不可能らしい。

「痛っ！　痛いよ……！」

私がふるふると首を横に振ると、彼がぎゅっと眉根を寄せる。

俯《うつむ》き、唇を噛みしめてからしばらく――彼はそっと目を伏せた。どう足掻《あが》いても力で外せるような代物ではない。彼もそれを十分理解したのだろう。

「――野蛮なことをした。本当にすまない」

そう言って深々と頭を下げ、立ち上がる。

「だが、俺は君の奴隷にはならない。――なれない」

彼ははっきりと言い切り、くるりと背中を向けた。

「俺は今すぐ祖国へ帰らないといけない。だから、その腕輪で縛ろうとしても無駄だ」

ヴィンセントの決意は固いのだろう。放っておいたら今すぐにでも出て行ってしまいそうだ。

(奴隷の腕輪の回収は諦めるってこと？)

よほどの覚悟だ。だって、もし私に悪意があれば、この腕輪を使って彼に壮絶な痛みを与え続けることができる。下手をすると、彼は一生その苦しみに喘《あえ》ぐことになるのだ。

その痛みを耐えてでも、国へ帰ろうとしている。彼の意志の強さに、私は息を呑む。

(私の左腕を切って腕輪を回収したり、殺したりする方法だってあるのに)

今、彼を突き動かしているのは、祖国を思う心と為政者としての責任感。そのためなら人を――つまり、私を殺すことすら厭《いと》わないのかと思ったが、そんなことはないらしい。

真実の瞳を通して見えるその高潔な魂に息を呑み、私は慌てて彼の手を掴んだ。

「放してくれ、俺は――！」

「落ち着いて！　ヴィンセント・レナード・ヴィンディアリ殿下」

「！」

宥《なだ》めるように彼のフルネームを告げた。瞬間、彼はひゅっと息を呑む。

信じられないといった顔をして、彼がゆっくりと振り返る。そんな彼のアイスブルーの瞳を見つめながら、私はもう一度、冷静に語りかけた。

「出て行ってしまう前に少し話をしましょう、ヴィンセント殿下。――私だって大金はたいたんだから、それくらいの時間は融通してくれてもいいでしょう?」

「な、ぜ……?」

ヴィンセントも、自分の姿が別人のものに変えられていることを認識しているようだ。だからこそ、私が彼の正体を見抜いたことに、心底驚いているらしい。

落ち着いてもらえるように彼を再び元のベッドに導き、その縁に座らせる。私も向かいのベッドに座って、ふたり向き合う形になった。

「ごめんなさい。念のため、縛らせてもらうわね。【ここから先の会話は、私たちふたりだけの秘密にしてほしいの】」

「――っ、あ、ああ」

神力を乗せたお願いに、彼はこくりと頷く。そして真剣な眼差しで私の顔をじっと見返してきた。

「私の名前はナタリー・ロジエ。――ううん、もうロジエとは名乗るつもりはないのだけれど」

「ナタリー・ロジエ……どこかで」

大聖女候補ともなると、一応隣国まで知られているらしい。知名度としてはフロランシアには遠く及ばないと思っているけれど、聞き覚えくらいはあるようだ。

「この国、シエルフィ聖教国の大聖女候補のうちのひとり、だったんだけど」

「大聖女候補!?　――ああ、そうか。ナタリー・ロジエ。確かに聞き覚えが」

戸惑う彼に向かって、私はこくりと頷く。

「それから。あの――これは、確信を持てないんだけど、多分ね。多分なんだけど」

自分の中では一応結論が出ているけれども、いざ名乗るとなると勇気がいる。あくまで憶測であるという前置きをしながら、私はもごもごと吐き出した。

「その。私の勘違いでなければ——本当の、大聖女の力が宿っているみたい、で」

「は？」

「だから、あなたの姿が見抜けたというか。つまり、かの有名な真実の瞳で」

「嘘……だろ……？」

「嘘、の方がよかったかも、なんだけど。その……」

私は目を伏せた。

正直、信じてもらえるとも思っていない。だから、どこまで彼に伝えるかは悩んだ。

でも、自分が大聖女でなければ説明のつかないことが色々ある。私が彼の正体を見抜いたことも、大きな要因のひとつだ。ヴィンセントだって実感したはずだ。

「真実の瞳だけじゃないの。さっきの治癒術も、もしかしたらその影響かもって思っているのだけど、どうかしら……？」

ヴィンセントは絶句したままだった。

しかし、あれほどの大怪我を、不快感もなく一瞬で治癒させるほどの力なのだ。彼は額に手を当てながら天井を仰ぎ、しばらく押し黙り——やがて結論を出したらしい。

「なるほど、そうでもなければ説明がつかない、か」

「ええ。——でも、誰かに大聖女って認定されたわけでもなんでもないの。むしろ私は」

「どう見てもワケアリだな」

「ううっ」

まあ、それはバレるよね、とは思う。気まずい気持ちを抱えつつ、私は顔を上げた。

冷静さをたたえたアイスブルーの瞳が、じっと私のことを射抜いている。

わかっている。話さないわけにはいかない。奴隷紋のおかげで秘密を打ち明けやすいというのもあるし、私が本当に彼を引き留めて一緒に行きたいのであれば、この事情を隠すのは悪手だ。

私だって彼の事情はわからない。でも、彼の意識は今、彼の国にある。私が足手まといだと判断すれば、その瞬間、奴隷紋を無視して彼はここから飛び出していくだろう。

私はこれからウィンディアリ王国に向かうつもりだし、それならばきっと、彼の目的地と方向が一緒だ。同行してもらえるとありがたい。そのためにも情報をきちんと共有して、私が彼にとって利用価値があることを示さなければいけなかった。

だから私は順番に話した。

大聖女選定の儀の最中、もうひとりの大聖女候補にして公爵令嬢のフロランシアに魔女と断罪されたこと。

真実の瞳により、本当の魔女は澱んだ魔力を纏った彼女であると思われること。

命を狙われ、だめだと思った瞬間——おそらく、創造神様のお力添えにより転移させられたこと。

同じく真実の瞳により、ヴィンセントの姿も正しく見えたこと。

以上のことから、私が本物の大聖女だったりするのではと感じていること。

(……神力が枯渇したら死ぬってことは、言わない方がいいよね)

彼は悪人には思えないが、万が一ということがある。

主が死んだら、奴隷は逃亡できる。だから、私に神力を使わせるだけ使わせて、早死にを狙われる——みたいな可能性もゼロではない。

だから、フロランシアの呪いによって神力の使用に制限をかけられたとだけ伝えることにした。神力が回復しなくなっていて、このままだと聖女の力を満足に使えなくなるかもしれない、と。

「――というわけで、数日後には確実にお尋ね者になってると思う。このままシエルフィ聖教国に留まっているわけにはいかないの。だからね、ウィンディアリ王国に逃げたいなーって思っていて」

ちらっとヴィンセントに視線を向ける。彼は肩をすくめながら、盛大にため息をついた。

「そんな事情を抱えているなら、なおさらだ。どうして俺なんかを選ぶんだ」

もはや私相手に取り繕うのも阿呆《あほ》らしいと考えたのだろう。先ほどまでと態度が異なり、随分と緊張が解けた様子である。

「どう考えても、俺自身、厄介ごとしか背負ってないぞ」

それは、その通りだと思う。私はうっと言葉に詰まりながら、視線を逸《そ》らす。

「それはわかってたのよ？　でも、気がついたら買ってたっていうか」

「阿呆か。逃げるだけなら余計に――せめて、普通の剣闘奴隷を雇うべきだったのではないか？」

「でも、他に強そうな剣闘奴隷なんて、いなかったじゃない」

「は？　いや、あの部屋の奴隷は――」

ヴィンセントは眉をひそめた。何かとても言いたそうな顔をして、口を開け閉めしている。

でも事実そうだった。護衛向きだと案内された、あの部屋。戦闘力に期待できそうな奴隷は他にいなかった。正直、剣闘奴隷としての選択肢としてもヴィンセント一択だったように思う。

「それに、隣国の王太子殿下が大怪我して奴隷堕《お》ちしてたら、放っておけるはずがないでしょう？」

「普通はむしろ、見て見ぬ振りをするだろう？」

「できなかったから、買ってるんじゃない」

考える前に身体が動いたとでも言うのだろうか。利害とか、そういうものを度外視して、彼を助けなければと思った。その行動に理由をつけることは難しいから、説明しようもないのだけれど。

「――なるほど。君がどうしようもないお人好《ひとよ》しだということがよくわかった」

ヴィンセントは額を押さえながら、深々とため息をついている。

元々、何事にも動じなそうなイメージがあったけれど、そうでもないらしい。驚いたり呆《あき》れたり、なかなかに表情豊かだ。

「えっと、それは否定しないけど。その、殿下は？」

「？」

「殿下の方は？　何があったの？」

私がここまで話したのだ。そろそろ彼の事情を聞いてもいいと思う。だからさっくりと訊《たず》ねてみると、ヴィンセントは奇妙な顔をした。

「俺の事情に巻き込まれたくなければ、聞かないことを勧めるぞ」

「それはわかってるの。でも、私も、あわよくばってのがあって」

「……君は腹芸が苦手か？」

「一応子爵令嬢だったから。お腹で芸をしたら、令嬢たちのひそひそ攻撃が――」

「そっちじゃない！　交渉ごとだ!!」

小気味よいツッコミを入れてもらえて、てへへと笑う。

貴族との交渉ごとが得意だったら、聖女時代ももう少し上手《うま》くやれていたと思う。でも、私にはそれが難しかった。

「ああもう！　あわよくばなんだ、言ってみろ！」

おかしい。一応、私の方が主人のはずなんだけど、すっかり立場が逆転してしまっている。

ヴィンセントの上司適性が高いからだろう。私は彼の部下になったような気持ちで、正直な希望をぶちまけるしかない。

「殿下が大変な立場に追いやられてるのはわかっているわ。でも、もしよ？　殿下が元の地位に戻るお手伝いができたら、あわよくば、フロランシアを捕まえる協力をしてもらえないかなって――」

ヴィンセントと出会ったことは、私にとって僥倖だった。彼の存在のおかげで、私には可能性が見えた。ただただ死にゆくのを待つ以外に、できることがあるのだと。

私は、己の死を回避する可能性を逃すつもりはない。私に呪いをかけた本人であるフロランシアなら、この呪いを解けるかもしれない。

今の私の立場から彼女を捕まえることは難しいと思う。けれど、ヴィンセントが本来の地位に戻りさえすれば、あるいは――と。

「リヴィエール公爵令嬢か。――確かに元凶は彼女だが、力のことは後回しだろう。先に、君は元の地位に戻ることを考えるべきなのでは？」

「え!?　あ、えーっと……！」

ヴィンセントにつっこまれてハッとする。

そうだった。死の呪いについて伏せている以上、私は私の名誉回復を第一の目的に掲げるのが自然なのだ。

「だ、だから、フロランシアの呪いで神力が制限されちゃったって伝えたでしょう？　冤罪《えんざい》を正すこと、元の地位に戻ることは、力を取り戻したあとっていうか。――正直、元の地位に未練はないの」

最後の最後に本音が出る。私は膝の上でぎゅっと両手を握りしめた。

「本当か？」

ジト目で見られ、うっと言葉に詰まる。

この瞳に見つめられると、つい全部暴露しそうになってしまう。さすが勝利の獅子というだけでなく、優秀な王太子として名高いヴィンセントである。私と違って腹芸は得意なようだ。

「正直ね、私も前から教会には思うところがあって。力さえ取り戻したら、もういいかなって。この国を出て、自由に生きる方がいいなって思ってるの」

私を切り捨てた教会に未練などない。それなら新しい目標を立てて自由に生きたい。だから私は、今の自分の気持ちを嘘偽りなくはっきりと伝えた。

「まだまだ奴隷契約は解消できないでしょう？　だから、どうせ誰かに縛られているなら、事情を知ってる私がパートナーだと都合がいいんじゃないかなーとか、思ったりするの。……どうかしら？」

一緒に旅をしませんか。改めて、そう誘ってみる。

ヴィンセントの奴隷紋は、なんと彼の祖国ウィンディアリ王国の犯罪奴隷登録によるものだった。犯罪奴隷は刑期が決まっており、ヴィンセントの場合は五十年。つまり、彼はその間誰かに縛られ続けなければいけない。

刑期満了を待つ他に彼を解放する手段としては、彼の犯罪が冤罪だと証明するというものがある。そうすることで、犯罪奴隷登録自体を国から抹消してもらうのだとか。

現実的に考えて、彼がとるべき手段は冤罪の証明だ。そしてそのためには、ウィンディアリ王国の王都を目指さなければいけない。

「ほらっ！　私ってば、あなたも認めたお人好しらしいし、多分、扱いやすいんじゃないかな」

「それを自分で言うのか」

「路銀もそれなりにあるのよ？　ふたり分、ウィンディアリ王国に行くくらいなら大丈夫。変な命令も出さないって約束するし」

必死で説得している間、ヴィンセントはずっと頭を抱えっぱなしだ。簡単に折れてくれないところをみると、彼は相当慎重な性格のようだ。――まあ、私が大雑把なだけかもしれないけれど。

「そうだ！　あと、これはとっておき！　あなたにかけられた姿を変える呪術、多分だけど、私なら解けると思う！」

「なんだと!?」

さすがにこれには驚いたのか、ヴィンセントがガバッと頭を上げた。前のめりでこちらに視線を向けてくる。

「ほら、私、もしかしたら大聖女かもって言ったでしょう？　浄化能力、上がってる気がするのよね」

私だって、大聖女の力を全部把握しきれているわけではない。というより、何がどこまでできるかなんて、自分でもさっぱりわからない。でも、いくつか大変有名な能力がある。

ひとつが真実の瞳。――悪意のあるものや呪詛などを見分ける能力。

もうひとつが転移。――人や物体を遠くへ転移させる能力。

そして最後。これこそがシエルフィ聖教国の大聖女として最も重要とされる能力。――それは、聖なる結界を張る力だった。

大聖女の最初の大仕事として、シエルフィ聖教国聖都クレイルに聖なる結界を張る儀式がある。それは呪詛などの澱んだ魔力や魔物たちから、街全体を護る力だ。

前任の大聖女が身罷り、聖都クレイルは一年間、その結界なしに耐えなければいけなかった。

あの地は元々、夜霧の魔女という大昔の大魔女が狙っていた土地だ。もちろんそれは、聖書の一節に書かれているだけのもので、実際にそんな魔女が存在したのかどうかはわからない。

とはいえ、実際に聖都クレイルは土地の力が強い場所で、善いモノも悪しきモノもたくさん寄ってくる特殊な土地だった。

特に前任の大聖女の結界が消えたここ一年、魔物の襲来があまりに多くて、私も走り回っていたのだ。結界が消失するまでは実感がなかったけれど、聖なる結界は本当に悪しきモノ――呪術や澱んだ魔力を払う効果があったということだ。

ただ、その力だって万能ではない。例えば、聖女は自分自身に治癒術をかけられない。それと同じで、すでに私自身を染め上げている呪術だけは払えないみたいだ。この街に飛ばされてきてから何度か試そうとしたけれど、うんともすんとも言わない。

でも、私以外の人が相手なら、かなりの効果を得られる自信はある。そういった説明をひとしきりして、私は結論を出した。

「だから、さっきのフロランシアの件も、私が彼女に直接触れて浄化の力さえ行使できれば、彼女の真の姿を暴けるんじゃないかなって思ってるのよね」

ついでに言うと、私自身にかけられた呪いを払うことが難しくても、術者である大元のフロランシアをどうにかすればいい。つまり、フロランシアを捕まえられたら全て解決できる。

ここまで話を聞いて、ヴィンセントはわなわなと震えていた。

向かい合ったままガバッと私の両手を掴み、縋りつく。

「それは、俺やフロランシア以外の人間もか!?　どんな相手でも暴けるというのか!?」

「あー……えっと。その、試したことはないけど。かなり強い力が宿っているみたいだし、理論は間違っていないと思うの」

彼が前のめりに迫ってきて、私の方がぎょっとする。勢いに押されて尻すぼみになりつつも、私はこくこくと頷いた。

「頼む、ナタリー！　俺に協力してくれ!!」

私が必死に頼んでいたつもりが、逆に助けを求められて目を白黒させる。ぎゅっと彼の両手に力が入り、その力強さに心臓が高鳴った。

「姿を暴きたい人物がいる」

真剣な表情だった。意志の強そうなアイスブルーの瞳が真っ直ぐ私を捉えている。

「ウィンディアリ王国の中央には、今、俺とは別の人物――元々騎士だった男が王太子として君臨している」

「え？」

「――イライアス・ソーンダイク。かつて自死したはずの騎士が、俺の姿を奪い、俺のふりをして好き勝手しているんだ」

その言葉の意味がすぐに理解できずに、私は瞬いた。

「自死？」

「ああそうだ。イライアス・ソーンダイクは魔法騎士の家系であるソーンダイク侯爵家の次男でな、騎士として王家に仕えていた。――しかし、あの男、禁術に手を出していたことが発覚してな」

「禁術ですって!?」

それはつまり、魔女が使うという呪術と同等の禁忌。

呪術が他者を呪いで苦しめる対人術式である一方で、禁術は万物の力を不当に引き出すという危険な術式。使用すると、草木は枯れ、土地は荒れ果てると言われている。

もちろん、歴史を遡っても禁術を大成した者は数えるほどしかいない。呪術と異なり、もうとっくに忘れ去られた術式ではあるのだけれど。

「そ、それはどこかで使用されたり――」

「ああ、おそらく。とはいえ、奴もまだ研究段階だったようだ。追い詰めたところで、自宅で自死しているところが見つかってな――」

イライアスは死亡した。誰もがそう思い込んだ。

そんなある日のことだった。イライアスは完全に姿を変え、ヴィンセントの部下の姿をして現れたのだという。そしてヴィンセントは自身の部下だと思い込み、側に置いてしまったらしい。

部下に化けたイライアスは、抱えていた任務を達成するためにと、ひとりの協力者を呼んだ。ヴィンセントの執務室にある女性が招かれ、そこでヴィンセントは縛られた。

「――見たこともない術式。今ならわかる、あれはおそらく呪術だったのだろう」

呪術で縛って動けなくして、女はヴィンセントの姿を写し取った。部下の形をとっていたイライアスにヴィンセントの姿を与え、一方のヴィンセントには誰ともわからない別の男の姿を与えた。

姿を変える際、わずかにイライアスの姿が透けて見え、自死したはずの彼が生きていることを知ったのだとか。

「もしかしたら、自死していたはずのイライアスの死体も、別の誰かの死体を偽装していたのかもしれないな」

今はもう火葬され、確認しようがないらしいけれど。

「――情けないことに、気がつけばこのザマだ。ヴィンセントという存在自体をあの男に奪われ、その王太子殿下とやらの命を狙ったという罪を着せられた俺は犯罪奴隷だ」

ここまで話して、ヴィンセントは深々とため息をつく。それから天井を仰ぎ見ていた。

「物騒なこと言うけど、よく、その場で殺されずに済んだわね」

「相手がイライアスだったからだな。あの男、相当俺を憎んでいたらしい。衛兵が来るまで、俺への恨み節をずっと語っていたさ」

「そんな」

「簡単に殺すわけがないだろう、と笑っていた。俺に相応《ふさわ》しい最も屈辱的な報復をするのだと」

「だから、奴隷堕ち？」

「ああ」

死よりももっと大きな苦しみを与えてやるということか。

生まれながらにして大国の王子。誇り高き勝利の獅子が奴隷堕ちとは、確かに屈辱だろう。

「人の恨みなど買いすぎてもはや原因などわからんが、アレは相当だな」

そう言ってヴィンセントは息を吐く。私もその言葉を受けとめ、目を伏せた。

（理由もなく嫌われることとって、あるもんね……）

私だってそれなりに意味のわからない恨みを買ってきたから、共感できる。

ヴィンセントも、国をよくしようと毎日走り回っていたのだろう。その眩しさによって、影も濃くなるということか。

「でも、不思議ね。人の姿を写し取る呪術って、そう簡単に習得できるもの……？」

「いや。そもそも見たことも聞いたこともないような術だからな。少しでも耳にしていたら、俺も不覚をとることなどなかった」

私もそうだ。フロランシア本人が豹変《ひょうへん》するまで、いや、真実の瞳を手に入れるまで見抜けなかった。

一般的な魔法とは根本的に別物。相当特殊な術式に違いない。そもそも、そんな呪術を使える人物が複数存在するとは考えにくい。

「もしかしてなんだけど、あなたの姿を変えた女性、フロランシアとも繋がりがあったりする？　っていうか、本人だったりして」

「可能性はゼロではないな」

「だよね」

　何が目的なのかはわからない。

　でも、シエルフィ聖教国の大聖女候補とウィンディアリ王国の王太子。それぞれの国の次代を担うふたりが、同じような時期に同じ呪術で陥れられるだなんて、偶然だとは考えにくい。

「そのイライアスという男の姿を変える呪術を解けば、あなたの冤罪も証明できるわよね？」

「ああ。それに、あの男の悪事も暴ける」

「そうしたら、フロランシアを捕らえる協力もしてもらえる……？」

　なんて、自分に都合のいいことをぼそりと呟き、上目遣いで彼を見てみる。

　ちらっちらっと思わせぶりな表情をしてみたところで、彼も無下にできないと考えたのだろう。唇をぎゅっと引き結び、大きく頷いた。

「――そんな顔をしなくても協力する。というより、俺だって、できることならば大恩を返したい」

　先ほど逃げようとした人の言葉とは思えない――なんて、からかいの言葉は飲み込んでおいた。

　彼の中では、最優先するべきは彼の国というだけだ。国のためならば、私みたいな娘を切り捨てることも厭わないし、逆に、私に頭を下げることもできる。まさに為政者としての思考だ。でも――。

「大恩？」

　思いあたりのない言葉に、私は首を傾《かし》げる。

「ああ。——俺を購ったのが君で助かったと言っている。この通りだ」

「待って⁉　やめてやめて！　おやめください、殿下っ！」

改めて頭を下げられて、私は慌てた。偉い人に頭を下げられたことなんて、今まで一度だってなかったからだ。さらにそれが隣国の王太子殿下ともなれば、居心地が悪すぎる。

「あと、その呼び方なのだが」

「ん？」

「殿下というのは、さすがにやめてくれないか。これから君とウィンディアリ王国に向かうにあたって、さすがに」

「あ」

それはそうだ。少なくともお互いに正体を隠したまま移動した方が都合がいいだろう。となると、ヴィンセントという名前も障りがあるだろうし——。

「——ヴィンス？」

これならば、わりとよく耳にする名前だし、違和感もないだろう。

そもそも、彼は私以外には別人に見えているのだ。彼にかけられた姿を変える呪術も、しばらくはそのままの方が都合がよさそうだ。

「まあ、それくらいが妥当か」

ヴィンセント——いや、ヴィンスはふむと、一度頷く。

「うん。だったら決まり、でいいわよね？　——これからよろしくね、ヴィンス」

「ああ、ナタリー」

私が差し出した手に、彼は一切の躊躇《ちゅうちょ》もなく応えてくれる。ぎゅっと私の手を握る手は、大きくて力強かった。

ひとりじゃない。それがとても心強く感じられて、私は笑った。

「――やはり、君は少し、人がよすぎると言われないか？」

「うん、そうね。利用されているのにも気付かずに働き続ける馬鹿とかよく言われたよ。――私だって、利用されてることくらいは気付いていたけどね」

なんて口を尖《とが》らせながらぼやいてみる。ヴィンスは少し呆れたような顔をしていたけれど、やがてくしゃりと笑って、私の頭を撫《な》でてくれた。

ちょっと子供扱いされたみたいでムッとしたけれど、でも、その手は大きくて、優しくて。

こんな風に頭を撫でてもらうのははじめてだなって思って――ちょっとだけ、嬉しかった。

## 4

思った以上にヴィンスの回復が早かったので、一度宿を出ることにした。

落ち着いたし、少し食事をしたいのと、これからの旅支度をするためだ。私の分の荷物はある程度揃えていたけれど、ヴィンスの着替えや装備、今後の食糧なんかも用意しなくてはいけない。

「素敵、ヴィンス、似合う！　格好いい！」

「フン、当然だ」

ヴィンスに冒険者らしい装備を揃えようとしたところで、彼のことがだんだんとわかってきた。

「ね、ヴィンス、こっちも。こっちも着てみてよ」

「いいだろう」

先ほどから彼にいろんな防具を身に付けてもらい、キャッキャと大騒ぎだ。

誰かの衣服を見繕う経験もはじめて。しかも、表向きはヴィンスは私専属の護衛だ。一番身近な存在になってくれた彼に、あれこれ着てもらうのは大変楽しい。

ヴィンスも案外ノリノリで付き合ってくれているのは嬉しい誤算だ。

それにしても――。

「ヴィンス、これも似合うんじゃない？」

「俺に着こなせぬものなどあるはずがないだろう」

うーん、この反応。

（案外、自信家なんだよね、ヴィンスって）

王太子だからこそ身に付けられた強靭《きょうじん》な自己肯定感と言うべきか。

実際、彼みたいな美丈夫は何を着ても似合うわけだけれども、こうも悪びれもせず言い切られると、いっそ清々《すがすが》しい。私も拍手して持ち上げる一択だ。

そんなわけで、彼には魔獣の革の肩当てに、ダークグレーのコートを身に付けてもらうことにした。

インナーは今は白いシャツに、コートより少し明るめのロングパンツを身に付けてもらっている。所々、臙脂《えんじ》の布地で切り返しになっていて、スタイリッシュな印象だ。

もちろん、着替えも買い込んだ。

あとは当面の武器としてロングソードを用意した。これならば冒険者としてもごくごく普通のスタイルだ。私だけに見えているヴィンスの本来の姿にも、呪術によるもうひとつの姿にもどちらにも馴《な》染《じ》みやすい仕上がりになっている。

「まいどありー！　いやあ、兄ちゃん、すごいプレゼントの量だ。彼女さんに愛されてるねー！」

「は？」

軽い冷やかしだと思うのだが、店主にそう笑いかけられ、ヴィンスが固まった。

端から見るとヴィンスは到底奴隷には見えない。だから、そう勘違いされてもおかしくはないのだけれど。

（いやいや、私とはつり合わないと思うよ……！）

冗談でも畏れ多い。地味で目立たない見た目の私と違って、ヴィンスは仮の姿でも非常に整っている。そこにいるだけで人々が振り返る程度には美形だ。

何よりも、本来は誇り高き王太子殿下なのだ。立ち居振る舞いも洗練されていて、ただ歩いているだけなのに様になる。子供っぽい私が彼女などと言われたら、ヴィンスも心外だろう。

「俺と彼女はただの主と従者だ。そのような関係では――」

「え、主？　ええ？」

私たちは事前に話し合い、あくまで旅の仲間として振る舞おうと決めていた。正確には、調査に赴く学者一家のお嬢さまと、そのお付きの護衛という設定にしてみた。私もヴィンスも庶民を名乗るには所作が整っているらしいので、出身もそれらしくした方がいいのではという判断だ。

だから、主と従者という表現もけっして間違ってはいない。けれど、実際に彼が自分を従者と表現するとは思っていなかった。

目の前の店主は、「どっちが主だ？」と悩んでいる様子だが、それをさらっと流す。これ以上深くつっこまれぬように、私はそそくさと支払いを済ませ、ヴィンスの腕を引っ張って店を出た。

「やっぱり、主と従者は無理があるかも。いっそ、私が従者のふりをしている方が」

「恩人にそのような役回りをさせるわけにはいかないだろう」

「もう、その言い回しからしてさあ」

いくら姿を変えられ、奴隷に身分を堕とされようとも、彼は生まれながらの王子さまなのだ。それに、圧倒的なカリスマ性で周囲を率いてきた実績もある。

従者のふりをしてくれといっても、それが難しいのだろう。どうあっても、ロイヤル感がにじみ出てしまう。……いや、単純に演技力だけがゼロという可能性も否めないが。

(私に負けず劣らずの世間知らずっぷりよね)

なんて、本人に言ったら思いっ切り否定されそうだ。と、つい、くすくすと笑ってしまった。

「何がおかしい?」

「ふふっ、こうして誰かとお買い物するのはじめてだから楽しくて」

「君は——全く、呑気《のんき》に笑ってる場合でもないだろうに」

命を狙われているのだぞ? と続けられて、私は笑いながらうんうん頷く。

それは事実だ。今、私も彼も、大手を振って街を歩けるような立場ではない。でも、なんだか楽しい。ウィンスは私が砕けた態度で話しかけても、案外同じようなノリで返してくれるし。

一応、表向きの立場は主と奴隷だ。さらに本来は、彼は雲の上の人。どちらであっても、彼とは明らかな立場の差みたいなものがあるけれど、こうして同じ目線で話をしてくれる。

大聖女候補として走り回っていた日々ではありえなかった。

あの頃は、誰もが私を馬鹿にして、虐げて、嘲笑して、利用して。——あんな扱いをされていたのに、どうして頑張れていたのかすら、すでにわからなくなっている。

「ふふ、次の買い物に行きましょう? あ、荷物はお願いできるかしら」

「無論だ」

彼は空属性《からぞくせい》――つまり、空間術と呼ばれる魔法にも適性を持っている。異空間に荷物を自由に出し入れできるもので、旅に必要なものの大部分は彼に運んでもらうことになった。

だから、私や彼の着替えなんかも複数用意して、彼に預かってもらっている。

「あとは食糧品かなあ」

国境まで二日、さらに最初の街まで一日だ。そこから、彼がまず目指したいという領地まではさらに十日ほどかかるらしい。

ここから先の国境地帯は少し険しい荒野が続く。長距離の乗合馬車を使用するつもりだが、皆で野営ポイントで休むというのが安く済ませる旅の定番なのだ。だから野営の準備を進めるため、マーケットへと向かった。

広場に差しかかったところで、数多くの出店が所狭しと並んでいるのが見えた。

人混みはますます増え、賑《にぎ》やかな声が響いてくる。

マーケットには見たこともないほどに大きな肉が吊《つ》るされていたり、色とりどりの野菜や果物がずらりと並んでいたり、それぞれの店が工夫して、ぎっしり商品を並べている。派手な色の手書きの値札が商品を彩り、さあ、商品を見ていってくれ！　と、呼び込みの声が飛び交っていた。

「すごい」

聖女として仕事をしているときは、地方では教会管轄の治療院に直接出向くことがほとんどだった。

だから、このような場所に足を運ぶことなどなかった。

いろんな街に赴いてきたけれども、人々の営みを直接目にする機会は多くなかったのだ。

「……なんだか、懐かしい」

「懐かしい？」

ぽろりとこぼれ落ちた言葉を、ヴィンスが拾いあげる。

そうだ、懐かしい。こういった市場にやってくるなんて、もう何年ぶりだろう。

私がまだ貧民街に住んでいた頃だ。日々のパンを買うために仕事をもらい、使いっ走りをすることが多かった。そうして、端っこの店で、売れ残りのパンをなんとか買わせてもらうのだ。

私にはそれが精一杯で――でもいつかみんなのように、食材を買って、家に持ち帰って、家族みんなで調理して――笑い合って食事できたらなあって思っていた。

そんな家族、ただのひとりもいなかったけれど。

（親と一緒に市場に来ていた子供が、羨ましくて仕方なかったのよね）

親の手を引っ張って「あれが食べたい」って指差す子供。彼らが屋台で買った食べ物を、美味《おい》しいねって笑い合って食べているのを、いつも眩しく見ていたから。

「どれだ？」

ふと、話しかけられて私は目を見開く。

「どれが食べたいんだ」

「え？　えっと……ええっと……？」

ヴィンスに唐突に訊ねられ、すぐに返事ができなかった。

別に、聖女になるまでの過去のことなど話したわけでもない。ただ、ヴィンスは片眉を上げて、私のことをじっと観察している。私がすぐに返事ができないことを悟ると、さっさと先に行ってしまった。目的の店でもあるのか、大股で闊歩《かっぽ》していく。

「店主、これを。――釣りはとっておけ」

ヴィンスは事前に渡していたお金から、小銭を取り出し手渡している。

(お釣りはいらないって、それ、私のお金なんだけど――!)

何かあったとき不便だろうからといくらか手渡しておいたけれど、まさかこんな使い方をされるとは思わなかった。

「向こうに着けばまとめて返す。――だからそんな顔をするな。ほら」

「はむっ⁉」

私が不満に思ったこともお見通しらしい。振り向きざまに私の口に何かをつっこみ、自分の分もと店主からもうひとつ受け取っている。

私の口に入れられたのは、こんがりと焼かれて塩が振られたジューシーな豚肉だった。串に三切れほど刺さったそれは、噛むだけでじゅわっと肉汁が溢れる。

(に、にににに、肉……⁉)

肉を食べることなど、もう何年ぶりだろう。

聖女は肉を食してはいけない。とはいえ、ほとんど形骸化している戒律だ。視察や任地の食事に出た場合、彼女たちは感謝を捧げて口にする。さらに上級聖女の食卓などでは、普段から堂々と肉が並んでいることも知っていたために、本当に謎の戒律だと思っていた。

でも、聖女の中でも強い力を持った私だけはなぜか、その力を失わないように――なんて理由で、その戒律をしっかりと守らされていた。

教会での食卓には一切の肉は出てこなかったし、他の街へ出張に行った際も、私の食事に関しては厳密に制限されていることが伝えられていたようだ。だから私も、肉などという存在はないものだと思って生きてきたけれど。

「おいしい……」

ぽろりと言葉が溢れ出た。

ちょっと舌がびっくりしているけれど、悪い気分じゃない。ずっと忘れていた感覚を取り戻させられたようで、じんわり沁《し》みていく。

「君は少し細すぎる。旅をするには心許《こころもと》ない。もう少し食べて、体力をつけておけ」

「……こう見えて、けっこう体力あるのよ。いろんなところ、仕事で走り回ってきたんだから」

なんて主張してみるも、説得力はないのだろう。

「それでもだ」

ぽすっと、頭に大きな手が乗せられる。ガシガシガシと乱暴に撫で回され——でも、自分の行動に急に照れだした彼は、すぐにそっぽを向いてしまった。

ヴィンスは何かと尊大な態度だけれど、私よりもよほど庶民と話すのに慣れているのかもしれない。あれやこれやと食糧品の購入をはじめて、私の意見を聞くこともなくぽいぽいと空間術の中へと放り込んでいく。その背中を見つめながら、私はお肉を頬張った。

「…………っ」

幼い頃、ずっと憧れていた味がここにある。シンプルな味付けで、貴族の令嬢が食べる物とも根本的に違う。食べたことがないのに、なんだか懐かしい。

ガリガリで、食べる物がなくて、いつも何かを恵んでもらうために地面に頭を擦《こす》りつけていた小さなあの日の私が脳裏に映る。

蹲る彼女に、これを差し出してあげたかった。

なにかが変わるかもと思って、ロジエ子爵の手を取って、必死で生き抜いてきた日々——。

「おい、ナタリー。これも買……っ⁉」

ふと、前を行くヴィンスが振り返り、ぎょっとする。慌てて駆け戻ってきて、私の肩を揺らした。

そうして覗き込むアイスブルーの瞳。私の姿を映したそれが、ゆらりと揺れる。

ほとり、ほとりと眦《まなじり》から温かいものがこぼれ落ちるのがわかって、私は瞬いた。

「どうした!?　なぜ、泣いている？」

「泣いて………………？」

これが涙だと気がつくまで、とても時間がかかった。

いや、遠い昔に泣いたこともあったのかもしれない。でも私の記憶には残っていなかった。毎日必死で這いつくばっていた頃は、流す水分すらなかったから。

聖女になってからもそうだ。貧民街で必死に生きていた頃と比べると、なんでも我慢できるような気がした。努力すれば大抵のことは乗り越えられたし、理不尽なことにも「そんなものか」と納得できた。

だから、今さら、悲しいことにいちいち涙を流すことなどない。そもそも、今、悲しいことなど何もないのだ。

「どうして？　私、何も悲しいことなんてない」

私の呟きに、ヴィンスはぎゅっと眉根を寄せる。それから私の肩を抱いて、人々の目から隠してくれた。

「…………そういう涙もある」

「そっか」

人生経験の豊富なヴィンスが言うのだから、そういうものなのだろう。

流れるものは仕方がないので、私ははむはむと残りのお肉を口にする。

「……この状況で君は食べるのか」

「？」

「いや、いい。——美味《うま》いか？」

「ええ」

大きく頷くと、ヴィンスは呆れたような困ったような笑みを浮かべてくれる。

先に食べてしまった彼に見守られながら、もぐもぐと残りのお肉を食べてお腹を満たす。

一本食べきった頃には、今までにないくらいお腹がぱんぱんになっていて、苦しいくらいだった。

もう食べられない、と溢《こぼ》す私に、ヴィンスがしみじみと呟いた。

「君は、想像以上に——」

「うん？」

「——いや、ウィンディアリにも美味いものは色々ある。協力してくれた暁には、君に盛大な晩餐《ばんさん》を」

「ふふ、それも素敵だけど」

貴族らしいお食事にも興味はある。

でも、今、私が一番気になっているのは、こうした当たり前の庶民の食事だ。こうして雑踏の中、本当にどこにでもいるただの女の子になって味わう食事。それが、幼い頃に生きることを望んだ私が手に入れたいものだったらしい。

「行く先々で、いろんなもの、食べてみたいな」

「そうか、わかった」

また、くしゃりと撫でてくれる手が大きくて、心地よかった。

# 第二章　剣闘奴隷だと思っていたのに、性奴隷ってどういうこと!?

## 1

今日というたった一日で、人生が大きく変わった。

それを実感しながら、私はヴィンスを連れて宿へ戻ってきた。

男女同室なのは気まずいかもしれないけれど、我慢してもらうしかない。彼は書面上は奴隷なため、ひとりでまともな部屋を取ることができなかったのだ。

ベッドは別々だから許してもらうとして、今日はここでゆっくり休んだら、明日から旅だ。

必要なものは買い揃《そろ》えたし、夕食も外で済ませた。乗合馬車の予約も済ませたし、準備万端だ。

「さすがに疲れたね、ヴィンス」

宿の部屋には簡易の浴室もついていて、先に身ぎれいにさせてもらった。私は伸びをしながら部屋に戻り、ヴィンスに声をかける。

しかし、彼からの返事がなくて、首を傾《かし》げる。どうやらベッドの上で蹲《うずくま》っているようだ。寝落ちでもしたのかと思ったけれども、少し様子が変だ。

「ヴィンス?」

「ぐ!　…………くぅ……っ!」

ようやく、苦しそうな声が漏れ聞こえてきて、私は目を見開く。

「ヴィンス!　大丈夫!?」

尋常な様子ではなかった。胸を掻《か》きむしろうとする勢いで苦しんでいる。

慌てて彼に駆け寄って、脈を取った。平常よりもずっと脈が速く、呼吸も荒い。魔力を探ってみると、彼の全身を覆う魔力がなぜか乱れていることがわかった。

(もしかして、奴隷紋の影響?)

それに気付くなり、私は左腕にしていた主《あるじ》の証《あかし》となる腕輪に目を向けた。

とはいえ、私が何か命令をしたわけでもない。一体何が起こっているのだろう。

「大丈夫、だ。放って、おけ………!」

「放っておけるはずがないでしょう!?」

原因がはっきりしないことには、治癒術も使用できない。

せめてお水? いや、寝ている方がいい? と、わたわたし続け、私はあることに気がついた。

(そうだ! 資料をもらってた!)

契約を結んだ際、奴隷を扱うための詳細が書かれた資料を手渡されている。

奴隷と主を繋《つな》ぐ腕輪は魔道具だ。まるで物のような扱いでいい気持ちにはならないけれど、主はこの腕輪を通して、奴隷の身体を管理できるはず。もしかしたら誤作動のようなものが起こっているかもと、縋《すが》るような思いで資料を探した。

確か自分の鞄《かばん》につっこんでいたはず。苦しむヴィンスのことを気にしながらも、私はその資料を取り出した。

「構わない! 大丈夫だから! 俺のことなど、放っておけば——!」

「ちょっと大人しくしてて!」

こっちは心配で資料を漁《あさ》っているのだ。変に我慢しないでほしい。そんな思いで、ぴしゃりと彼を叱りつける。そして資料の頭から目を通そうとしたところで、はたと気がつく。

――そこにはこう書かれていた。

『性奴隷　取り扱い説明書』

「………せ？」

目が点になった。見間違いだろうと思って、ごしごしごしと目を擦《こす》り、資料を読み直す。

「性奴隷取り扱い説明書っ!?」

その字面が、私の脳内に衝撃となって押し寄せる。

「ヴィンス!?　あなた、剣闘奴隷じゃなかったの!?」

あまりの衝撃に、資料とヴィンスを交互に見る。

「くっ、な、なにを、今さら………！」

「え!?　嘘《うそ》!?　ヴィンス、嘘でしょ!?　どういうこと!?」

「いや。まさかとは思っていたが、逆に、知らなかったのか……!?」

呼吸が荒くも、なんとか問いかけてくる彼に、私はぶんぶんと首を縦に振る。

――思い返してみよう。そもそも、私は剣闘奴隷を買いに行ったつもりだった。けれど、いざ奴隷商人を前にしたとき、旅の同行者だとか、護衛だとしか伝えなかったような気がする。

真実の瞳があるからと、「顔を見て選びたい」と伝えたら、奴隷商人ってばやたらニマニマした様子で、綺麗《きれい》な人ばかりが集められた小綺麗な部屋に連れて行かれて――。

（顔！）

そうか。この表現じゃ、勘違いされてもおかしくない！

（顔のいい同行者！）

それなりに整った身なりの女の子がそんな表現をすれば、遠回しに「性奴隷がほしい」と言っているのと同義だったのか！

（あー………どうりで、まともに戦えそうな人がいなかったわけね）

つまり、あの部屋は性奴隷だけが集められていたわけだ。あの奴隷商人、私が「本当は性奴隷がほしいけれど、はっきり言えない女性」だと、色々ねじ曲げて解釈してくれちゃっていたらしい。

（なんてこと……!!）

私は盛大に頭を抱える。

「あの男は、死ぬよりもつらい目に遭わせると言った……！　だから――」

「あ！　うん！　わかった！　そういうことね!?」

誇り高き王太子にとって最も屈辱的な地位。それは確かに、剣闘奴隷よりも性奴隷かもしれない。

（イライアスって人、本っ当に趣味が悪い……っ！）

拗《こじ》らせすぎるにも程がある！

色々ツッコミたいところだけれど、今は彼の苦しみを和らげる方法を探さなければいけない。

「くっ……！」

眉間に皺《しわ》を寄せ、己の内から湧き起こる苦痛に抗《あらが》うヴィンス。その額には汗が浮かび、よくよく見たら頬が火照っているようにも見える。

（ってことは！　これ、もしかしなくても、欲情してない――!?）

男性と親しくなった経験はゼロなので、あくまでも聞きかじった知識しかない。けれど、なんだかとっても欲情してる気がしてきた。

これは治癒術でなんとかできる代物ではない。というか、シャレにならないと、私は必死で資料を読み込む。

「なになに、ええと――性奴隷は主人だけに欲情するように、登録当日に魔力を馴染《なじ》ませる必要があります。特に、こちらの奴隷は最上級の奴隷紋が刻まれており、主の魔力と深く交わらせることが必要不可欠。長くお楽しみ頂けるよう、初期設定がされておりますので…………ええと」

読み上げながらどんどん頭が痛くなってくる。

「必ず当日に、主人を満足させるよう躾《しつ》け、身体を……繋げて…………くださ、い…………？」

頭の中がはてなでいっぱいになった。

性奴隷。発情。躾《しつけ》。身体を繋げる。さらにその下、『奴隷紋の働きにより妊娠の心配はございません』という大変現実的な注釈までついている。

聖女時代にはありえない色情を伴う単語の羅列に、頭が全然ついていかない。

（え？　ええ？　ええええ？）

つまり、欲情した彼を回復させるためには、彼と身体を繋げて、私が満足しないといけないというわけで。

「う、嘘でしょ!?」

思わず大きな声を出し、一歩、二歩と後ろに下がる。

ベッドには相変わらず苦しげなヴィンスが、浅く呼吸している。

この資料を読み込んだ後では、汗ばみ、頬を染める彼の姿が妙に色めいて見えてくる。シャツがはだけて胸元があらわになり、その立派な体躯《たいく》に目が釘付《くぎづ》けになり、ごくりと息を呑《の》んだ。

「放っておけ。そ、そのうち……治まる…………っ」

「いやいやいやいやいや！」

これは病気ではないのだ。人間の持つ治癒能力でなんとかなる代物ではない。

奴隷を縛る奴隷紋は、非常に珍しい命《めい》属性の術式の応用になる。ただ、聖女である私は属性自体を持ちえない体質だし、この様子ではヴィンスも持っていないのだろう。だから、魔法で治療することも不可能だ。

　となると、この解説通りの手順で、彼を楽にしてあげないといけないらしい。

(オプション！　色々つけるって言ってた!!　え!?　もしかして、そっち系の!?)

　資料の後ろには、何やら不穏な今後の取り扱い方法なるものがつらつらと書かれている。初日だけではなく、その後も色々――それは色々ありそうだけれども！

(……っ、でも、どうにかしないといけないって、ことだよね)

　私はごくりと唾を飲んだ。そうして、苦しそうなヴィンスに視線を向ける。

「くっ！　確かに俺は、君に買われた。しかし俺には、俺の矜持《きょうじ》がある……！」

「ヴィンス」

「君だって嫌だろう!?　こんな形で、強引になど――！」

　そこを問われれば、異なる意味で返事に困る。

　普通の女性なら、ここで、嫌だとかそうでないとかの答えが出せるのだと思う。

　想《おも》いあっている人としか身体を繋げないという人。こうして性奴隷を買って満たされたいと思う人。あるいは、相手がヴィンスのように見目麗しい殿方であれば、抱かれてみたいと思う人もいるかもしれない。でも、当の私はあまりに空虚なのだ。

　聖女は処女でいなければいけないという戒律がある。ただそれも、聖女が肉を食べてはいけないというのと同じ。ほとんど形骸化している。

　そもそも、嫁入りすることすら普通なのだ。処女でいられるはずがない。

別に処女でなくとも神力は失われたりしないし、業務にも影響がない。むしろ、貴族の間では聖女を囲うことがひとつのステータスとまでなっている。

そんな中、私はただ意味もなくその戒律を守り続けていた。

この身体を暴こうと近付いてくる男の人もいた。けれど、私はそれなりに神力があったから、力で負けることなどない。だから、のらりくらりと逃げて大聖女を目指した。

だからそもそも、考えたことすらなかったのだ。興味関心もなかった。男の人と身体を繋げるという行為について。でも――！

（どきどき、してる……）

今までの人生においてはじめての感情を受けとめきれない。

甘い吐息を吐き、苦しそうに蹲るヴィンスの姿。そんな彼と身体を繋げるということに対して、忌避感はない。それよりも、苦しそうな彼をなんとかしなければという思いが膨らみ、私は彼に近付いていく。

「くっ！　――俺は、奴隷に堕《お》とされようとも屈しはしない！　君には大恩があるが、性奴隷としての奉仕など！」

彼の主張も理解できる。

私が主になったとしても、彼は彼であり続けた。奴隷らしさなど皆無だ。きっと彼の王太子としての誇りがそれをさせている。姿が変わって名乗ることができずとも、彼は勝利の獅子《しし》でウィンディアリ王国の王太子なのだ。性奴隷に堕とされようとも、それに甘んじるはずがない。

（――苦しいでしょうに）

それでも屈しないのが、彼の誇りだ。

「どんなに苦しかろうが、耐えてみせる。だから、君も」

「いいえ」

はっきりと首を横に振った私に、彼は目を見張る。アイスブルーの瞳を揺らし、一体何をと掠《かす》れた声で問うた。

「要は、身体を繋げて、私が満足すればいいわけでしょ」

「何？」

「あなたは奉仕なんてしなくていい。私が勝手にあなたの治療をする」

「え？　は……？」

大きく目を見開いた彼に近付き、ベッドに手をついた。

手が震える。でも、私がここで躊躇《ちゅうちょ》していたら、ヴィンスはいつまで経っても苦しいままだ。

「私は、あなたと身体を繋げることに抵抗はない。それでも、あなたの矜持が許さないというなら、悪いけど私が勝手に動くだけね」

私は覚悟を決めて、ズボンの上から彼の下腹部に手を触れた。

「待て！　待て待て待て！」

「私はね、ヴィンス。あなたと一緒にウィンディアリ王国に逃げるって決めてるの。だから、あなたには万全でいてもらわないと困る」

「それはわかったが！　待て！」

「待たない」

いつか必要なときが来るだろうと、閨《ねや》教育は受けている。

ロジエ子爵家は、私が聖女として役目を果たしたら、どこかの貴族の家の後妻にでも入れるつもりだったらしい。だから、知識だけはきちんと教え込まれているのだ。

ヴィンスにとっては不本意だろう。でも、これから先、彼を縛る奴隷紋との付き合いは必須だ。ここできちんと馴らしておかなければ、彼はずっと苦しいまま。そう思い、ズボンの上から上下に擦った。彼の吐息が甘く漏れ、ビクンと身体が震える。

「君は、とんでもないな……！」

「度胸だけは人一倍あるの」

ヴィンスはぎゅっと眉間に皺を寄せ、私を睨《にら》みつける。

でも、どんなに睨まれようと私は手を止めるつもりはない。ベルトを外し、ズボンをくつろげる。

瞬間、凶悪なモノが現れ、私は息を呑んだ。ボコボコと血管が浮き出たそれは、太く、そして彼の臍《へそ》に届くくらいに長く、どう見ても凶器だ。

「やめ、ろ……っ」

彼の息が荒くなる。奴隷紋に必死で抗っているのか、ずっと苦しげな顔をしたままだ。

でも、ここで止めるわけにはいかない。私はもう、覚悟をしているのだ。

(閨教育では、殿方に任せておけばいいって習ったけど、この状況じゃ無理よね)

完全に私が襲っているみたいになっている。

(だったら、私は、自分でやらないと)

緊張で心臓がずっとバクバクしている。これでも動揺しているのだ。

でも、ここでちゃんとやらなければ、あとで苦しむのは自分だ。これほどに凶悪な彼のモノを、未通《おぼこ》の自分がやすやすと受け入れられるとは思えない。それに、はじめてだとキツいから香油も使うことがあるって聞いたけれど、ここにはない。

（……つまり、自分で準備をしなくちゃいけないってことよね）

恥ずかしがっている場合じゃない。彼のプライドも矜持も全部ねじ曲げるような形で、強引に行為を進めようとしているのだ。であるならば、私の行動の責任は私がとらなければ。

私は覚悟を決め、寝間着代わりのワンピースをたくし上げる。

「っ、待て、何を……！」

待つつもりなどなかった。ヴィンスに跨《また》がったまま膝立ちになり、あらわになった下着の紐《ひも》を解《と》く。

「ナタリー！」

「心配しないでいいわ。ちゃんと、ひとりでできるから」

「そういう問題じゃないだろう!?」

彼が伸ばした手を振り払う。そうして自ら、大事な部分をさらけ出した。

ヴィンスは信じられないという顔をして、私を凝視していた。

見られている。それがわかって、いよいよ呼吸が浅くなる。緊張でどうにかなってしまいそうだ。

正直、とても怖いのだと思う。こんな形で、はじめてを失うことになるだなんて。

「ん……っ」

ぎゅっと目を細めると、眦《まなじり》に熱いものが溜まっているのがわかった。視界がぼやけ、首を横に振る。

（立ち止まっちゃだめ、ナタリー！）

自分で自分に言い聞かせて、私は右手を股の間に伸ばす。

「ん、んん……っ」

自らの意志でそこに触れるのははじめてだ。割れ目に指を這《は》わせ、大事な部分を探す。

身体がひどく強張《こわば》っている。彼の前で痴態を晒すことも、ぴっとりと閉ざされたそこをこじ開けることも、正直怖い。

「君は――！」

ヴィンスが絞り出すように声を出した。

どんな目で見られているのか、考えるだけで恐ろしくなる。だから私はあえて彼から目を逸《そ》らし、こすこすと割れ目を指先で擦る。そうしてゆっくり、ゆっくりと指を一本挿し入れようとした。

彼が唾を飲み込むのがわかった。ぎゅっとシーツを握りしめ、大きく息を吐《つ》いている。頬がすっかり紅潮し、眉間に皺を寄せたまま必死で我慢していた。

そんな彼の表情に、私は動揺した。

違うのだ。これは私の意志。あなたが気に病むことなどない。それをどうしても伝えたくて、感情が大きく震えた。

「【大丈夫。あなたは、あなたの意志を貫けばいいの。だから、私が全部――……!?】」

ほんのわずか、心の揺れが神力の揺らぎとなり、腕輪に伝わってしまったらしい。

彼がカッと目を見開き――次の瞬間には視界が反転する。

「…………え？」

何が起こったのかわからなかった。

いつしか私はベッドに組み敷かれていたらしい。背中をベッドに預ける形で、天井を見上げる。

息が触れるほど近い距離に彼の顔がある。驚きで目を見開く私に、彼はどんどん顔を近付け――、

「ヴィ……んんんっ……！」

――次の瞬間には、噛《か》みつくようなキスをされていた。

「んー！　んんーっ!!」

まるで貪るような激しいキス。何度も何度も喰《は》まれ、強引に唇をこじ開けられる。呼吸する余裕などない。彼の分厚くて熱い舌が口内に侵入してきて、暴れ回る。

「ん、んふぁ……あ……！」

歯列をなぞり、今度は私の舌を探す。やがて見つけ出したそれを捏《こ》ねるように絡め、ねっとりと唾液を絡め合う。

苦しい。頭がぼーっとしてしまうくらいに熱くて、くらくらしそうだ。

わけもわからないまま、彼の舌に翻弄されている。そのままとろんとした表情で彼を見つめると、彼は苦しそうに眉根を寄せた。

「……これが、俺の意志……？」

「え？」

ヴィンス自身も戸惑っているようだった。わずかに呼吸する余裕が与えられるも、すぐにもう一度唇が重ねられる。

「ぁ、ふぁ……！」

彼はそうして貪りながら、今度は大きな手を私の身体に這わせていく。ワンピースを捲《まく》り上げられると、そこにはもう大事なものが晒されたままだ。

彼の瞳が欲情でギラリと光った気がした。まるで肉食動物の獲物にでもなったような気分で、私は身体を縮こめる。

けれど、彼が止まってくれることなどなかった。奴隷紋による衝動か、彼は真っ直ぐ私の割れ目に手を這わせる。やがて躊躇なく、指をナカへと挿し入れた。

「っ、ひぁ！」

私の神力の揺らぎが、彼の意志を後押しした。その意志とはつまり、私の身体を貪ることらしい。

(私が、頑張るつもりだったのに……！)

本来ならば、彼自身も隠しておきたかった欲なのだろう。意図せずそれを暴く形になってしまった。心の中で盛大に謝りつつも、もうどうしようもない。

「ひゃあああん……っ」

突然の衝撃に、私の身体が跳ねた。

「っ、狭いな……！」

「ん、んんん、だって……」

普通がどんなものなのかはちっともわからない。ただ、はじめての私にとっては、彼の指一本でも受け入れるのは大変で、涙目になる。

「くっ……！」

彼の息は荒かった。おそらく、奴隷紋がかなり悪さをしているのだろう。額には汗が滲《にじ》んでいる。

彼は片手で自身のシャツのボタンを外しはじめる。余裕がないのか、彼は身に付けているものを適当に脱ぎ捨てていった。

さらに私の身体を解《ほぐ》すようにたっぷりと愛撫《あいぶ》しつつ、蜜口に挿し入れる指を二本に増やした。その指をバラバラに動かし、強引にナカを拓《ひら》いていく。

そうしてもう片方の手で私のワンピースを捲り上げ、いよいよ胸までもが彼の目に晒された。

ギラギラとした目で見下ろされ、私の身体が強張る。どうやら彼は私のナカを弄《まさぐ》りつつ、同時に私の肌を貪ることに決めたらしい。

「ひあ!?　待って!　ヴィンス!?　待って……!」

私の制止を聞く余裕もないらしい。彼は痛いくらいに私の肌を強く吸う。そうして、いくつもの赤い痕を残していった。

やがて彼は、私の胸の頂きをかぷりと喰んだ。大きな手でもう片方の胸を捏ねながら、たっぷりと愛撫する。乳首を喰まれ、くりくりと舌で転がされたり、押しつぶされたり。たまに軽く噛まれると、その刺激の強さで私は芯から震えた。同時にナカまで弄られるものだからたまらない。

「ぁ、ぁあん」

自然と喘《あえ》ぎ声が漏れ、自分でも驚いた。こんなに淫らな声が出るとは思わず、唇を噛む。でも、奥のザラザラとした部分を捏ねられると、どうしても甘い声が出てしまう。ゾクゾクとするような痺《しび》れが湧き起こり、首を横に振った。

「ま、待って……ヴィンス、待って」

「っ、——無理だ」

彼が絞り出すように声を出した。私以上に彼の方が限界なのだろう。早く挿れたくてたまらないとでもいうかのように、熱くて硬いモノが押しあてられている。

(ああ、彼も苦しいんだ)

それがわかって、胸の奥が疼《うず》く。

何かにしがみつきたくて、彼の背中に腕を回した。そのとき、彼の腰のあたりに大きな紋様が見えてハッとした。

古代神語を含む複雑な図形が、彼の肌に刻まれている。それがあまりに痛々しくて、私はくしゃりと目を細めた。

（この奴隷紋が、彼を苦しめている）

ぐるぐると命属性の魔力が彼を覆っている。

私なんかが抱きしめても、慰めにはならないと思う。それでも、その奴隷紋の存在が悲しくて、私は彼の胸に顔を寄せた。

「もういいよ。大丈夫。来て……」

正直、まだ痛い。心の準備も整っていない。――それでも。

「っ、……！」

「心配しなくていいから」

彼はずっと、奴隷紋の衝動と戦っていたのだと思う。私が神力を注いでしまったせいで、彼の身体にはより大きな負荷がかかってしまった。

それでも彼は己の欲に溺れきらず、ギリギリのさなかで私の身体をきちんと労《いたわ》ってくれた。はじめてだからと無理のないように、しっかりと。

凶悪な彼のモノを簡単に受け入れられるとは思わない。きっと痛みを伴うだろうし、怖くもある。でも、彼にこれ以上苦しんでほしくない。だって、そもそもこれは彼を苦しみから解放するための行為なのだから。

「しかし……！」

彼が顔を上げた。躊躇しているものの、彼の表情には全く余裕がない。額はじっとりと汗ばみ、呼吸も荒い。

「大丈夫。度胸だけは人一倍あるって、言ったでしょう？」

だから、彼を安心させるように精一杯笑ってみせる。

ぎこちない笑顔かもしれない。それでも、全身全霊で彼と向き合いたかった。

彼の頬に手を添えて、もう一度呼びかける。

「大丈夫だから、来て」

「――っ！」

もう、我慢できなかったらしい。彼は弾かれたように上半身を起こし、私の太腿を持ち上げる。そうして身体を割り込ませ、怒張したモノを蜜口に押しあてた。

ドスンという重たい衝撃が走る。

痛みがやって来たのはその後。彼がひと思いに、一気に貫いたのだと理解した。

「っ、あああ！」

破瓜《はか》の痛みにのけ反り、私はぎゅっとシーツを掴《つか》む。

暴走した彼は私を労る余裕などもどこにもないらしい。何度も激しく奥まで打ちつけた。そのたびに、彼の熱杭《ねっくい》を私の膣内《ちつない》に隅々まで強く擦りつけていく。

貪り喰《く》うというのはこういうことなのだろう。大きな手で私の腰をしっかりと掴み、快楽から逃がさないようにしてただひたすらに穿《うが》つ。そのたびに私は、「ひぃ」だの「ふあ」だの言葉にならない声をあげ、ただただ彼の与える刺激を受け続けた。

「っ、くっ！　は、はぁ……！」

私だけじゃない。ヴィンスの声までがひどく甘い。余裕のない表情で、何度も抽送を繰り返す。

ぽた、と彼の額から汗がこぼれ落ちた。彼の美しい黄金色の髪が肌に貼りつき、壮絶な色香を纏《まと》ってこちらを見下ろす。その熱に溺れて、ぐずぐずに溶けてしまいそうだ。

「ん、ぁ、なにこれ……っ」

ガツガツと貪られているうちに、いつの間にか痛みが別のものへと変化していることに気がついた。

お腹の底に響くような疼き。それが甘さを伴い、全身を支配する。

もどかしくて、もっとほしくて、でも怖くて、苦しい。はじめて感じるたぐいの欲に、ああ、これが快楽なのかと理解した。

ふるると睫毛《まつげ》が震える。呼吸が荒くなり、何かに掴まりたいけれど掴まれない、そんな不安定さに襲われる。

「ヴィンス……っ」

切なくて、彼の名前を呼んだ。

ヴィンスもまた苦しそうに、眉間にぎゅっと皺を寄せたまま、ただただ私を貪り喰う。前も後ろもわからないような激しい愛撫に翻弄され、いつしか快楽の波に攫《さら》われる。

「やだ、なにこれ、怖い……っ」

わかったつもりで、わかっていなかった。

誰かと肌を重ねるということが、こんなにもとてつもない事だったなんて。

「くっ、……！　君は、覚悟をすると言ったな」

苦しそうにヴィンスが呼びかける。

確かに彼の言う通りだ。私は、自分で自分の言葉に責任を持つべきなのだろう。

ただ、ここまで感情が揺れることなど、人生の中でただの一度もなかった。どんなことでも淡々とこなしてきた自分が、これほどの感情の波に攫われるだなんて。

「っ、言った。言ったけど……！」

「ならば、受け入れろ。っ、俺も……！」

彼の抽送がますます激しくなって、私は身体を強張らせた。

彼が与えてくれる強すぎる刺激。怖いくらいに大きな波が、ざっと押し寄せる気配がする。

「俺も、君の覚悟に応えるから」

全然余裕がないはずなのに、そんな彼の言葉ははっきりと私の耳に届いた。ハッとするも、いよいよ刺激は私の全てをかっ攫い、快楽の海に投げ出される。

視界が真っ白になり、私は私の意識ごと、全部全部流された。

## 2

俺は、俺の意志とやらに、抗えなかった。

ナタリーのナカに欲望を全て吐き出した俺は、目を閉じる。

身体の中に渦巻く熱。自分ひとりでは押しとどめることが難しく、まるで拷問のように俺を苦しめた。その熱が、俺が――いや、おそらく主であるナタリーが満足したからなのだろう。俺に許しを与えるかのように鎮まっていく。

先ほどまでの苦しさが綺麗さっぱり落ち着いた。そうして俺は、深く呼吸する。ゆっくり息を整えてから、顔を上げた。

「――ナタリー、すまなかった。大丈夫か?」

すっかり暴走して、無理をさせてしまった。

いくら彼女が誤って奴隷紋を暴れさせたとはいえ、だ。生娘に、青臭くがっつくような行為を強要してしまい、自分の未熟さに頭を抱えたくなる。

「……？」

しかし、返事がなかった。

嫌な予感がして彼女の顔を覗《のぞ》き込むと、ぐったりしたままぴくりとも動かない。

「っ、ナタリー？　おい、ナタリー！」

無理をさせすぎたかと、心臓が縮み上がるような心地がする。彼女の肩を揺すろうと手を伸ばしたが、すぐに穏やかな寝息が聞こえてきて、俺は手を引っ込めた。

（眠ってしまったのか……？）

血色はよく、頬もまだ上気している。どうやら意識に負担がかかりすぎて、眠りに落ちてしまったらしい。

（はじめて、だったんだよな。それを――）

改めて思い知らされた心地だ。

彼女があまりにあけすけなもの言いをするから、俺も配慮が足りなかった。でも、ちゃんと意識しておくべきだった。彼女に負担がかからないはずがなかったのだ。

これは愛を伴わない、いわば治療のようなもの。だからといって、彼女の厚意に甘える立場の自分ががっついていいはずがない。

奴隷紋のせいだと言えばそうなのかもしれない。理性を押しとどめることも難しくて、彼女の覚悟に甘えて無理をさせてしまった。

（男の風上にも置けないな、俺は）

奴隷として購《あがな》われたことに抵抗していたくせに、このザマだ。結局、奴隷紋が暴れて、彼女がほしくてほしくてたまらなくなってしまった。

彼女の命令により俺の欲も膨らんだせいだとは思う。だが、それは言い訳にならない。

彼女は『あなたの意志を貫けばいい』と言った。つまり、彼女を貪ることが、俺の意志そのものだったというわけだ。

はからずも奴隷紋のおかげで、俺は、俺自身の本能を知ることになってしまった。

(シエルフィの大聖女候補、か)

ぐっすり眠る彼女を見つめる。

いや、候補どころか真の大聖女であることはほぼ確定だろう。

意志の強そうな彼女の瞳を思い出す。それだけで、俺の心の奥が疼くような感覚があった。

(俺の妃には――いや、何を馬鹿なことを考えている。今日、はじめて会った相手だぞ、彼女は)

それに、どう考えても彼女はワケアリだ。

今は奴隷の身に堕とされているが、俺はウィンディアリ王国の王太子だ。必ずあの地位に返り咲き、国を豊かにする責務がある。だから、俺の隣に立つ女性も当然、相応《ふさわ》しい人物を探すつもりだ。

少なくとも彼女はだめだ。俺の隣に立つには、立場が複雑すぎる。――とまで考えて、俺は頭を抱えたくなった。

(だからっ！　なぜ彼女を王太子妃候補として見ているんだ、俺は。違うだろう！)

色々なことがありすぎて、俺も混乱しているらしい。

彼女とはあくまで協力関係だ。そして、その一環として、こういった行為が含まれることになる。

それ以上でもそれ以下でもない。

(俺の好みかどうかと聞かれても、彼女はまぁ――違うしな)

俺はおそらく、もう少し落ち着きのある女性の方が好みなのだと思う。……まともに恋慕したことがないため、正確なことはわからんが。まあ、俺にそのような感情は育っていないと言い切れる。

立場上、俺の相手に対し、好みという項目が優先されることはない。それがわかっていたからな。

女性に関しては、政略結婚の相手として吟味するだけだ。両親や弟は、少し頭が固すぎるのではと言うこともあるが、為政者としては当然の考えではないだろうか。

（うちは、少し特殊だったからな）

母上は小さな国の第二王女であったが、その圧倒的な魔力の高さを評価されて抜擢《ばってき》された。——というのは、表向き。正確には、母上の快活さ聡明さに一目惚《ひとめぼ》れした父上が、母上を手に入れるために根回しをした。政略結婚にしか見えない両親は、実はなかなかに恋愛結婚だったわけだ。

そういうわけで、両親は俺に対しても、相手を選ぶ自由をくれている。むしろ政略的なことしか考えていない俺を窘《たしな》める言葉まで投げかけてくる。

（まあ、最終的には「ヴィンセントのことだから、どこかで政治的にもお前の気持ち的にも、納得できる女性をちゃっかり見つけてきそうだがなあ」とかなんとか、言っていたがな）

年回りの合うご令嬢や、周辺諸国の姫君のリストはおおよそ頭に入っている。それでもなかなか、これと思える相手が見つからなくて、周囲に結婚をせっつかれる歳になったが——。

（違う！　ナタリーは、そういう候補でも何でもないだろう！）

油断するとすぐに思考がそちらに走る。

俺にとって女性とは、妃の候補になり得るか否かが判断基準みたいなところがあるから、仕方がないのかもしれないが。

（俺にこんなひどい仕打ちを受けたというのに、呑気《のんき》なものだな、君は）

呼吸が落ち着いてきたのか、ナタリーはすよすよと平和そうな顔をして眠っている。

身分を剥奪されたどころか、命を狙われている立場にしては悲壮感のない彼女。これまで、シエルフィ聖教国で都合よくその力を搾取され続けてきた元大聖女候補とは思えない。

所作は整っているのに、口から飛び出してくる言葉はどうも情緒が足りない。——というよりも、自分の身体や感情に対して、無頓着がすぎるのだ。

恥じらいがないと表現をしたが、正確には少し異なる。

彼女は、自分自身のことなどどうでもいいのだろう。搾取され続けて、自分が護《まも》られたり、大事にされたりするという感覚が全くないのかもしれない。追放され、命を狙われてはじめて、その感覚の種が植え付けられた。

（俺のことも、気がつけば買っていたと言っていたな）

他人を哀れんだり、護ったりしたいと願う心は育っているのに、どうしてと思う。

ナタリー・ロジエといえば、ウィンディアリ王国にまで噂《うわさ》が届くような非常に優秀な聖女のはず。

実際、俺に施した治癒術は圧倒的で、彼女が大聖女として選ばれたと言われても納得ができる。

（こんなに優秀な女性を捨てたのか、シエルフィ聖教国は……）

にわかには信じがたい。

もし自分がシエルフィ聖教国の上層部であれば、絶対に優遇して彼女を手離しはしないだろう。しかし、話を聞いているとどうも、彼女への対応はひどいものだったようだ。

休む間もなく働かされ、その功績もまともに認められていない。教会の端っこで慎《つつ》ましい生活を強要され、まともに食事すらとらせてもらえなかったという。

（そんな馬鹿な話があってたまるか……！）

こればかりは認めるしかないが、彼女は唯一無二の存在である。それを、ぞんざいに扱い——いや、わざと苛酷な環境に追いやるだなんて。

　ふつふつと怒りがこみ上げてくるが、シエルフィ聖教国に報復するのはあとだ。俺が元の地位を取り戻した暁には、絶対にかの国に思い知らせてやりたい。それほどまでに、俺は彼女に対して大恩を感じていた。

　正直――もう、だめだと思っていた。

　イライアスに嵌《は》められ、この身を別の姿に変えられ、犯罪者に堕とされた。

　それでも最初は、自分でその状況を打破する自信があった。

　こう見えて、数々の反乱や異民族の侵攻から国を護ってきた身だ。自ら前線に立つことも多く、苛酷な戦場には慣れている。それなりに危険な目にもあったし、大きな怪我《けが》をしたことだってある。その経験によって身に付いた圧倒的な自信が、俺にはあったはずだった。

　それを、奴隷商人たちは粉々にしたのだ。

　躾と称して鞭《むち》打たれ、地面に這いつくばる。反抗すると抗いようのない苦痛を容赦なく与えられ、自尊心をへし折られる日々。

　王太子だと持てはやされ、奢《おご》りがあったのは認めよう。しかし、人々の前に立ち、強い意志を持って生きてきた俺の心を、根元からへし折らんばかりの屈辱的な仕打ちの数々。思い出すだけで、脳の働きが鈍り、心が重くなる。

　俺は感情を全て排除することで、どうにか自分の心を守った。逃げ出し、状況を打破しようとする気持ちすら失せてしまうほど、俺は動けなくなっていたのだ。

（イライアスがそうさせるように動いたのだろうな）

　あの男の、俺に対する執着は度を越している。

イライアス・ソーンダイク。奴は妙に印象に残る男だった。

魔法研究に優れたソーンダイク侯爵家の次男で、魔法騎士としても優秀だ。

真っ直ぐな銀髪で、少し長い前髪が常に片目を隠している。こちらを覗く片方の瞳の色は赤く、いつも何かを訴えかけるかのように俺のことを見つめていた。

ただ、どうも無口で、俺が話しかけても「はい」か「いいえ」の短い返事をするだけ。別に俺の護衛騎士というわけでもない。だが、同じ空間にいるといつも、じっと俺を見つめてくるのだ。

そんな妙な違和感を覚え続けて数年、国内に奇妙な現象が起こりはじめた。

本当にわずかで、意識して観測しないと気付けないほどの変化。気象条件が整い、大きな災害があったわけでもない農地で、収穫量が不自然に減った。唐突に森が枯れはじめた。湖が濁った。——どれもこれも、あくまで自然現象の範囲内ではあるが、どうしても違和感があったのだ。

その頃からだろうか。イライアスが頭角を現しはじめたのは。

元々魔法研究の才能に恵まれた男だったが、さらに実力をつけ、俺と互角に戦えるほどになった。

奇妙なことに、魔法技術の向上のみならず、奴は総魔力量まで底上げしていたのだ。

普通は成長期が終わった時点で、己の魔力の器も成長を止める。だから奴のような大人が、今さら魔力量の底上げなど、本当はありえないというのに。

この手の勘を、俺は信用している。だから裏で調べさせたところ、明るみに出たのだ。イライアス・ソーンダイクが禁術の研究に手を出していたことに。

そしてその禁術により、奴は自然の力を吸収し、己のモノにしようとしていた。

禁術の使用は大罪だ。だからその罪を詳《つまび》らかにし、あの男を正しく裁こうとした。それをまさか、死を偽装して逃げ延び、逆に俺を搦《から》め捕るだなんて。

奴の執念を甘く見ていた。それまで、俺を狙ってくる不届き者たち全てを撃退してきた経験があったからだろう。俺は慢心していたんだ。

間抜けな俺が搦め捕られた。それが全てだ。

イライアスは実に悪趣味な男だ。俺を性奴隷に堕とし、色を好む女を相手に一生這いつくばり、奉仕して生きろと言う。

ふざけるな。この俺はヴィンセント・レナード・ウィンディアリ。勝利の獅子とも呼ばれる誇り高き王子だ。いくら心がへし折れようとしても、最後の誇りだけは護りたい。だから、もし俺に奉仕させようとする女が現れたら舌を噛み切って死んでもいい。そう思っていた。

――それを救ってくれたのが、ナタリーだった。

(君は不思議だな)

喋《しゃべ》っているとなかなかに跳ねっ返りで、能天気で、心配になるくらいお人好《ひとよ》しだ。

彼女は俺よりも遥《はる》かに重い呪術をかけられているようで、神力が回復しないのだと笑っていた。

そんななけなしの神力を、俺に治癒術をかけるためだけに使ってくれて、その処女まで捧《ささ》げてくれて――やはり、頭が回るようでどこか足りない、平和ぼけした娘だと思う。

俺の目の前で眠る彼女が、こてんと寝返りを打った。

仰向けになると、着崩れたワンピースが妙に艶《なま》めかしく見え、俺は息を呑む。

(奴隷紋はもう働いていないのに、なぜ……)

心の奥が疼くような、この感情。

(彼女とはただの協力関係でしかない。わかっているだろう?)

俺のせいでぐちゃぐちゃに乱された下腹部に目をやり、ぎゅっと眉間に皺を寄せた。

（これは責任を感じているだけだ。ああ、そうに違いない）

完全に暴走し、彼女を満足させるためではなく、自分のために動いてしまった。いくつだよと自嘲したくなるほどにがっつき、青臭い性欲に溺れた自分に頭を抱える。

（せめて、綺麗にしてやるか）

汚れた身体では、寝にくかろう。

（この俺が、本当に誰かに奉仕するだなんてな）

だが、彼女の覚悟に対する責任は取りたい。そして、この身にあまる大恩を、少しずつでも返していくべきなのだろう。

（俺を購ったのが君でよかったよ、ナタリー）

これは嘘偽りのない本当の気持ちだ。

乱れた胸元に咲く、黒い花のような紋様を見やる。きっとこれが彼女の聖紋だろう。それが、澱《よど》んだ魔力で覆われ、こんな無残な色になっている。

（彼女のような人間が貶《おとし》められるなんて、あってはいけない）

自分は為政者だ。蹴落とされればそれまで。そう考える人間でもある。

正直、彼女が嵌められるのは、彼女の不用心さから考えると、まあありそうなことだとも思う。

ただ、この胸に宿る正義感に似た何かが、それを許せないと憤っている。

（俺は君の覚悟に応える。必ずだ。だから、安心して護られてくれ――）

こんなことを本人に言ったら調子に乗りそうだ。けれども、確固たる決意を持って、俺は彼女の頭を撫《な》でた。

## 3

次に目が覚めたとき、すでに外は明るくなっていたらしい。

今までなら夜が明ける前には目を覚まし、まだ暗い教会の掃除をしていた。だから、こんなにもゆっくりと起きるのは、何年ぶりかもわからない。

身体が重いような、軽いような、不思議な感覚がある。ただ、頭はずっとくらくらとしているし、深い海の底を漂っているようでもある。

（あ。これ、もしかして、神力が回復してる？）

彼のためにかけた治癒術。それの十分の一にすら満たない程度ではあれど、確かに、私を生かそうとしているものがある。

私の聖紋は穢《けが》されていて、神力が新たに内側から生み出されることはないはずだ。となると、ヴィンスと身体を繋げたことで、彼から受けた魔力が神力に変換されたと考えられるわけだけれど。

（やっぱり外部からの補給は可能ってこと？　ありがたいけど――）

ヴィンスと身体を繋げるたびにある程度は補給できるという事実に、ううんと呻《うな》る。

延命のための手段がこんなところでできてしまった。でも、行為が行為だ。いくら彼が私の性奴隷だといっても、自分のために身体を繋げろというのはどうかとも思う。

（……やっちゃったな）

結局、奴隷紋に翻弄されてしまった。彼は必死で抵抗しようとしていたのに、結局彼の意志にそぐわない形にさせてしまったのは私の落ち度だ。

いや、いずれにせよ、彼と身体を繋げるという結果は同じだったかもしれない。けれど、なんだかヴィンスと顔を合わせにくい。

（だめだ、思考がまとまらない）

頭がずっと熱くて、ぼーっとしてしまう。

（えっちってすごいのね……）

聖女として毎日走り回っていたときも、こんなことにはならなかった。自分の中の常識を全部書き換えられたような感覚だ。

ふと、顔を横に向けた。そういえば、ヴィンスの姿が見あたらない。

（昨日、彼とえっちしたのは……あっちだよね）

部屋にふたつあったベッドのうちのひとつ。私が寝かされているのは、昨夜身体を繋げるのに使用したものとは別。綺麗な方のベッドのようだ。

一応、寝間着代わりに着ていたワンピースのボタンはとめてあり、綺麗に整えられている。

ヴィンスは水属性の術式を使えるのか、あるいはわざわざ私の身体を拭いてくれたのか、ベタベタするような汚れもない。

ただ、お腹の奥にまだ何かが刺さっているというか、はめ込まれているような感覚が残っていて、それを自覚するなり、心臓がバクバクと大きく鼓動した。

いくら性奴隷の奴隷紋が暴れたせいだといっても、とんでもないことをしてしまった。

覚悟は決めたし、ヴィンスもそれに応えてくれたのはわかっている。ある意味、割りきった治癒行為に近いものであった。

それでも、あれだけ喘がされ、たっぷりとよがらされたら理解できる。

（か、簡単に、捧げるものではなかったよね……！）

世の女性たちが、好きな人にしか捧げないという理由がよくわかった。ああも激しく、どろどろで、深く溺れてしまいそうな行為、好きな人相手にしか難しい。

いや、ヴィンスが嫌だったとかそういうわけでなくて。なんというか、すごかったのだ。

ただひたすら、あとから羞恥が押し寄せ、私は上気する頬を両手で押さえる。

そのときだった。部屋の入り口のドアが開き、そこから桶《おけ》を持ったヴィンスが現れる。

彼は昨日買った服の中から、シンプルな白いシャツと濃紺のズボンを選んだらしく、こざっぱりとしている。一度汗を流したのか、髪も艶々で美男子に拍車がかかっていた。

「ああ、目を覚ましたのか」

私と目を合わせて、彼はほっとしたように息を吐く。そんな彼の様子に、私の方まで肩の力が抜けた心地がした。

「大丈夫か？」

「え、あ、うん。大じょ……ん」

身体を起こそうとして、上手にできなかった。頭だけでなくて、身体も随分と重い。

「寝ていろ。まだ、かなり熱がある」

「熱？　え？」

言われてはじめて気がついた。どうもぼーっとしてしまうなと思っていたけれど、それは熱のせいらしい。

ぼんやりとしたまま、頬や額に手を当ててみる。でも、自分ではよくわからなくて、小首を傾げた。

「これが、熱？」

「そうだ。自覚がないのか？」

「ちょっと、よくわからないかも」

治癒術は自分にはかけられない。だから自分が不調を感じたときは、他の聖女に治療してもらうのが一般的だ。

しかし、私に治癒術を施してくれるような友人はいなかったし、不調を感じたところで、どうにか踏ん張って任地に赴いていた。だから、この身体のだるさが熱によるものなのだと認識したことすらなかったのだ。

「………私、弱くなったのね」

「どうしてそうなるんだ」

ヴィンスが呆《あき》れたように息を吐いた。それから、ベッドサイドのテーブルに桶を置き、手を入れる。どうやら水を汲《く》んできたらしい。布巾を絞っては、ブツブツと呪文を唱えている。

「馬車の出発までにはまだ時間がある。もう少し寝ておけ」

そう言いながら、彼は私の額に絞った布を置いた。

「……つめたい」

普通に水につけただけでは、こうも冷たくはならない。おそらく、彼の魔法によるものだろう。彼には氷属性の力も宿っているようだ。

「本当はもっと寝かせてやりたいが、追われている身なのだろう？　俺だって、君をウィンディアリに連れて行く義務がある。悪いが、付き合ってもらうぞ？」

「悪くなんてない、助かるわ。ありがとね、ヴィンス。あと……」

ごめんなさい。

掠れた声は、届いたかどうか。

彼のためだと言って強引にコトに及ぼうとしたのは私だ。だから、熱を出したのも、元はといえば私が悪い。そういったことを伝えたくて口を開こうとしたけれど、どうにも言葉がまとまらない。

もごもごとしていると、ヴィンスがそっと、右手で私の目を覆った。

先ほどまで布巾を絞っていたからか、ひんやりして心地いい。その心地よさに私が目を閉じると、彼がとつとつと語りかけてくる。

「謝るな。君は悪いことをしたわけではない。堂々としていろ」

「でも」

「一緒に過ごしてよくわかった。君は、君の身体に無頓着がすぎる。もう少し自分を大切にしろ」

そうはっきりと告げられ、私は押し黙った。

「――っ、違う。別に俺は、説教がしたいわけじゃないんだ」

もっと責められると思ったが、彼は言葉に詰まる。

私の瞼《まぶた》の上に手を置いたまま、じっとしていた。やがて、何かを決意したかのように、少しだけその手に力が込められる。

「――――悪かったな」

私は目を開けた。彼の手に閉ざされて視界は真っ暗だけど、それでも。

「え？」

何に対して謝られているのかさっぱりわからない。だから、それ以上の反応ができないでいると、彼は恐る恐るその手を離した。

拓かれた視界の先に、ばつの悪そうな顔をしたヴィンスがいる。

彼はわざわざベッドの前で膝をつく。そして、そっと私の手を取った。

「すまなかった。君にとって、とても大切なものを奪ってしまったことは自覚している」

「た、大切って……」

「君の処女だ」

改めて言い切られて、頬がボンッと熱くなる。ただでさえ熱があるというのに、これ以上熱が上がったらどうしてくれるのだろう。

恥ずかしくてふいっと視線を外す。でも、彼はまだまだ謝りたりないのか、言葉を続けた。

「抑えがきかなくて、随分と乱暴な行為に及んでしまった。男の風上にも置けない。この通りだ――許してくれ」

「っ!? 待って!? そもそも、私がこの腕輪に神力を通しちゃったから――」

「それでも。抑える気があればできていた。なのに、中途半端に抵抗しようとしてあのザマだ。――強情すぎるのもよくない。それを見越せなかった俺が悪い」

「それは無理筋すぎない？ 私だって悪いのに」

自分ばっかり謝って、私には謝らせてくれない。それは不公平ではないのかと口を尖《とが》らせる。そんな私の不満顔を見て、ヴィンスはようやく口元を緩めた。

「まあ、君に悪意がないことはよくわかった。そんな君の覚悟に、俺も素直に応えることにする」

「ヴィンス」

彼の目が細められる。ゆったりと微笑《ほほえ》むその表情が印象的で、私はすっかり見とれてしまった。

「ナタリー、君のことは、責任を持って護る。だから、俺とともに来てくれ」

「それは私のセリフよ。だったら――その、これからもよろしくね」

「ああ――」

鷹揚《おうよう》に頷《うなず》いて、ヴィンスは立ち上がる。

「いつでも出られるように支度だけはしておく。君はギリギリまで寝ているといい」

「うん」

彼の好意に素直に頷く。すると、彼は安心したように、柔らかい笑顔を見せてくれた。

4

そうして私たちの旅ははじまった。

シエルフィ聖教国の西の街アギヨンから、国境を越え、さらにウィンディアリ王国の玄関口エイミスの街までおおよそ三日。それを私たちは馬車を使って移動する。

荒野が続き、魔物も数多く出没するこの地域の移動では、平民は乗合馬車を使うことが多い。乗客を複数名乗せて一緒に移動するのだ。

私たちも一般人に紛れようと、その乗合馬車の集団に入って移動する。

とはいえ、私は熱でぼーっとしたままだった。ヴィンスがあれやこれやと世話を焼いてくれるのに任せっきり。こんなにも誰かに頼ること自体、人生ではじめてだと思う。

身体を繋げた影響なのだろうか。今まで、こんなにも早く誰かを信用できたことなんてなかった。

——いや、誰かに心を許したことなど、そもそもなかったかもしれない。だって、結局最後は自分ひとりでなんとかしなければいけない生き方をしてきた。

そんな私にとって、ヴィンスは異色の存在だった。

彼はあまりに簡単に私の中に入り込んできた。でも、不思議なことにちっとも嫌じゃないのだ。むしろ心地いい。彼と一緒にいることで、誰かに甘えるということも、ぎこちなくはあったけれど慣れてきているような気がする。

乗合馬車はよく揺れるし、硬い座席はゴツゴツしていてお尻が痛くなる。そんな私を気遣うように、彼はずっと膝の上に抱いてくれていた。

（ヴィンスの腕の中……心地いい）

……ちょこっと他の乗客たちの視線は気になったけれど、それを考えたらだめなのだろう。

元々の身分のせいか、ヴィンスは見られることに慣れすぎている。多少皆の視線が刺さってもどこ吹く風。中には私たちのことを冷やかしてくる乗客もいたけれども、「連れは体調を崩していてな。静かにしててやってくれ」と、怒るわけでも誤魔化すわけでもなく、静かに諭していた。

そうも堂々とされると、周囲もちょっかいを出しづらかったのだろう。私たちのことは静かに見守ってくれていたようだ。

私もなんとなく気恥ずかしくて、その日は夜になるまでずっと静かに眠っていた。

――そうして、夜。

この荒野を通って国境へ向かうルートでは、野宿で済ませるのが主流だ。ルート沿いにはいくつか野営ポイントがあって、皆でそこに身を寄せるのだ。

護衛として雇われた冒険者は交替で見張りに立ってくれている。とはいえ、彼らは野営地の外側を巡回しているようで、私たちからは姿が見えない。

皆はそれぞれ場所を選んで休んでいるようだった。野営地の中央には火が焚《た》かれ、そこから近すぎず遠すぎない位置に腰を下ろしている。テントを持参している者もいて、休み方はそれぞれだ。

そんな中、ヴィンスだけが野営地の中心に焚いてある火の前にいた。側に置いてある丸太を椅子代わりにして、どこか遠くを見つめているようだ。

「ヴィンス」

私が起きてきたことが意外だったのか、ヴィンスは片眉を上げながら振り返る。

「どうした。明日もまた馬車に揺られるんだ。休めるうちに休んでおけ」

「うん。でも、もう熱も下がったし、昼間あなたに甘えてたくさん休ませてもらったし」

そう言いながら、とことこと彼の横まで歩いていく。すると、彼は私に場所を譲るように少しだけ横にずれてくれた。だから私も遠慮なく隣に腰かける。

「ちょっと、あなたと話したい気分だったの。――ヴィンスは休まなくて平気なの？」

「君は俺を護衛として雇ったろう？　こんな大勢がいる場所で、おちおち寝ていられるか」

なるほど。ヴィンス本人は、奴隷であるというより、金で雇われた感覚でいてくれているらしい。

「えーっと、一応、護衛の冒険者さんたちもいるみたいだし」

「同じ馬車に乗った人間が君を襲ったらどうするんだ」

「襲う!?　そんな――あっ」

物騒な言葉につい声が大きくなり、私は口を噤《つぐ》む。どう考えても、同行している人たちを警戒している発言だ。周囲に聞かれるとさすがに気まずかろう。私はこしょこしょと小声で提案した。

「で、でも、ヴィンスだって休まないと」

「大丈夫だ。防音の魔法はかけた」

「う、ありがとう」

さすが王太子殿下と言うべきなのだろうか、私の危惧したことを汲み取ってくれた。私は胸を撫で下ろし、改めてヴィンスに向き合う。

「それに、俺は一日二日寝ずとも平気だ。慣れている」

「慣れているって言っても」

　思い返してみると、彼の環境はかなり苛酷だったのではないだろうか。

　出会ったときの彼の姿を思い出す。全身、あの怪我だ。犯罪奴隷扱いをされていたし、もしかしたら乱暴な手段で聴取なども行われていたのかもしれない。

　それに犯罪奴隷ならば、かなり苛酷な教育もあっただろう。だから、彼は長くまともに休んでいなかったはずだ。私に買い取られた後も、奴隷紋の暴走があったり、熱を出した私の世話があったりと、気の休まる時間がなかったと思う。

　そんな彼の状況を思うと、ぽろっと言葉が出た。

「……一緒に隣で寝よって言ったら？」

「はあ!?」

　ヴィンスは驚いたように目を見張った。明らかに動揺しながら、頬を引きつらせている。

「君はっ、恥じらいや慎みを持つべきなのではないのか!?」

「慎みはともかく、恥じらいって、それヴィンスが言う？」

　私などよりも遥かに恥じらいという言葉から遠すぎないだろうか。

　今日だって、終始私を抱き上げていた。そのせいで周囲の視線が突き刺さっていたはずなのに、彼は平気な顔をしていた。

「俺と君では立場が違うだろう？　――全く、こんな人目に触れる場所で、君を抱きしめて眠ってもいいと？」

「えっ、わざわざ抱きしめる必要はないと思うけど。ただ、近くで眠ったら、異変があっても互いに気付けるかもしれないでしょう？」

「……そういう意味か」

彼が目を据わらせたものだから、私は小首を傾げる。理にかなっていると思うのだが、なぜか恨みがましいような目を向けられる。

「真実の瞳も変な反応していないし、大丈夫だと思う。ヴィンス、私と出会う前もちゃんと休めてなかったでしょう？　だから、あなたこそ休めるうちに休むべきだと思うの」

「心配は不要だ。明後日《あさって》になればエイミスの街に着く。そこまで行けば、少しは気も抜ける」

確かに、ウィンディアリ王国に入ってしまえば、追っ手の心配は激減するだろう。彼の意見はもっともで――でも、そうなると、私はまた彼の厚意に甘えることになってしまう。

「明後日までね。本当に大丈夫？　身体、つらくない？」

「………」

私の問いかけに、彼はふいっと視線を逸らした。大丈夫だと即答すると思っていたから、その反応に私は瞬く。

「ヴィンス？」

呼びかけると、彼は片手で額を押さえた。そうして、はあああ、と盛大に息を吐く。

「あの……本当に、大丈夫？」

心配ではあるものの、なぜ私は、よりいっそう恨みがましい目で見られているのだろうか。

「君の覚悟とやらを信じて、正直に言う」

「え？　あ、はい」

その真剣な声色に、私は居住まいを正した。

「つらいかつらくないかと言えば、つらい」

「えっ!?　だ、だったら私の方が見張ってるからさ、交替しながら寝ましょ？　休も？　ねっ？」

「そうではなくて――」

ぐっと、腰を引き寄せられた。瞬間、ゾクゾクと身体の芯から震えが湧き起こり、私は硬直する。

彼の顔がすぐそこにある。息がかかりそうなほど、そばに。

「アレの作用だ。頼むから、察してくれ」

「アレって……え!?　ここで!?」

彼がわざわざアレと呼ぶのは、どう考えても奴隷紋しかない。

（本当にっ！　本当に本当にっ！　あの奴隷商人めっ！）

いや、ヴィンスが性奴隷だと気付かず、ほいほい言われるがままに契約してしまった私が悪いのは理解している。それにしても、この奴隷紋は私が想像していた以上に厄介な代物だった。

初日にしっかりと身体を繋げて魔力を交わらせるだけでは終わらなかったのだ。

（その後も定期的に魔力を馴染ませないといけなかっただなんて……！）

主人の登録が奴隷紋に馴染むまで、互いに魔力を交換し続けないといけない。特に登録初期はその頻度が重要らしく、本来ならばほぼ毎日身体を繋げる方がいいのだそうだ。

それができないと、ヴィンスの身体が私の神力を求めて発情してしまうというもはや呪いのような効果が付与されてしまっている。

けれども、今この状況で、そこまでの行為は難しい。

「さ、さすがに、アレは！　人目が！　無理よっ」

いくらヴィンスが他者の視線に無頓着であったとしても、無理がある。

ボンッと頬が上気して、私は必死で両手を横に振る。彼は私に恥じらいがないと言ったけれど、それくらいの分別はあるのだ！

「是非、そこはあなたの素晴らしい忍耐力で乗り切ってもらって！」

あわあわと震えながら首を横に振っていると、彼がきょとんと目を丸くする。そうして私の言葉の意味を考えたらしく、唐突に吹き出した。

「くくっ、君は、一体なにと勘違いしたんだ？」

「え？　——えっ？」

「なんだ？　つい思い出してしまうくらい、昨夜はよかったのか？」

防音の魔法をかけたと言っていたはずなのに、彼はわざわざ私の耳元で囁《ささや》いた。その低くて甘ったるい声に、めくるめく夜のことが思い出されて、ますます顔に熱が集中する。

「ち、ちが……！　ヴィンスのいじわる！」

「あはははは！」

いよいよ彼は声に出して笑った。その屈託のない笑顔に、なぜか胸の奥がきゅんと疼くも、抗議したい気持ちになる。

（ってか、あの勢いはさすがに事故みたいなものでっ！　ヴィンスだってすっごく謝ってくれたじゃない！　それを、今さら蒸し返して、からかうのはどうかと思うっ！）

——などと心の中で文句を言ってみるも、結局のところ、単純に私が恥ずかしいのだ。

熱を出して倒れてしまったけれど、彼とたっぷり身体を重ねて——正直、とてもよかった気がする。

あまりにすごいことで感情が全然追いついていないけれど、多分、あれが「気持ちいい」ということなのだろう。

身体の隅々まで満たされたというか、充実しているような不思議な感覚がある。単純に彼の魔力が流し込まれたからとかではなくて、もっと、人間としての欲が満たされたかのような。

(人間の三大欲求、恐るべし……)

これでもかというくらい貪られて、思い知らされた。

別に彼とは、心を通わせているわけではない。あくまで、彼の苦痛をとるための手段であったけれども、彼と肌を合わせて、私という人間が確かに変わった自覚がある。

「……お、おい。そう落ちこまないでくれ。たちの悪いからかい方をしてすまなかった」

私がずっと俯《うつむ》いていたから、ヴィンスを心配させてしまったらしい。

「あ、そうじゃないの。えと。その、あなたの言葉が図星すぎて、改めてすごいなあって実感していたというか」

「っ!?」

まだ熱い頬に手を当てたまま宣言すると、ヴィンスが驚いたように硬直した。そしてなぜか、彼の方がみるみる頬を染めていく。

焚き火の光の影響、とかではないと思う。少し気まずそうに、彼はそっと視線を外した。

「だから君は、恥じらいがないと言うんだ」

「え?」

「君がよかったのなら、まあ、いい。――よかったついでにひとつ相談、いや、提案があるんだが」

「提案?」

一気に不安になってきたのだが、なんだろう。彼の目に、何やら熱が宿ったような気がする。昨夜もちらりと見せていた獲物を狙うときの肉食獣の目と言うか。

「な、なんでしょう……？」

恐る恐る訊《たず》ねてみると、彼は私を抱く腕に力を込めた。ますます逃げられなくなったことを理解して、どんな提案なのだろうと不安が大きくなる。

「君は覚悟を決めたと言ったな？　そして、俺もその覚悟に応じると」

「え、ええーっと。そ、そうね……？」

「俺たちは互いの目的のため、協力してウィンディアリ王国の王都を目指す。それでいいな？」

「は、はい。間違い、ないです」

圧を感じる。なぜか改まった言葉遣いになりつつ、私はこくこくと首を縦に振る。

「協力内容には、この厄介な奴隷紋への対応も含まれる。昨夜のように。――そうだな？」

「と、時と場所さえ選んで頂けたら、応じますけれども……？」

恥ずかしくて声が裏返りそうになりながらも、何度も首を縦に振る。

一度経験してしまったせいか、以前よりも妙に彼のことを意識してしまうけれど、その通りだ。私の身体を捧げる覚悟は済ませている。

「ならば、俺の奴隷紋が暴れ回りそうなときには、協力してもらえるという認識で合っているな？」

「だ、だから。時と場所を選んでくれると、嬉《うれ》しいなと」

「時と場所と、あとは、手段もな」

「そう、手段も。――って、え？　手段？」

一体何だろう、と顔を上げたときには、もう、すぐそこにあった。――彼の綺麗な顔が。

「っむ!?」

あ、キスされる。そう思ったときにはすでに、唇が重ねられていた。

わけがわからなくて硬直しているのがわかった。

昨夜ほどの性急さはない。ただ、触れるだけのキスではだめなのだとはっきりと伝えられている心地がする。

観念して、わずかに唇を開いた。すると、待っていましたと言わんばかりに、彼が舌を挿し込んでくる。彼は私の舌を探し出し、しつこいほどに押しつけてきた。くちゅくちゅと口内をかき混ぜ、唾液を絡ませ合う。

「わかるか？　ほら、君からも差し出してくれ。俺に倣って」

一度唇を離して、彼はそう囁きかける。

皆が眠っている場所からは離れているから、キスをしていることまでは見られていないと思う。

――いや、見られているかもしれないけれど。恥ずかしすぎるので見られていないと願うしかない。

彼の求めるものが何なのか正確に理解した私は、素直にこくりと頷いた。そうして、今度は自分から唇を重ねに行く。

自ら唇を開き、舌を突き出す。教えられた通りにしてみると、彼が満足そうに喉の奥で笑うのがわかった。彼も同じように舌を出してきて、今度はふたりで絡め合う。

（あ……魔力……）

彼の魔力が流れ込んでくる。

本当に微々たるもの。私の神力が回復するような量ではないけれども、身体を繋げずとも、一応魔力を交わらせることはできるらしい。

「ん……」

彼の睫毛がふるると震えている。

（少し、気持ちよさそう、かも……？）

瞳を閉じた彼の顔を見つめていると、なんとなく不思議な感覚になる。平凡な顔で、彼とはどう考えても不釣り合いな私でも、ちゃんと彼を満足させられるらしい。

（まあ、奴隷紋のせいなんだけど、きっと）

それがなければ、そもそもこのような行為に及ぶはずもないわけで。

（………あれ）

それを思うと、胸の奥底がチクッと痛んだ。ただ、その痛みの意味がよくわからず、今はキスに専念することにする。

「ん、ふぁ……」

彼はまだまだ満足できないらしく、口元がぐちゃぐちゃになるまでキスは続いた。

やがて名残《なごり》惜しそうに彼が唇を離しても、私の頭は働かない。ぼーっとしたまま、与えられた熱に溺れっぱなしだ。

「――ほら、いつまでもそんな顔をするな。止められなくなったらどうするんだ」

軽口を叩《たた》かれてようやく、私はハッとする。

「さすがにそれはないでしょう？　――え？　まさか、まだ足りない？」

「いや、十分だ。アレの疼きは収まった」

「だったらよかったけど」

理性さえあれば、大丈夫。前みたいなことにはならないと、証明された心地だ。

安心して胸を撫で下ろすと、ヴィンスは少し納得できないような顔をし、私をジト目で見る。

「そういうところが無防備なんだ。――はあ、よく俺と会うまで、何事も起きずに生きられたな」

「え？　ううん、何事もなかったわけじゃないんだけど」

「は？」

単純に私がヴィンスに対する覚悟を決めているから、ここまで許しているだけだ。

私だってそれなりに力を持った聖女の端くれだった。貴族の男たちからこの身体を狙われ、搦め捕られそうになったことは何度かあった。

権力でねじ伏せようとした者、興味本位で近付いてくる者、金で買収しようとした者、皆バラバラであったが、共通していたのは男の欲望のままに私に近付いてきたことだ。

「大丈夫だったのか!?」

「もちろん。ヴィンスは私を無防備って言うけれど、これでも大聖女候補だったのよ？　ちょっとした危険だったら、神力で、こう――」

痛い目を見てもらう、一択だ。

神力は基本、誰かを攻撃するようなことには向かないが、やりようはあるのだ。

おかげで教会からは咎《とが》められたし、懲罰房に入れられたこともあった。でも、普段から肩身の狭い思いはしていたし、今さらだった。

どうせ教会は、私という存在を追い出さない。消すこともない。私はちっぽけな存在だったけれど、この身に宿った神力だけは群を抜いていた。だから、私に働いてもらわなければ、困るのは教会だったのだ。罰を与えるにしても限度がある。

そういう自負があったからだろう。私は使いでのいい駒だったけれど、私の意志を無視してひどいことはされなかった。

なんて、とつとつとこれまでのことを話していくと、ヴィンスの表情がどんどん曇っていく。

「シエルフィ聖教国の連中は、一体なんなんだ。何様のつもりだ。君は今までよく我慢したな」

「我慢できなくなったから、逃げるの」

「逃げるのが遅すぎる。殺されそうになってはじめてとか、君は君自身に頓着がなさすぎる。せめて、もう少し早く俺の国に来ていれば――」

「――でも、そうしたら、あなたとは出会えていなかった」

「それは、そうだが」

ヴィンスが私の代わりに怒ってくれている。それがなんだかとても嬉しくて、胸の奥が疼く。

私の境遇に思いを馳《は》せ、感情を揺らしてくれる。そんな相手ができるなんて思わなかった。

(ふふっ、間に合わなくても、けっこう満足して死ねちゃったりして)

余命一年。大きく人生が変わってたった二日で、あまりに新しい感情に出会いすぎた。

私の世界は確実に大きくなって、それがとても心地いい。そして確実に言えるのは、この感覚は全部ヴィンスが教えてくれたということだ。

「あの場所で、あなたに会えてよかった。そう思っているわ」

「それは――」

ヴィンスはぎゅっと唇を引き結ぶ。私を抱きしめる腕に力を込めて、静かに、しかしはっきりと呟《つぶや》いた。

「俺もだ。君と出会えた僥倖《ぎょうこう》を噛みしめている。世辞でもなんでもないぞ？」

「うん。よかった」

彼も同じように考えてくれるなら、とてもありがたい。私は大満足で頷いて、そのままこてりと彼に身体を預けた。

「――そういうわけで、明日に備えて少しは横にならない？　あなたが休んでくれないと、私も休みにくいんだからね」

　運命共同体なのだから、そこはしっかりと自己管理してほしい。私のためにも。そう宣言すると、彼は盛大なため息をついた。

「これで恥じらいを持ってくれたら、最高だったんだがな」

「それくらい我慢してよ」

「はあああ」

　もう一度わざとらしくため息をついて、彼は私を抱き上げる。

「仕方がないな。君の言う通り、今日は身体を休めることにするが――」

　顔を近付け、また、彼はわざわざ耳元で囁いた。

「街に着いたら覚悟を決めてもらっても？　これから君の横で眠って、この奴隷紋が黙っているはずがない」

「そ、そういうものなの……？」

「知らん。予想だ」

　とはいえ、奴隷紋の慣らしが必要な今は、身体を重ねる未来も見えている。

「ど、どうしようもなかったら、そのときね。……うん」

　こくりと頷くも、私の心臓はドキドキしている。

　――つまりこれ、嫌じゃない。というか、ちょっと期待しているってことなのだと思う。

（私、えっち好きな方だったんだ……）

　また新しい自分を発見した心地がして、途方にくれる。

この新たな自分情報を喜んでいいのか、呆れたらいいのか、判断がつかなかったからだ。

翌日、熱も下がって完全に元気になった私は、他の乗客と一緒に乗合馬車に乗り込んだ。

昨日とはうって変わって、散々冷やかされた。どうやら、私たちのキスは皆にばっちり見られていたらしい。

「兄ちゃん、恋人じゃねえって言ってたのに！」

「――仕方がないだろう。この方に手を出したことを主人に咎められたのだ。だから」

「かあああ！　愛の逃避行ってヤツか!!」

――なんか、知らないうちにそんな設定が付け足されることになった。

この旅の間、私は学者一家の娘で、ヴィンスがその護衛――と思いきや、実はふたりは恋人同士で、親に認められず家出中――ということらしい。

(複雑っ！　複雑すぎるよ、この設定！)

人間として人との交流を最初から諦めてきた私には難しすぎる。

でも、ヴィンスは余裕の表情で、皆の冷やかしを受け流していた。というよりも、実に堂々としたものである。馬車の中でも私の腰を抱き寄せて、優雅に座っている。

「まあ、絶対にワケアリだとは思っていたよ」

「じゃねえと、こんな溺愛しているお嬢さんに熱出させたまま、旅なんかに出ねえもんな」

「しかもどう見てもお金持ちのふたりが、身をやつして！　乗合馬車で！」

「ちがいねえちがいねえ！」

などと納得しているが、ちょっと待ってほしい。

「溺愛……？」

「え？　そこに引っかかるのか？」

ぽろりと溢《こぼ》れ出た疑問に、目の前の男性がぎょっとしている。

「どう見ても愛されまくってるじゃねえか！」

なんて言い切られるも、さすがにありえないと思う。

（まあ、昨日はずっと私を膝の上に乗せてくれていたみたいだし）

周囲から見たら、確かに溺愛なのだろう。その単語の強さにくらくらしてしまうけれど、これは人の目を欺くための設定。今後のためにも受け入れておいた方がいい。

（てか、所作の綺麗さは全然誤魔化せないのね……）

それもう、諦めた方がいいのだろうか。

沈痛な表情でヴィンスに視線を送ってみる。するとヴィンスは、なぜか上機嫌な様子で、にっこりと微笑んでみせた。

「バレていたか。ならばもう隠す必要はないな」

「え――？」

周囲のざわめきが聞こえた。いよいよヴィンスが堂々と、皆の前でキスをしてみせたからだ。

「ちょ、ヴィンス！」

さすがにすぐに抗議するけれど、ヴィンスはパチンとウインクするだけ。しめたものだと言わんばかりに魔力を交わらせる。

（覚悟を決めた勢いで開き直りすぎなのよ、ヴィンスは！）

奴隷紋がどれほど彼に負荷を与えているのかはわからない。だが、暴走を避けるために念には念を入れ、ちまちまと補給をしておこうということなのだろう。それは理解できるけれども。

（時と場所を考えてって言ったよね！）

ヴィンスが人に見られることをなんとも思っていないばっかりに！　彼が完璧王太子だった弊害が大きすぎる。

（え？　これから先も、人前で堂々とキスされること、あったりする……？）

それはだめだ、絶対に、許せない。

「【ヴィンス……】」

たとえこの命を削ってでも、断固抗議してやる。

「!?　お、おい、無駄遣いをするな。——な？」

何をかといえば、つまり、神力の。

でも、私の怒りはちゃんと伝わっているらしい。

「時と場所」

「ぐ……わかった。わかったから！」

「お願いね」

目を据わらせて訴えると、周囲の人たちが堪《こら》えきれずに爆笑する。

「兄ちゃん、なかなかに尻に敷かれるな、こりゃあ！」

「仕方ねえ仕方ねえ！　ははは、頑張んな！」

そうやって、ひとしきり周囲の人たちに冷やかされながら、一路西へ。私たちはウィンディアリ王国へと辿《たど》り着いたのだった。

「ようやく戻ったのね！　よかった、遅かったから心配していましたの」

甘ったるい声が耳に響く。

私はため息をつきたい気持ちになりながら、目の前の女性に頭を下げるしかなかった。

「――それで？　ナタリー・ロジエは見つかりましたの？」

ふわふわとしたプラチナブロンドの巻き毛が揺れる。陶器のように白い肌。女神と称されることすらある麗しの乙女が、碧《あお》い瞳を潤ませながら小首を傾げた。

シエルフィ聖教国の新しい大聖女フロランシア・リヴィエール。三日前に大聖女に選ばれ、この国の影として働く私の新たな主になった女性だ。

私はこの国の影。聖女たちが表で華やかに人々を救済する一方で、私のような影たちが裏で手足として動き回っている。いわば、国を正しい形で運営するための歯車のようなものだ。

こたび、この国ではめでたく新たな大聖女が選定された。神々の啓示により公爵令嬢でもあるフロランシア・リヴィエールこそが大聖女に相応しいと判断された。

だから彼女はこの城へ招かれた。新たな大聖女としての役割を果たしてもらうため。そして、この国の歯車のひとつである私は、彼女の手足となることが決まった。――というのは表向き。実際は少し事情が異なる。

本来ならばこの国の王族と大聖女だけが使える影――それを、リヴィエール公爵家の人間は共有している。公爵家が力を持ちすぎた影響だ。だから私は、実は以前からこのフロランシアの影として、水面下で動き続けている。こたび、彼女が大聖女となったことで、影としては正しい形で仕えられるようになったというだけだ。

待ちに待った新たな大聖女の誕生。全国民が諸手《もろて》を挙げて歓迎しているが、私の気分は冷めたものだった。

(なにゆえ創造神様は彼女を大聖女にお選びになったのか)

いささか疑問が残る。

ナタリー・ロジエのことを思い出す。

正直、私は彼女こそが大聖女に選ばれるものだと思い込んでいた。それほどまでに彼女の神力の素質は圧倒的だったし、どこか浮世離れした性格も、言い換えると純朴で欲がないように思えた。

国中を走り回り、地道に聖女としての仕事を全うしていた彼女の姿に、影として共感できたというのもある。だから彼女が大聖女であるならば、この国が正しく動く未来を簡単に思い描けたのだ。

一方、目の前のフロランシアといえば、大聖女というよりもやはり公爵令嬢といった肩書きの方がしっくりくる優美さだ。国を走り回るような姿など想像できない。

今だって、自分は一切動かずに、私たちにナタリー・ロジエを捜索するよう命令する始末。

(全く、誰のせいでこうなったと思っている)

ナタリー・ロジエが姿を消したのは、十中八九、転移の術の誤作動によるものだ。

大聖女として授かる貴重な力のひとつらしいが、亡くなられた先代の大聖女様はついぞ使用されることはなかった。なぜなら、転移は大聖女が使用する術の中でも最も神力を消費する術式だからだ。

先代でも扱いきれなかった非常に難しい力。それを、この新たな大聖女は使用できるらしい。

大聖女にはいくつもの力が宿るらしいが、その詳細は我々影でも完全に把握しきれていない。結界、転移、そして真実の瞳。少なくとも三つの力の素質が宿ると言われているが、大聖女ごとに扱える力が大きく変わるからだ。

転移はそもそも扱えぬ大聖女も多いと聞くし、真実の瞳については、その見え方が大聖女によって異なるのだそうだ。

歴代の大聖女同士で比較しようにも、大聖女と呼ばれる存在は時代にひとり。我々には知見が圧倒的に足りない。

だからこそ、はじめて見る転移の魔法に圧倒されたのは事実。影の中にも感動に打ち震えた者がいて、今や、国中が新たな大聖女の誕生を言祝《ことほ》いでいる。

ただ、いざ現場となると、そう喜んでもいられない。

(よりにもよって、ナタリー・ロジエを飛ばした場所がわからないと仰《おっしゃ》るか)

曰《いわ》く、ナタリー・ロジエが抵抗するのが恐ろしくて、宿ったばかりの力を暴走させた結果、転移の術が誤発動してしまったというのだ。そのようなひどい話があってなるものか。

(――っ、いかんいかん。ここ数日、寝ずに走り回っていたせいでつい怒りが)

しかし、当の本人といえば、とぼけるばかり。頭の中がいささかお花畑でいらっしゃる。

私は、大聖女選定の儀の後に告げられた彼女の言葉を思い出す。

『ごめんなさい、わたくしの力では、ナタリーがどこへ行ったのか見当もつかないの。――不出来な大聖女で恥ずかしいわ』

あの麗しい顔で目に涙をいっぱいに溜めて訴えられると、周囲も大いに同情した。

『何を仰る！　魔女など、これから国をあげて捕らえればよいのです！』

『必ずナタリー・ロジエを捕らえましょう！』

能天気な貴族たちめ。誰が手足となって捜し回ると思っているのだ。

　フロランシアはと言うと、周囲に励まされ、涙を流しながら頷いていた。

『ええ、必ず。わたくし、頑張りますわ。未熟な大聖女だけれど、皆さま、力を貸してくださる？』

　殊勝な言葉を吐く彼女に皆心を打たれていたが――。

　結局彼女が直接指揮をとることはなかった。

　魔女捜しに捜索隊を派遣するように言うだけで知らんぷり。なんとここ三日、彼女は大聖女選定の儀式で神力をごっそり使用したために、体調を崩していると主張しているのだ。私の見立てでは、どう見ても健康そのものであるはずなのに。

（……疲れたな）

　言いたいことは山積している。だが、私の役目は大聖女を支えること。その任務は絶対だ。

　ため息をつきたい気持ちになるのをぐっと堪え、フロランシアに一礼する。そして、今回の捜索の結果を報告することにした。

「ナタリー・ロジエの行方は掴めておりません。ただ、転移術を使えた歴代大聖女様方の力について文献を探ったところ、転移できる範囲には限界があるとのこと。おそらく、国内のどこかに転移したと思われます」

「えっ!?　まだ近くにあの子が？　わたくし、まだ彼女に命を狙われ続けるの？　怖いわ！」

　そんな彼女の言葉に、モヤモヤした気持ちが大きくなる。大聖女は澱んだ魔力を正すための存在だ。魔女を討伐する側の人間が、そのような言葉を言ってどうする。

　しかし、この気持ちは飲み込むしかない。彼女はまだ大聖女としての自覚が足りないだけ。そう自分に言い聞かせ、納得するしかなかった。

（そもそも、ナタリー・ロジエが大聖女の命を狙っていた様子は見受けられなかったが）

私から見て、ナタリー・ロジエは欲とは最も遠いところにいた存在だ。そんな彼女が魔女というのがにわかに信じがたいが、あの黒く穢されてしまった聖紋を見ると、そう考える他ない。いずれにせよ、ナタリー・ロジエを見つける必要はある。

「近隣の街の捜索は終えております。聖都から離れている土地も、ある程度候補を絞って順番に――」

「候補？」

「はい。ナタリー・ロジエには国内の至るところに土地勘があります。そして、今の彼女ならどこに転移したにせよ、国外に逃げる選択をするのではないかと」

フロランシアの目つきが変わった。話の続きを求めるように、こちらをじっと見据えてくる。

「この国は、合計四つの国に面しております。北のテュシアに向かうには苛酷な山岳地帯を越える必要があり、東のパッノブリアとは国境が閉ざされている。となると、南のアーテムか、西のウィンディアリとなってくるわけですが、あとは、かの魔女がどの位置に転移されたかにもよるかと」

「そうね」

「丁度三日前、西の街アギヨンにて不可解な神力の揺れを観測したとの報告がありました。それが大聖女様の転移術の影響だと考えれば、おそらく西、ウィンディアリ方面に逃げた可能性が高い」

そこまで告げると、フロランシアは何かを思いついたように目を輝かせた。

「まあ、それなら丁度いいわね！」

フロランシアは目を輝かせた。

嫌な予感がする。私はこめかみを押さえつつ、彼女の言葉を待つ。

「ウィンディアリなら、ヴィンセント殿下にちょっとお手伝いをお願いすればいいだけですもの！」

「またですか。以前も申し上げましたが、他国の王族にそうも簡単にものをお願いするのは——」

「でも、ヴィンセント殿下ってば、わたくしのお願いならなんでも聞いてくださるでしょう？」

「いつの間にそこまで懇意になられたのですか」

「うふふ、ちょっとね？」

思わせぶりにフロランシアは笑った。

（大聖女選定の儀の前から、ことあるごとにかの国を訪問なさっているようだが、まさかな——）

かの国との交流を深めるため、数名の影を王太子ヴィンセントに貸し出している。この国の内部事情をよく知る影を貸し出すなど、国王陛下もよく許可を出したと思うが、それができてしまうのがリヴィエール公爵家だ。

ただ、かの王太子と互いに協力を惜しまない理由がわからない。

ここのところ、フロランシアとヴィンセントは少し距離が近すぎではないだろうか。手紙でも頻繁にやりとりしているようだし、友人と呼ぶには無理がある。

（もしや、恋仲か？）

確かに年回りは丁度いい。ただ、そうなると別の問題が発生してくる。そもそも、大聖女である彼女がかの国に嫁ぐことはできないのだ。

大聖女となったフロランシアは、まず間違いなくシエルフィ王家に嫁ぐことになる。ウィンディアリ王国ほどの大国との繋がりは貴重だが、彼女だけは許されないだろう。

「大聖女様、お言葉ですが」

「あら？　あなたが心配するようなことは何もなくてよ」

私が言いたかったことを先取りするように、フロランシアは微笑む。

「ただ、わたくし、あの国の王子にはいーっぱい貸しがありますの。だから、きっと魔女捕縛にもご協力頂けますわ」

くすくすと、上機嫌な様子でフロランシアは宣《のたま》う。

「せいぜい、ヴィンセント殿下に頑張っていただきましょう。あの魔女も、きっとかの国に出たら油断しますもの。そこをきっと捕らえてくださる。そうしたら、全てが丸く収まりますわ」

などと言い切るフロランシアの言葉はにわかに信じがたい。

（隣国の王太子を完全に顎で使っているが、かの国が動いてくれる自信はどこから来るのだ？）

まさか、ヴィンセントを骨抜きにしている——などということがあったりするのだろうか。

事実、フロランシアと言えばこの美貌。少し憂えた表情を見せるだけで、彼女のために動こうとする男は数知れず。そうして、数多《あまた》の人間を動かしてきた女性だ。

（正直、聡明かどうかは疑問が残るが、大衆を動かす力は十分に持っている）

この国の旗印としては丁度いい。ただ、別の問題もあるわけだが。

「——承知致しました。では、我々も西に捜索網を広げましょう」

「ええ、よろしくね」

「はい。ところで大聖女様」

話がついたところで、私は問題となっている話題を口にする。

「聖なる結界を張る儀式をいつにするか、そろそろ日程を決めなければいけないのですが」

それこそが、大聖女としての最初の大仕事と言えよう。

この聖都クレイルは特殊な地。澱んだ魔力が溜まりやすく、それを払うための大結界を張る必要がある。その儀式を執り行ってはじめて、大聖女は大聖女の役割を果たしたと言えるわけだ。

ところが、先ほどまでの機嫌のよさもどこへやら。彼女の表情がさっと陰る。

「――ひどいわ、あなた」

このたったひと言の反応で、彼女が何を言いたいのかがわかってしまった。

長い睫毛を伏せて、瞳を潤ませながら、ふるふると顔を横に振る。

「何度言ったらわかってくれるの？　わたくし、神力が戻らなくて体調を崩しているの。全部、あの魔女のせいだってずっと言っているでしょう？」

――つまり、儀式をしてほしければ、ナタリー・ロジエを捕まえろと主張しているらしい。

普段の言動からも、彼女のこの言葉は疑わしくもある。だが、大聖女が臍を曲げては、執り行えるものも執り行えない。

(どのみち、神力が回復しないかぎり、あんな大規模な結界は張れないだろうしな)

儀式を急がせろと主張する者たちを黙らせるのは骨が折れるが、仕方がない。

「わかりました。全て、あなた様の望む通りに」

「ふふ、わかってくれればいいの」

私の返事に満足したのか、フロランシアは蠱惑的《こわくてき》に笑った。

# 第三章　このキスに込められた意味は

## 1

さすが世界有数の大国ウィンディアリ王国とでもいうべきか。

玄関口であるエイミスの街は、色とりどりの建物が建ち並ぶ華やかな街並みだった。

白を基調とした建物の多かったシエルフィ聖教国とはかなり雰囲気が異なる。人々の服装も色彩豊かで、街全体が明るい雰囲気だ。国境を越えるだけでこうも変わるものかと、私はきょろきょろと周囲を見ながら通りを歩く。

「とりあえず、追っ手に追いつかれることはなかったわね」

「だな。噂《うわさ》が回るよりも早く国境を越えられたのは幸運だった」

「すぐに行動してくれたあなたのおかげね」

熱が出て動けなかった私を連れて、ヴィンスは迷いなく旅に出てくれた。おそらく、最短でここまで来られたと思う。

私ひとりでは絶対に無理だった。ヴィンスは決断するのも早いし、何よりも、その決断に迷いがない。彼について行けばいいのだと、私を安心させてくれる。

——まあ、問題がないわけではないけれど。

「……ナタリー」

「っ!?　えーっと、また？　我慢できない？」

「…………できれば」

ずっと誤魔化し続けてきたけれど、そろそろ限界が訪れたらしい。

まだ奴隷紋が身体に馴染《なじ》みきっていないのに、初日以降、まともに身体を重ねられていないのだ。

そのせいで奴隷紋が悪さをしているのだろう。

ここまでキスで我慢してもらっていた。ただ、人前で好き勝手キスをされるのはたまったものではないので、場所に関して口酸っぱく要望を出している。せめて人に見られにくい状況でお願い、と。

渋々ながら彼は了承してくれているからこそ、こうしてお伺いを立ててくれているわけだ。

（乗合馬車の人たちにはバレバレだったけどね……）

国境を越えるまで散々冷やかされた。

駆け落ち中の恋仲という設定がすっかり馴染んでしまった。その弊害か、同行していた他の客と別れた今も、ヴィンスはごく自然に私の腰を抱く。

正直なところ、そのたびに私の心臓が落ち着かなくなってしまっていた。

（強引に来られるの、弱いのかもしれない、私……）

ヴィンスとしては、そのつもりはないのかもしれない。女性の腰を抱くなんて、彼ほどの人物であれば日常茶飯事だったのかもと思える。もしくは、彼なりの演技なのだろう。

いずれにせよ、ヴィンスに他意はない。私だけが、この腰を抱いたりキスをしたり、あとは身体を重ねたりする行為を意識しすぎている気がする。

胸がじんじんするというか、ふわふわするというか、感情が上がったり下がったりで落ち着かない。

ヴィンスと一緒にいることで、私は全く触れてこなかった新しい感情と、たくさん出会ってばかりだ。だからこそ、素直に認めたくない気持ちもある。

（私とヴィンスは、ただの協力関係なんだからね。私にこういう感情を向けられても、ヴィンスが困るだけでしょ！）

こういう感情というのはどういう感情なのか。自分自身でも、これは深掘りしてはいけないと強く感じている。

「ナタリー？」

「～～～、来てっ！」

頬が赤くなっているのを見られたくない。だから私は大きく息を吐き、彼の手を引いた。

そうして顔を見られないようにずんずん前を歩き、裏路地に入った。

人目につかなくなったところで、彼と向き合い、背伸びする。ヴィンスもまた、まるで待ち望んでいたかのように私の腰を抱いた。そうして彼にすっぽりと抱かれたまま、彼の唇を受け入れる。

「……っ」

本当にずっと我慢していたのだろう。私が素直に舌を出すと、彼は性急に自らの舌を絡める。くちゅっ、と唾液が混じり合う音がした。ただキスをしているだけなのに、私の身体まで熱くなってしまいそうだ。

なんだかねちっこい。ぐちゅんと強く舌を押しつけて触れ合ったり、わざと音を立てて強く吸ったり、単純に粘膜による魔力融合の域を超えてキスを堪能《たんのう》しているような気がする。

（ヴィンスって、こういうところ、ちゃっかりさんよね）

意外と軟派だったりするのだろうか。

（でも、相手、私だよ？）

キスを楽しむ相手としては力不足な気がする。到底彼を満足させられる気がしないが、まあ、奴隷紋の関係で濃ければ濃いほど彼が楽になるのかもしれない。

（深く追及はしないでおこう……）

私とのキス、気持ちよかったりする？　満足できてる？　濃い方が好き？　――なんて、恥ずかしすぎる。鋼の心臓を持っていたとしても、そのような質問はできる自信がない。

「ん、ふぁ」

しばらくそうして、互いの熱を感じていて――ようやく満足したのか、彼がそっと唇を離した。つぅーっと唾液が糸を引くのが視界の端に見える。

「はぁ………」

自然と甘い息が漏れてしまい、私はババッと頬に手を当てた。だって、これだと私が待ち望んでいたみたいだ。

気恥ずかしくてふいっと視線をよそに向けると、彼がくっと喉の奥で笑うのがわかった。私ばっかり意識しているみたいなのが恥ずかしくて、同時に苛立《いらだ》たしくもある。

私は頬をぷくっと膨らませて、彼の手を引っ張る。

「もうっ、満足したでしょ。早く行きましょ！」

そう言って大通りに戻ろうとしたときだった。

「貴様！　殿下に何をした!?　――この淫売な魔女め!!」

突然、大きな声が聞こえた。その声に私が反応する前に、ヴィンスが私を背に護《まも》るように前に出る。彼はさっと剣を構え、私を庇《かば》うように立ち塞がった。

聞いたことのない声だった。よく通るその声は、明らかに私に敵意を向けている。

追っ手に見つかったかと思ったけれど、それも少し違ったようだった。だって今、相手はヴィンスのことを殿下と呼んだのだから。

けたたましい金属音を鳴りひびかせ、相手はヴィンスと剣を交える。

ヴィンスと互角に戦っているのは、私よりも少し年上の青年だった。それがあまりに意外な相手で、私は目を見開いた。

だって彼は、ウィンディアリ王国に所属する騎士の制服を纏《まと》っているのだ。

肩のところで切り揃《そろ》えた紺色の髪に碧《あお》い瞳。色彩こそ落ち着き、一見クールな印象の青年だが、その瞳が正義感で燃えている。

「お前、レインか!?」

どうやらヴィンスの知り合いらしい。カンッ、カンッ！　と、何度も剣をぶつけ、鍔迫《つばぜ》り合《あ》いをしながらも、互いに一歩も退《ひ》かない。

「くっ！　そこをお退《ど》きください、殿下！」

やはり、ヴィンスのことをはっきりと殿下と呼んでいる。

(どうしてわかるの!?)

真実の瞳を持つ私ならまだしも、レインと呼ばれたこの青年には、今のヴィンスは別人に見えているはずだ。大勢の人混みの中から私という存在を見つけたこと以上に、ヴィンスの正体を見抜いたことの方が信じられない。

驚いたのはヴィンスも同じようで、なぜ、と溢《こぼ》している。

「殿下、目をお覚ましください！　あなた様はその魔女に操られていらっしゃるのです！」

「くっ、レイン！　目を覚ますのはお前だ！　少し冷静になれ！」

「いくら殿下がお相手だろうとできません！　あなた様のためにも！　私は、その女を倒さなければならない！」

「何を言っているんだ!?」

　ヴィンスの腕はこの国で一、二を争うものだと認識している。そんな彼に対し、レインという青年は引けを取らない。やや小柄な体格を生かして、受け流しにくい角度からの攻撃を続けている。

　しかしヴィンスもさすがのひと言で、それらの攻撃を見事に全て弾いてみせた。それどころか、ヴィンスの突きが相手の腕をかすめている。

（って、すっごく注目浴びちゃってるっ！）

　往来でこんなやりとりをしていたら当然だ。行き交う人々が足を止め、野次馬よろしくこちらの様子を見ている。中には衛兵を呼びに駆け出す人もいて、どう考えてもこのままではいられない。さらに相手の青年が、ヴィンスのことを殿下などと呼んでいることも厄介だ。

（神力、あんまり使いたくないいんだけどっ！）

　背に腹は代えられない。どうにかしなくてはと使命感に駆られ、私は前に飛び出した。

「ふたりともっ、やめてっ！」

　そう叫びながら、ふたりの間に割り込む。

「っ！」

「――なっ!?」

　両者の剣が同時に振りおろされる瞬間だった。

　ふたりが驚きで目を見開くも、剣の軌道は変えられない。私は内から障壁を張り、両者の攻撃を同時に弾き飛ばす！

（っ!?　すごい剣撃っ！）

　どうやらふたりとも、剣に魔力を込めていたらしい。その衝撃により、神力がごっそり持っていかれる。想像以上の神力消費に身体がぐらりと揺れるも、私は足を踏ん張った。

（っ、キツい……！）

でも耐えられないことはない。私が顔を歪《ゆが》めたところで、ヴィンスが咄嗟《とっさ》に剣を引いた。

「――っ」

何かを言おうとして言葉になっていない。顔面蒼白で、わなわなと震えている。

よほど驚かせてしまったのだろう。悪いことをしたとも思うが、今はごちゃごちゃ言っている場合ではないのだ。私は絶句するふたりを睨《にら》みつけ、まずはヴィンスの腕を掴《つか》む。

「騒ぎになるから、来てっ！」

それから、もう一方の青年の手首も同じように掴んで、もう一度脇道に入った。そのままぐんぐんと細い脇道を突っ切り、街の外へと向かっていく。

「お、おいっ、ナタリー……！」

ヴィンスが何か言いたげだけれど、聞いてあげない。一度振り返り、キッと睨みつけるだけ。

そんな私の態度に、レインと呼ばれていた青年もあっけにとられているようだ。さすがに抵抗することもなく、素直についてきてくれる。

――随分と歩いて森に入ったところで、私はようやくふたりの手を離した。そうしてほーっと、大きく息を吐く。

「焦ったあ」

あのまま騒ぎになったらどうしようかと思った。

相当緊張していたのだろう。安心したら急に疲れが押し寄せて、へたり込みたくなる。

しかし、焦っていたのは私だけではなかったらしい。ふと、ヴィンスの方に視線を向けると、彼はぎゅっと眉間に皺《しわ》を寄せ、こちらを睨みつけている。

やがて我慢できなくなったのか、私の両肩をがしりと掴んだ。

「――この、阿呆《あほう》っ!!」

「きゃっ!?」

「剣を持った男たちの間に割り入る阿呆がいるか！　この阿呆!!」

まさか怒鳴られるとは思わなくて、私は目を白黒させる。

だって、ヴィンスはいつだって冷静で、私と違って余裕がある。感情を隠すのだってきっと上手なのだろう。動揺をみせたのは、はじめて奴隷紋が暴れたときくらいだ。

これまで何事もなく逃げてこられたからかもしれないけれど、こんな風に怒るようなことは、ただの一度もなかったのだ。

(っていうか、元はと言えば、あなたがところ構わず応戦したからじゃない！)

私を護るためだったのはわかっている。でも、何も怒鳴らなくてもいいはずだ。騒ぎを収めるために寿命を縮めたのだから、むしろ褒めてほしいくらいなのに。

「阿呆阿呆言わないでよ！　ああでもしないと、ふたりとも止まらなかったでしょう!?」

「だからといって、あんなっ！　っ、っ、君を、殺してしまうかと……っ！」

なんだかんだで口が達者な彼が、言葉に詰まった。私の肩を掴む手が、ぶるぶると震えている。

(え……？)

先ほどまでの剣幕もどこへやら。彼はとても真剣な眼差しで私を見つめていた。

だから、私も言葉に詰まる。だって、こんな表情、見たことがない。くっきりと眉間に皺を寄せて、苦しそうな――ううん、どこか悲しそうな顔をするだなんて。

「ヴィン――……」

彼の名前を最後まで呼ぶことはできなかった。驚きで言葉が出なくなってしまったからだ。

彼は苦しそうに顔を歪めたまま、私を抱きしめる。その腕の力強さに、心臓がぎゅっとした。

今まで、抱き上げられて運ばれたこともあったし、腰を抱き寄せられることもあった。肌を重ねたことすらある。なのに、ただの一度もこのような形での抱擁を受けたことはない。

彼は私の肩に顔を埋めたまま、ずっと動けないでいる。その腕は震えていて、彼の動揺が強く伝わってくる。ぎゅうぎゅうに抱きしめられて苦しいほどだ。

「頼むから、危ないことはやめてくれ……」

やるせなさを含むその声色。想像以上に、私はヴィンスを心配させてしまったらしい。

「…………ごめん」

いくらふたりを止めるためとはいえ、手段を間違ってしまったのかもしれない。その事実を受けとめ、私はこくりと頷《うなず》いた。

彼は私の謝罪を噛《か》みしめるように抱きしめてしばらく――ようやく満足したのか、ゆっくりと身体を離す。

「護衛対象が前に出るな。頼むから」

目を合わせて切実に訴えかけられると、私も素直に受けとめるしかない。こくこくと何度も頷いてみせると、彼はようやく胸を撫で下ろした。それから襲いかかってきた青年の方へ視線を向ける。

「――レイン」

レインと呼ばれた青年は、呆然《ぼうぜん》としていた。

私たちのやりとりを目に焼き付け、やがて弾かれたようにハッとする。

「やはり、殿下なのですね！　あの鋭い眼光、動き、剣さばき！　我が主《あるじ》なのですよね……!!」

さずがにもう、私を襲うようなこともない。ただただ必死にヴィンスに訴えかけている。

「そうだが。――まず、俺は身分を隠している。この場はともかく、人前で殿下はやめてくれ」

「……っ、かしこ、まりまして」

ヴィンスが己の身分をはっきりと肯定したところで、レインは身体をふるふると震わせた。そして、どさりと膝から崩れ落ちる。

「御身、ご無事でよかった……っ！」

噛みしめるように呟《つぶや》いて、大粒の涙を溢していた。

2

レインが落ち着きを取り戻したから、私たちは場所を変えることにする。人目につかずゆっくりと話ができる場所ということで、いったん宿の部屋を借りたのだ。

前と同じでベッドがふたつ並ぶ部屋だけど、以前よりもいくぶんか大きい。一緒にレインがいてくれたことで、彼が信用している宿を紹介してもらえたのだ。

「………同室、ですか」

ただ、レインは色々言いたそうではあったけれども。

私は普段そうしているように、片方のベッドの縁にちょこんと腰かける。すると、ヴィンスもそれに倣った。さも当たり前のように私の隣に座り、自然と腰を抱き寄せる。

「ヴィンス？」

レインが彼の信用できる部下であるならば、わざわざこのような演技をせずともいいのではないだろうか。そんな疑問を、普段の彼なら汲《く》み取ってくれそうなのに、なぜかあえて黙殺された。

レインは何かを言いかけるも、ぐっと飲み込んだようだ。入り口付近に立ったまま、右手の拳を胸に当て、直立不動の体勢だ。騎士らしい凛々《りり》しさを感じるけれども、少しだけ気まずい。

一応、剣は下ろしてくれたけれども、私のことは信用できないのだろう。訝《いぶか》しむような目をこちらに向けてくる。

「色々聞きたいことはあるが——まずは、ナタリー。この男はレイン・アッシャーといってな、学生の頃から俺に仕えてくれていた俺の腹心なのだが」

ヴィンスの言葉に、レインは複雑そうな顔を見せる。非常にもの言いたげな様子だ。彼の立場なら当然だと思うが、ヴィンスははっきりと言い切った。

「レイン。彼女は俺の恩人だ。——態度を改めろ」

「しかしながら、殿下は——」

レインが凝視しているのは私の左手首だった。

銀色に輝く奴隷の腕輪。彼はヴィンスが奴隷堕《お》ちしていることを理解しているのだろう。だからこそ、その主という立場である私に向ける目が厳しい。

弁明せねばならないが、さて、どう説明したものだろうか。

「ねえ、レイン。確かに私はヴィンスの主だけど、変な命令は——えっと」

していないはず。奴隷紋のせいで色々やらなくてはいけないことはしているけれどもだ。

——そんな私の戸惑いが、つい態度に出てしまっていたからだろう。

「殿下、やはりいくら無礼であっても、これだけは言わせてください！　その女は信用なりません！」

　レインの視線が鋭くなった。

「同室？　殿下と？　ありえない。殿下が奴隷であることを利用して、貴様はどんなことを――」

　レインが私に詰め寄ってくる。しかし、それを黙って見ているヴィンスではなかった。

　すっと立ち上がったかと思うと、レインの身体をいとも簡単に床に転がした。そうして彼を背中から押さえつける。

「かはっ……！」

「この阿呆。冷静になれ、レイン。俺のことになると周囲が見えなくなるのは悪い癖だぞ」

「しかしっ！　……ぐっ⁉」

　抵抗しようとするレインに向かって、ヴィンスは容赦しなかった。ギリギリと腕に力を込め、レインの関節に負荷をかける。

「待って、ヴィンス！　ちゃんと事情を説明しましょ！　でないと、彼も理解できないでしょ⁉」

「だが――」

　痛みで喘《あえ》ぐレインを見て、私は慌てて駆け寄った。そうしてレインの前に膝をつく。できるだけレインと視線を合わせられるように身を屈《かが》め、そっと彼に語りかけた。

「あなたの推察通り、これは奴隷を従える腕輪よ。私にも事情があって、ヴィンスがこの国の王太子だとわかった上で購《あがな》ったの。それは認めるわ」

　はっきり言い切りつつ、私はレインの腕に手を触れる。

　紺色の騎士服は、街中での戦闘中、ヴィンスの突きによりほつれができているようだった。その奥に血の滲《にじ》んだ肌が見えている。

「私はナタリー。シエルフィ聖教国の元聖女。でも魔女なんかじゃないわ。その証拠に――ほら」

ふわりと神力を流し込む。見事なもので、みるみるうちにレインの傷が塞がっていく。

大聖女としての力が芽生えた影響か、特に治癒術特有の不快感もなかったはずだ。だから、彼も信じられないと目を見開いた。

「聖女としての神力はこの身に宿ったままだもの。――どう？　これで少しは信じてもらえる？」

綺麗《きれい》に治った己の腕。それを実感したのか、レインはずっと呆然としていた。

もう大丈夫だろうとヴィンスも立ち上がり、しゃがみ込んでいた私に手を伸ばす。その手を取ると、ぐっと力を入れて抱き寄せられ、自然に腰を抱かれた。その力は先ほどよりも、ずっと強い。

何をするのかわからないレインから私を護るという意味もあるのだろう。でも、こうして抱きしめられると、妙な感覚が胸の奥に芽生える。

一方で、ヴィンスは堂々としたものだった。

「――これでも彼女に無礼を働くようなら、いくらお前でも容赦はしない」

レインは口をぽかんと開けたまま、ヴィンスをじっと見上げていた。

しかし、彼の中で結論が出たのか、表情を引き締める。それから一度立ち上がり、改まって私たちの前で片膝をつく。胸に手を当てたまま、とても綺麗な所作で目を伏せた。

「ヴィンセント・レナード・ヴィンディアリ殿下付きの騎士レイン・アッシャーと申します。――事情を知らなかったとはいえ、あなた様に対しての我が振る舞い、心よりお詫《わ》び申し上げます」

「本当にな」

私の代わりにヴィンスが冷たく言い放つ。ヴィンスは私を抱いたまま、再度ベッドに腰かけた。

「だが、よく俺を見つけた。そこはさすがというべきか、レイン」

「当然です！」

レインはビシッと姿勢を正し、報告をはじめる。

「王都から消えた殿下の足どりを追い続け、私は、あなた様が奴隷に堕とされたのだと知りました。シエルフィに向かう途中で、あなた様の姿を見つけ――殿下を縛る奴隷の腕輪を持った彼女こそが、殿下を捕らえた犯人の一味かと、判断してしまいました」

ヴィンスの視線が厳しくなる。それにレインは肩を震わせ、言いにくそうに目を伏せる。

「――その。殿下に焦がれ、邪《よこしま》な方法で殿下を従えるご令嬢が現れても不思議ではないと思い……」

「俺がどこにでもいる令嬢に陥れられたとでも？」

「いえっ！　そ、そういうわけでは!!　た、ただ、おふたりが――」

もじもじもじと、レインは大変気まずそうに頬を染めていた。

「路地裏で、その。接吻《せっぷん》されていたのを、見てしまったので」

「ひっ……!?」

見られていた。あろうことか、あれを。ヴィンスの臣下に、ばっちりと！

（そ、それは勘違いするかも！）

元を辿《たど》れば確かに奴隷の腕輪のせいではあるのだけれどもだ。誇り高きヴィンスが、わざわざ路地裏でこんな地味な女にキスしていたら、そりゃあ怪しむだろう。奴隷紋で縛ってキスをさせたと勘ぐられても仕方がない。

いや。実際、奴隷紋のせいでもあるのだけれど、これは不可抗力なのだ。それをどう理解してもらえばいいのだろう。

（き、気まずい……っ！）

なんだか居たたまれない気持ちになり、私はさっと視線を逸《そ》らす。

「つまり、この俺が、俺の意志に反して彼女にキスをさせられていたとでも？」

「奴隷紋によって、相当厳しい命令が出されたのかと」

「そんなわけあるか、阿呆」

と言いながら、ヴィンスは私の顎に手をかけた。

（え？　ええ――――っ!?）

そうしてごく自然に唇を奪われる。

まさか彼の臣下の目の前で堂々とキスをされるだなんて思わなくて、私はピシリと固まった。

「とっ！　ととととと！　時と場所を考えてっていつもっ!!」

「今のは必要なキスだろう」

「ど、どうかしらっ!?」

証明するにしても、もっと別の方法もあるだろうに！　焦りすぎて声が裏返ってしまった。

「全く、いちいち動揺するな。早く慣れておけ」

「慣れって……あなたが、時と場所を考えてくれさえすれば」

「キス自体に慣れたのなら、もう少し融通をきかせてくれることを要望する」

「それって、人前でのキスに慣れろってこと!?」

「当然だ」

悪びれもせず言い切られると、いちいち恥ずかしがってしまう私がなんだか馬鹿みたいだ。

（でもでも、やっぱりこのキスって、しなくてよかったよね!?）

いくらレインを納得させるためだとはいえ、必要性が感じられない。意味もないことにヴィンスがこうも積極的になるとは思わなかった。

焦っているのは私だけではないらしい。膝をついたままのレインが、ぽかーんと口を開けている。

「え？　あ？　ヴィ、ヴィンセント、殿下……？」

「なんだ」

「やはり、私は間違えたのでしょうか？　え？　本物？」

「本物に決まっている。お前の目は確かだった、よかったな」

「本物なら？　えっ、殿下が、女性に、そんな――」

混乱するレインを一瞥して、ヴィンスは息を吐く。そして、この話はこれまでだとばかりに、彼は別の話題を持ちだした。

「しかし、レイン。お前よく俺がヴィンセントだとわかったな」

「――あっ、そうよね！　それよ、それ」

わたわたしつつ、話題の切り替えに飛びつく。

レインはというと、表情を一変させ、キリリと引き締める。そうしてはっきりと言い放った。

「それは当然です。歩く際の関節の動きや角度、それから首を横に振る際の仕草――どれをとっても殿下そのものでしたから」

「関節の動き？　角度？」

「ええ！　私が殿下を見間違えるはずがございません！」

焦りで身体が熱くなっていたというのに、一気に冷気が訪れた。

自信満々に言い切るレインに、私は身体を後ろに引いていた。同じくヴィンスも口の端をひくひくさせている。

「――レインは少し極端で、熱くなりすぎるきらいがあるが、優秀な男なんだ」

「な、なるほど?」

頭の中がはてなでいっぱいになっているけれど、私は頷くことしかできない。おそらく、深くつっこんではいけないのだろう。

「それで。お前に聞きたいことがいくつもあるのだが。――まずはレイン、お前はどうして俺を捜していた?　王都には俺が――いや、俺の姿をしたイライアスがいただろう?」

そういえばそうだ。彼がここまでヴィンスを捜しに来ているということは、王都にいる王太子は偽物だと気付いているということになる。

「イライアス?　まさか、イライアス・ソーンダイク!?」

「そうだが。――そこは、気付いてなかったのか」

「気品のかけらもない何者かが、殿下のふりをしていると憤慨しておりましたが、なんとあの男が」

……ヴィンス以外の人間の所作については、あまり覚えるつもりがないらしい。

ヴィンスも呆《あき》れながらも、頭から経緯を説明していくことにしたようだ。

どうやらイライアスには他人の姿を変える力を持つ協力者がいること。

彼らに陥れられ、奴隷堕ちさせられたこと。

今はイライアスがヴィンスの姿となり、王太子として過ごしていること。

一方のヴィンスは、奴隷としてシエルフィ聖教国まで流され、私に買われたこと。

――それから、私が聖都を出た経緯まで。

「なるほど。もしかしてとは思っておりましたが、あなたはナタリー・ロジエ嬢であらせられたか」

「ロジエの名はもう捨てたの。だから、今はただのナタリー」

「承知致しました、ナタリー嬢」

先ほどまでとはうって変わって、レインは真っ直ぐな目を向けてくれる。

「ナタリーは確かに俺を購った。だが、俺をいいように使うどころか恩人だ。それに――」

ヴィンスは少し迷うように私を見た。

ああそうだ。彼には奴隷紋で、会話に制限をかけていたのだった。

「【レイン・アッシャーになら、大丈夫】。――あのね、レイン。多分というか、ほとんど確定だと思っているんだけど」

ちょっと迷いながらも、私はきちんと伝えることにする。

「実は、私が大聖女かもしれなくて。真実の瞳っていう、ちょっと特別な能力を持っているみたいで。だから、私にはヴィンスが本当の姿に見えるし、あなたがいい人だってこともわかる」

「大聖女……なるほど、どうりで」

レインは私が治療した腕にそっと触れた。

「治癒術特有の不快感がありませんでした。これも、大聖女の力と？」

「ええ。……確信は持てないから、多分だけどね？」

やっぱり治癒術経験者にとって、私の治癒術に不快感がないことは衝撃的らしい。でも彼はちゃんと信じてくれたらしくて、真剣な顔で頷く。

「シエルフィ聖教国の聖女ナタリーといえば、大層優秀な聖女様であると伺っておりました。――そういえば、大聖女候補となられる前、殿下とともにお会いしたこともありましたね」

「えっ、覚えてるの？」

「当たり前です」

思いがけない事実に、私はぱちぱちと瞬いた。

いや、私も薄々、そうじゃないかなとは思っていたのだ。実は私、レインの顔をぼんやり見たことがあったような気がしていた。ついでにいうと、ヴィンスともばっちり顔を合わせたことがある。

正確には、同じ空間にいたことがあったくらいだから、向こうに覚えてもらっているとも思わない。だからわざわざヴィンスに伝えたこともなかったけれど。

「なん、だと……」

やはりヴィンスは覚えがないらしく、目を剥《む》いている。

私とレインの顔を交互に見てから、説明しろと目で訴えてきた。

「二年前よね。ヴィンスがうちの国を公式訪問したとき、私も同席していて」

「……あのとき？　そんな………そう、なのか……」

覚えていないことが相当衝撃だったのか、ヴィンスは信じられないという顔をしている。

とはいえ、当時の私はちょっと優秀なだけの下っ端聖女だった。端っこの方にちょこっと並んでいただけ。名乗ってすらいない。覚えているレインの方がおかしいのだ。

だからショックを受けるようなことでもないと思うのだけれど、ヴィンスは愕然《がくぜん》としている。

「髪をかなり短くされて、印象がお変わりになりましたね。お似合いです」

「ふふ、ありがとう。でも、これは必要に駆られて切っただけなんだけど」

お尻まで伸ばしていた長い髪は、追われる身になってすぐに切った。聖女や貴族令嬢ならば長い方がよいとされるけれど、庶民に紛れるには少し長すぎたからだ。

誰かに見た目を褒められる経験などほとんどなくて、素で照れてしまう。

はにかむように微笑《ほほえ》むと、ふと、横から手が伸びてきた。その手は肩より少し長いだけの私の髪を一房手に取り、くるくると指に巻き付けはじめる。

ヴィンスだ。彼は口を尖《とが》らせながら、私の髪を弄《いじ》り続けている。まるで拗《す》ねているようにも感じられる戯れに、私は小首を傾《かし》げた。

「あの――ヴィンス。私は全然下っ端で、端っこに同席していただけだからね？　むしろ覚えている方が不思議なくらいだからね？」

なんだか盛大に落ちこんでいるようなので、フォローしてみる。すると、気を利かせたつもりなのか、レインがちゃっかり教えてくれた。

「殿下は寄ってくる女性の区別をつけられないのか、女性のお顔の造形をほとんど覚えていらっしゃらないのですよ。大抵が、髪色や髪型で判断を――」

「レイン」

「失礼致しました！　あ、でも、もうお忘れになるようなことはないかと。ナタリー嬢のことはとても大切に――」

「レイン！」

「すみませんんん！」

ビシィ！　と、レインが立ち上がり、背筋を伸ばして敬礼する。

ヴィンスの方を見ると、なぜか耳まで真っ赤にしてそっぽを向いていた。さっきまで落ちこんでいたのに、忙しいことだ。別にたいしたことでもないのに、恥ずかしがりすぎではないだろうか。

不思議に思って彼の顔を覗《のぞ》き込むも、彼はくるっと反対を向いてしまう。

（意外なところで欠点があったのね）

人の顔が覚えられないのは、王太子業をするにあたって、なかなか大変なのではないだろうか。

――いや、ヴィンスくらい尊大ならば、それくらい押し切れてしまうのだろうか。

そんなことを考えていたら、恨めしそうな目を向けられ、ぐりっと頭を押さえられた。

「――この顔は、全然わかっていないな」

「なにが？」

「教える義理はない。この話はこれまでだ」

と言いながら、彼にそのままぐしゃぐしゃと髪をかき混ぜられる。

一体何を不機嫌になっているのだろう。ただただ困惑していると、レインもまた同じように、不思議そうな顔をしてこちらを見ていた。

「あの……殿下。恐れ入りますが、少しよろしいでしょうか」

「なんだ」

レインは何か言いたげな様子で、ちらっと私に目を向ける。ヴィンスもそれを感じたのだろう。すっと私から離れ、レインを連れて部屋の外に出て行く。

彼らは廊下でひそひそ話をしているようだった。私には聞かせたくない話のようではあるが、防音の魔法を使っていないあたり、極秘の会話ではなさそうだ。

そわそわしながら待っていると、ドアを一枚挟んだ向こうからレインの叫びが聞こえてきた。

「きょ、今日ですか!?　――でぇっ!!」

……どうもヴィンスに小突かれたらしい。

いや、でも！　とかなんとか、レインは焦って言葉を続けている。すぐにひそひそ話に戻ったようだけれども、一体何なのだろう。

話はこれで終わりだとばかりに、ヴィンスが部屋に戻ってくる。それからわざわざ私の目の前に立ち、じーっとこちらを見下ろしてきた。

「な、何……？」

「いいや？」

ヴィンスはカラッとした笑みで微笑んだ。

どうしてだろう。――なにか、いつもと雰囲気が違うような気がする。その証拠に、私の頭を撫《な》でようとするも、ピタリと手を止めてしまったのだ。

「？」

ふむ、と、何かを考えるような仕草を見せたかと思うと、彼は再び私の隣に腰かける。それから私の髪を一房手に取って、そこに唇を寄せた。

「ヴィンス!?」

「いちいち驚くな。慣れろ」

「えっ？　は？」

一体何だというのだろう!?　尊大というか堂々とした振る舞いなんだけど、以前とは何かが違う。

（…………性奴隷として吹っ切れた？）

いやいやそんなまさかね、と肩をすくめる。

なんだか居たたまれなくてほとほと困っていると、ヴィンスはくしゃりと笑った。

「――まあ、反応には期待していないさ。まずは君の情緒を育てるところからだな」

「どうせ子供みたいって言うんでしょ」

「まさか。もう、君を子供扱いなどしない」

ヴィンスの言葉が妙な真剣さを含んでいて、私はそっと唾を飲み込んだ。

## 3

そうして再びレインと情報交換をした後は、レインも一般的な服に着替えて街に出た。彼は早めに食事をとって、すぐにこの街を出るつもりらしい。

ヴィンス直々の命により、先だって出発するのだという。絶対的な味方と言える侯爵が、丁度この街から十日くらいで辿り着ける場所に領地を構えているのだとか。ヴィンスが無事であること、そしてこれから合流する予定であることを事前に知らせてくれるらしい。

その後は王都に向かい、国王陛下とお会いできないか試みると意気込んでおり、レインとはしばしのお別れだ。

レインも、本音ではヴィンスに同行したかったようだけれども、事態が事態だ。騎士の彼が私たちに同行すると変に目立つし、彼には彼の役割がある。心配そうではあったけれども、ヴィンス直々の命令にやる気満々。外門が閉まる前に外に出て、これから夜を徹して旅をするつもりらしい。

ならば出てしまう前にと、三人で早めの食事をとり、彼の宿泊していた宿の前で別れた。レインは宿に預けていたらしい馬を駆り、あっという間に立ち去ってしまったのだった。

そうしてふたり、宿へ戻る。

夕暮れの街は行き交う人々も多い。旅人だけでなく、仕事帰りの人たちともすれ違う。家の前で親を出迎える子供たちの声もよく響き、それがとても心地いい。

街の人たちにとって当たり前の日常。それを感じるとともに、ふと、隣を歩くヴィンスのことが気になった。

「その……ヴィンス、大丈夫？」

声をかけるべきかどうか、正直迷った。

私は人の感情の機微に敏感な方ではない。人としての当たり前の感覚だって、色々欠如している自覚もある。だから、こういうとき、どう声をかけていいのかわからない。

「なんだ、気にしてくれているのか？」

「えと――うん。だって、ヴィンスにとってはとても大事な人たちのことでしょう？」

あのあと、レインから聞いた。ウィンディアリ王国の王都コンティアスの実情、ヴィンスの姿を写したイライアスが、どのような動きを見せているかについて。

（元々ヴィンスに近しい人たちは、偽のヴィンスのことを怪しんでいるとは言ってたけど）

だからこそ、レインも単独で動いたのだろう。レイン以外にも、独自に調査を進めている人間はいるようで、その動きは水面下で少しずつ広がっているのだとか。

ただ、それを黙って見ているイライアスではなかったということだ。

イライアスは、レインをはじめとしたヴィンス本来の腹心を遠ざけ、代わりに新興貴族や中立派を中心に臣下の入れ替えを行った。そして――。

「王家の皆さまのこと、心配よね」

ウィンディアリ王国国王ギデオンと王妃アンソニアが病に倒れた。

――いや、正確には病ではない。おそらく呪術をかけられたのだという。

（呪術……私とヴィンスだけじゃない。王家の皆さままで）

私の言葉に、ヴィンスは目を細める。そうして難しい顔をしながら、ふと、遠くを見た。

「レインが命に別状はないと言っていた。ならばいい。俺たちが王都に行けば解決する問題だ。——違うか？」

「違わないけど」

呪術というものは、そもそも非常に珍しいものだ。でも、その根源は澱《よど》んだ魔力。すなわち、野生の魔物たちが纏っている力と同じだ。聖女が魔物を払うのと同じ力で、解呪できるはず。

しかし、国王夫妻にかけられた呪術に関してだけは、このウィンディアリ王国の聖女たちにはどうすることもできなかった。それほど、その呪術を施した魔女の力が強いということだ。

（でも、今の私であれば……）

解呪できるかもしれない。——いや、できるはず。そう信じて進むしかない。

「偽物の存在に気付いている俺の腹心たちへの牽制《けんせい》だろうな。下手な動きはするな。国王夫妻の命は、自分が握っていると」

「ええ」

「ついでに、父上から強引に裁量権を奪うことが目的か」

日ごろから、ヴィンスがいかに国王に信頼されていたかということだ。

自分が動けないとなると、国王は真っ先にヴィンスに頼っているようだ。今回は、その信頼するべき相手が別人になっていることにも気がつかず、イライアスに裁量権を預けてしまった。

今の国王夫妻は、治療と称して外界と隔離されてしまった。それは、事態を訝しんでいるヴィンスの腹心たちと接する機会をなくすためでもあるのだろう。

「それに、陛下だけでなくて、弟さんのこともあるでしょう？」

「——いや。アレはよくできた弟だ。自分でなんとかするだろう」

とか言いながらも、ヴィンスの表情は強張《こわば》ったままだ。

第二王子エリオットもまた、ヴィンス同様優秀な軍人としての才能がある。ただ、国王夫妻が倒れた今、北の異民族が怪しい動きをはじめたからと、国境の砦《とりで》に赴任することになったらしい。

「かの民族の族長も頭の切れる男だ。偽物の俺の動きに不審ありと見抜いて警戒しそうだな」

「だったら、いいんだけど」

ヴィンスとも刃を交えたという噂の北の異民族。かつてヴィンスは、そこの族長と直に話し合い、和睦の方法を探った。

今では技術や資源においての取り引きなどが始まっており、親睦を深めている最中だそうだ。

しかしイライアスは、そこの均衡をわざと崩すことで、第二王子を北に縛りつけた。そうしてヴィンスの家族をまともに動けないようにして、内側から国を食い尽くすつもりらしい。

「俺の家族は皆優秀だ。心配せずとも、それぞれで切り抜けるはず。——だから俺たちも、王都に向かうことに専念すればいい」

「皆さまのこと、信頼してるのね」

「そうだ。当たり前だろう？　俺の血族なんだぞ？」

こんなときでも彼は自信家だ。はっきりと言い切るところが清々《すがすが》しくて、私は笑った。

「——ああ、ようやく笑ったな。お前はそうやって、どんと構えておけばいい」

「うん。——素敵なご家族だね」

「まあな」

「ちょっと羨ましい」

なんて言葉がこぼれ落ちると、ヴィンスは片眉を上げる。

そういえば彼には養父の話をしていたのだった。だから、私の環境を正確に理解してくれたのだろう。少しだけ困ったような顔を見せている。

「あ、気にしないでいいの。貴族にはよくあることでしょう?」

家族らしい温もりが存在しない家というものが。むしろ、私よりも冷遇されている子供も大勢いるだろう。

「――実の両親は?」

「私、いわゆる孤児だから。父さんも母さんも、誰なのか、そもそも生きているのかすらさっぱり」

「そうか」

少しだけ足どりが重たくなる。

一日を終えて、満足そうに街を歩く人々の顔が眩《まぶ》しく感じられる。彼らは今から、家族のもとへ帰るのだろう。そうして一緒に食卓を囲む。

幼い頃からずっと眩しく感じ続けてきた存在だけど、努力したところで手に入るものでもない。

「っていうか!　そもそも、家族ってもの自体がよくわかってないってこともあって。ヴィンスがね?　ご家族を大切にしてるってことも、頭ではわかってる。でもね、ちゃんと理解できてないかも。だから、的はずれなこと言ってるわよね」

なんとなく顔を見られるのが嫌で、私はぱたぱたと前を歩く。

(どうして私は、ヴィンスと同じものを持っていないのだろう)

彼と自分の間に埋められない立場の差がある。

家族という存在の有無も、きっとそう。私はどんなに背伸びしても、彼と一緒にいるのには相応《ふさわ》しくない。改めて、そう思い知らされた心地がした。

(――なんて。全てが解決したら、どうせさよならなのに)

あるいは、その前に私の命が尽きるか。

どちらにせよ、彼と歩む未来などない。

(って、ヴィンスと一緒の未来って何よ)

彼の隣が居心地よすぎて、ずっと一緒にいたい気持ちはある。けれども、彼はこの国の王太子なのだ。そんな未来、ありえない。

(馬鹿馬鹿しい。湿っぽいのもやめよ。この話題は終わり)

なんて。私から話を終わらせようと思ったけれど、それは叶わなかった。

「――っ、ヴィンス?」

手を握られた。

右手を。後ろを歩く彼に、ぎゅっと。

驚いて振り返ると、彼が歩幅を大きくして私の横に並ぶ。

今まで腰を抱かれたことはあっても、彼から手を繋《つな》がれたことなどなかった。彼の行動の真意がわからなくて、私は瞬く。

ヴィンスは考え込むような顔をしていた。

これは、私から何かを話しかけた方がいいのだろうか。戸惑い、どうしたものかとおろおろしているうちに、彼の中で何かの結論が出たらしい。

「ナタリーは、本当の両親を捜したいと望むか?」

「え？　それは――」

正直、返答に困る質問だった。

私はどこか、家族に対する期待というものを持てずに育っている。

物心ついた頃からひとり。両親はやむを得ず私を手放したのかもしれないし、もしかしたら、当時すでに亡くなっていたのかもしれない。だから、私がひとりで生きることになったのは、仕方がないことなのだろう。――なんて、殊勝な捉え方をすることだってできたはずだ。

でも、私はそうしなかった。

私の両親は、きっとろくでもない人だ。私が邪魔になって捨てたに違いない。家族に期待できないばかりに、そんな考えが根付いてしまった。そしてどうあっても、その考えが覆ることはない。

「ううん」

だから私は首を横に振る。

今さら両親と会ったところで、きっとろくな未来にはならない。そう考えてしまったからだ。

「そうか」

ヴィンスも私の返答は予想の範疇《はんちゅう》だったらしい。あっさりと頷きながら、前を見る。そうして、握った手に力を込める。

「ならば、これから新しい家族を作ることは望むか？」

「新しい家族？」

ヴィンスの言葉に、私は瞬く。

「え？　ええ……っと？」

その言葉は、どう受けとめたらいいのだろうか。世間一般でいう新しい家族といえば、結婚や――まあ、それをすっとばして子供ができる可能性もあるかもしれないけれど。

「アレの効果で、子供は」

「そうじゃなくてだな」

公共の場で奴隷紋という言葉を使うのは避けるが、ヴィンスとの関係は奴隷紋の効果によって、避妊されている状況だ。だから、心配しなくていいと告げようとしたが、違ったらしい。

だったら彼の言葉の真意はなんだろう。

私は察しがいい方ではない。だから、はっきり言ってもらわねばわからない。

「もう少し、広義で捉えてくれ。とにかく、もしこれから君に新しい家族が増えるとしたら、君は嬉《うれ》しいのか？」

「え、ええー……？」

なんと抽象的かつ答えにくい質問をするのだろう。私は眉をハの字にして、うーんと考える。

「わからないわよ。家族っていう存在自体がピンと来ないもの」

「…………なるほど。やはり、まずは君の情緒を育てるのが先か」

「情緒？」

「今はまだいい」

今はまだ、という言い方が引っかかるが、彼の真意を考えるだけ無駄なような気がしてきた。

というよりも、未来のことなど聞かれても困る。

（だって、私は、そんな先の未来まで生きられない可能性があるのに）

その漠然とした未来に、家族なんてものを考える余裕などない。

あるはずがないのだ。

なぜかずっと手を繋いだまま、私たちは宿の部屋へと戻ってきた。

気まずかった気持ちもどこへやら。ぎゅっと繋がれた彼の手を意識してしまって、変な気分だ。

どうして彼が手を繋いでくれているのか、その意味をずっと考えていた。はぐれないように、ということはさすがにないと思う。

結局答えを見つけ出せなかった。でも、なぜか私の頬は熱くなっていて、そわそわするような落ち着かないような気持ちを抱えている。

ばたん、とドアが閉められる。鍵をかけ、彼は私の手を引いたままベッドに腰かける。そして、アイスブルーの瞳で、私のことをじっと射抜いた。

「あ、あの……？」

なにかな、と、私は頬を引きつらせる。

いや、わかっているのだ。彼の瞳が熱っぽい。そして、この瞳を向けられる際、彼がいつもキスを仕掛けてくることを私は学んでいる。

さらにここでは、部屋の中にふたりきり。旅に出て以来、奴隷紋に魔力を馴染ませるための行為を、ずっとキスで誤魔化してきた。

けれども、明日からも旅だ。本当の意味で馴染ませる行為をするチャンスは今夜しかない。

「その顔は、わかっているのだろう？」

「う……っ」

完全に感情を見透かされており、私は視線を逸らした。

おそらく今夜、彼は私と身体を重ねるつもりなのだ。ずっと我慢させていたことも理解しているからこそ、頷かない選択肢はない。

「う、うん」

「――そうか、いい子だ」

自然と頭のてっぺんにキスをされ、私の心臓は跳ねた。

「か、覚悟は決めたって、言ったでしょう？　持ちつ持たれつ、というか」

緊張して言葉がつっかえてしまう。そういうところも全部お見通しなんだろうなと思うと、羞恥でどうにかなりそうだ。

けれど、仕方がない。相手はヴィンスなのだ。駆け引きで私が勝てるような相手ではない。

「数日お預けを食らっていてな。正直、そろそろつらい」

彼が私を抱き寄せる。耳元で囁《ささや》かれると、それだけでゾクゾクとしてしまうから非常に困る。

「そろそろ、君の情けをもらってもいいな？」

私は、こくりと首を縦に振ることしかできなかった。


そうして交替で身を清めることになった。なんとなく気恥ずかしくて、私は後にさせてもらったまではいい。

「っ、ひゃっ……！」

部屋に戻るなりヴィンスに手を引かれ、ベッドに押し倒される。

一応身に付けていたワンピースもあっという間に剥ぎ取られ、下着も簡単に脱がされる。

「あ、あのっ、ヴィンス、あの……っ」

「ん、どうした？　真っ赤になって」

「だって……！」

前回は彼の奴隷紋が暴れたせいで互いに必死だった。必要に駆られただけと言っていいはずだ。今だって本当は同じ状況のはず。彼が奴隷紋に苦しめられないように、今回は事前に対応しておくだけの違いだ。それなのに、どうしてこんなにもドキドキするのだろう。

「なんだか、ヴィンスが余裕で、前とは全然違うんだもの」

「ははは！」

彼は破顔してから、自身のガウンも脱いでいく。

（だから、そういうところ……！）

ちらっと私に目を向けるその視線。無駄のない筋肉に、すらりとした手足。自然と溢《あふ》れ出る色気に当てられ、くらくらしそうだ。

ヴィンスは自分の魅せ方をわかっていて、私の前で余裕の振る舞いをしている厄介極まりない男なのである。

「前回は全く余裕がなかったからな。汚名返上といこうではないか」

「うっ、……て、手加減をお願いします」

「何、君を満足させるのが俺の役割なのだろう？」

などと言いながら、彼は私に覆いかぶさってくる。

「ならば、安心して任せてくれ。君を気持ちよくさせてやる」

「あ、あくまで、奴隷紋への対処なのよね？」

「それはそうだが——男としての沽券《こけん》に関わるだろう？」

「い、いいっ！　そういう心配はしなくても——んんっ!?」

すごすぎるのは遠慮申し上げたい。そう伝えたかったのに、唇を塞がれる。

「ほら、教えただろう？　舌を出せ」

すでに彼に翻弄されていて、言うがまま。とろんとした目をして舌を差し出すと、彼はねっとりと分厚い舌を絡めてくる。

触れ合っている部分が熱い。あっという間にのぼせそうになってしまい、瞳が潤む。

一方の彼は余裕の表情で、大きな手で私の胸をくにくにと揉《も》み拉《しだ》く。最初は優しく揉み上げるように、それから乳輪の周りを指でなぞり、やがてその頂きに触れる。

「ひあ！　っ、ま、待って……っ」

「ん、ここでももっと感じられるようになろうな」

「え、ちょっ！　そんな、ねちっこ……！」

両方の胸をぐりぐりと弄られ、私は快楽から逃げるように身体を捩《よじ》ろうとした。

でも、彼が簡単に逃がしてくれるはずもなく、強く押さえつけられる。そのまま乳首をつまみ上げ、転がしたり爪で弾いたりされると、ゾクゾクとした快感がこみ上げてきた。

「ひ、ぁ、ぁん！　ヴィンス……っ」

舌っ足らずになりながら彼の名前を呼ぶ。彼は喉の奥で笑ってから、私の肌に唇を落とした。

「そんな可愛い声を出すと逆効果だぞ。調子に乗りたくなる」

「か、可愛いって……!?」

信じられない言葉が彼の口から飛び出して、私は目を白黒させた。

「それとも、俺にもっと可愛がってほしいのか？」

なんて、深く考えている余裕など与えてくれないらしい。

「ひゃあん！」

彼は容赦なく私の身体を愛撫《あいぶ》し、至るところに吸いつきはじめる。胸元の――聖紋のあたりにいくつもの華が散り、彼は満足そうに目を細めた。

時々予想できない強い刺激が与えられるたび、私の身体は跳ねる。それでも彼は止めてくれずに、するするとその手を下へとずらしていった。

やがて彼の手が私の秘所に到達する。割れ目に沿って長い指を這わせ、焦らすように往復する。

「前回は、あまり馴らしてやれなかったからな」

そう言いながら彼は、指を一本私のナカに挿入した。

「ぁ、ああ！」

彼の長い指が私のナカを捏《こ》ねまわす。指の腹で膣壁《ちつへき》を擦《こす》ると、ゾクゾクした感覚が私の身体の奥に生まれはじめた。

「もう一本増やすぞ？」

「そんな、ヴィンス、待っ――んんんっ！」

私の声は聞きいれてもらえなかった。言葉を待たずに二本目が挿入される。それらの指がバラバラに動き、不規則な刺激を絶えず与えてくる。自然と腰が浮き、私は膝をがくがくと揺らした。

「ああ、君のナカは熱いな」

「ひ、ぁ……！」

「ほら、唇はこっちだ」

喘ぎ声が強引に塞がれる。たっぷりと舌を絡めながら、下の口もぐちゃぐちゃにかき混ぜられ、私の身体はビクビクと跳ねた。

唾液がかき混ぜられる音、そして、下からこぼれ落ちる水音が妙に淫らに聞こえる。全身が敏感になって震えるも、彼にガッチリ押さえこまれて逃げられない。

「わかるか？　君のナカ、すでにこんなにとろとろになっている」

「そんな、恥ずかし……」

「恥ずかしいものか。俺の手で感じてくれているのだろう？　――ほら、もっと乱れろ」

そう言うなり、彼の指が三本に増えた。それでナカを押し広げるように動かしながら、彼はもう一方の手も秘所に伸ばす。

「こっちも、まだちゃんと弄ってやれなかったからな」

「ヴィンス……？」

「ああ、もうぷっくりと主張しているな。ほら、ナタリー。もっとよくなるといい」

彼は今度は私の花芽を押しつぶした。ナカと外を同時に弄られて、私はのけ反る。

「ぁ、ぁぁ！　ヴィンス……！」

「ん、気持ちいいか？　いい声で啼《な》いてくれる」

「まっ、何これ。何これえっ⁉」

はじめての感覚に気持ちが追いつかない。

彼はじれったいくらいにねちっこかった。同じ場所を何度も何度も愛撫され、与えられる刺激が苦しいくらいだ。

全身が熱い。火照った身体をどうにかしたくて、私は我慢するようにキュッと口を閉じる。けれど、次から次へと与えられる刺激に、瞳は潤み、自然と甘い息が漏れ出した。

「ああ、いい顔だ。――ナタリー」

なんて、彼が満足そうに笑っていて、胸の奥がきゅんと疼《うず》いた。その熱いような苦しいような感覚がなぜか怖くて、私は唇を噛む。

「もっと感じろ」

そう言うなり、彼がピンと爪先で何かを弾いた。

「ま、っ、んんんっ⁉」

瞬間、下半身から一気に快楽が駆け抜け、私は果てた。

ビクン、ビクンと身体が大きくしなり、頭が真っ白になる。それでも彼は愛撫を止めてくれなくて、充血したその場所を指で捏ねたり潰したりと刺激を与え続ける。

「ああ、イッたか。——だが、これで終わりではないからな」

「ひぁああっ！」

彼は本当に容赦がない。私に休みもくれず、ただひたすら快楽を与え続ける。

もっと深いところに堕ちるのが怖くて、私は身体を捩った。うつ伏せになり、彼に背中を向ける形でぐったりと崩れ落ちる。

しかし、彼はこれで終わってくれないようだ。

「ナタリー、俺たちに必要なことが何か、きちんとわかっているな？」

それはもちろん、理解できている。私たちは繋がらなければいけない。そうすることではじめて、私は彼が蓄積する苦しみを解消させてあげることができる。

「くくっ、そんな顔をしても無駄だ」

少し恨みがましい顔をしてしまっていたのだろう。

「俺は君の覚悟に応える用意がある。そう言ったな？」

確かに言った。けれど、こんなにも激しくよがらされるだなんて思っていなかった。涙目になりながら後ろを向いて睨みつけるも、彼は全然引いてくれない。

「だから、君も宣言通り、しっかりその覚悟を見せてくれ」

そうして彼は、後ろからすっかり勃《た》ち上がった屹立《きつりつ》を私の蜜口に押しあてた。そのままぐっと力を込め、ゆっくりと熱いモノを埋め込んでいく。

もうとろとろに解《ほぐ》された私のナカは、途中つっかえることはあれど、なんとか彼の熱棒を受け入れた。相変わらず彼のモノは大きく、圧迫感でギチギチだけれども、痛みはさほどない。それよりも、一度達してしまったからか、ぴりぴりした快楽をずっと感じている。

「あ、は……ぁ」

一番奥にぶつかったところで、鈍い衝撃が快楽として全身に伝わった。重たい刺激に翻弄され、崩れ落ちそうになるも、彼が後ろから抱きとめる。

浅い部分をぐりぐりと押されるような感覚。以前とは違う場所を嬲《なぶ》られ、私の身体は跳ねた。甘い吐息が漏れると、ヴィンスは楽しそうに喉の奥で笑う。

そうして彼は、彼自身をギリギリまで引き抜き、もう一度奥の奥まで穿《うが》った。

膣壁を擦りながら与えられる鈍い衝撃。その快楽がビリビリと全身に伝わり、甘い声が出てしまう。

「んっ、ぁ――ああ！」

そして容赦ない抽送が始まった。

わざとゆっくり、そして重たく繰り返される。前回の、前後を忘れるほどの激しいモノとは異なり、もっと焦らすような動きだ。ずるるる、と彼のモノが私のナカに擦れていくのがわかる。そのたびにゾクゾクとした快感に襲われ、私は睫毛《まつげ》を震わせた。

「ぁ、ん。すご……ぃ」

「ああ、気持ちいいか？」

「わからな――ぁあ！」

答えきるところで、ドスンと奥を強く穿たれる。根元までぐっぽりと彼のモノを受け入れ、その衝撃に私は嬌声《きょうせい》を上げた。

ヴィンスは私の反応を楽しんでいるようだった。ねちっこいくらいに何度も何度も、最奥を突かれる。彼の鋒《きっさき》をぐりぐりと押しつけられるたびに、その刺激が私を支配する。

「い、いい……いいからぁ！」

これが気持ちいいことなのだと教え込まれた心地だ。首をこくこくと縦に振り、私はよがる。

「ん。ならば、もっと感じろ」

ヴィンスは大きく頷いて、腰の動きを速くした。そうして奥を穿たれるたびに、私の意識は細切れになる。そんな私を、彼は休ませてはくれなかった。後ろからガッチリと私の腰を掴んだまま、ただひたすらに穿ち続ける。

「くっ――」

やがて、ヴィンスも甘い息を漏らした。その壮絶な色気に当てられて、私の心までどんどんと昂《たか》ぶる。

「っ、きもち、いっ……！　ヴィンス、きもちいいっ」

余裕なんてどこにもない。だから、一度覚えた感覚を馬鹿みたいに繰り返してしまう。

気持ちいい。その言葉にヴィンスが満足そうに笑うのがわかった。

「ん、そうだな。俺も――くっ、そろそろ抑えがきかなくなってきてな」

そう喉の奥で笑いつつ、彼は抽送を続けた。

どうやら、私の腰も自然と揺れていたらしい。そして、それに気付かないヴィンスではなかった。

彼は笑みを濃くして、ますますねちっこく穿ち続ける。

ただ、余裕があると思っていた彼も、いつしかのめり込むように私を貪り食った。ギラギラした激情を瞳に宿し、激しく腰を打ちつける。

いつしか互いに汗を滲ませながら、ただただその快楽に溺れ合った。

「くっ、ナタリー、そろそろ……！」

「ぅん、ヴィンス。来て……っ」

情欲に溺れた私の身体が、彼の精を欲した。自然と溢れ出てしまった言葉に一瞬驚くも、すぐに納得もする。

もういい。今は、この快楽に溺れさせてほしい。

彼が後ろからぎゅっと私を抱きしめる。そうしていっそう強く腰を押しつけた。

瞬間、熱いモノが私のナカへと放たれる。肚の奥に叩《たた》きつけられた精を感じ、私は息を吐いた。

——ああ。これが満たされるということらしい。

私はこの行為を知らずに、今まで生きてきたのだ。

## 5

びゅくびゅくと、溢れ出る精を止めることなどできない。

あまりに気持ちがよすぎた。こうしてゆっくりとナタリーを抱いて快楽を教えてやることに、俺は喜びを感じているらしい。

彼女も達したらしく、この腕の中でくったりとしている。ただ、以前と違って意識までは失っていないようだ。

ゆっくり顔をこちらに向け、その瞳が俺の姿を映す。うっとりと細められたその瞳に、俺の心の奥がずくんと重く鼓動した。

普段の快活な瞳とは全然違う。ぞっとするほどに色っぽく、艶めいて見えるその表情。たまらなくなって触れるだけのキスをすると、彼女はぱちぱちと瞬き、その頬を染める。

(可愛いな)

調子に乗って、もっとキスをしたくなってしまう。

ずるずると己のモノを引き抜き、彼女をベッドに横たえる。そうして彼女の頬に触れながら、俺はもう一度――今度は深いキスをした。

(ああ、そうだ。可愛いんだ)

俺もたいがい鈍感で、今さらながら理解したこの感情に笑いたくなってしまう。

俺のために、自分の処女すらあっさりと捧《ささ》げ、身を預けてくれた彼女。豪胆とも言える彼女にすっかり心を奪われてしまっている。

元々俺は、性奴隷に堕とされたとて、誰にも奉仕するつもりはなかった。何が何でも抗《あらが》ってみせると心に決めていた。なのに、彼女にまんまと引きずられた。

彼女は覚悟を決めたと言い切り、俺に全てを捧げてくれた。そして俺は奴隷紋の暴れるままに彼女を組み敷き、乱暴に抱いてようやく理解した。

彼女は、人のことは必死に助けようとするくせに、自分の扱いだけがぞんざいだ。処女にさほど頓着していなかったこともそう。自分が虐げられることに慣れすぎて、なんとも思っていないのだ。

――まあ、自身の処女に至っては、あとから事の重大さを理解してくれたようだが。

(愛されて戸惑う彼女も可愛かったな)

などと思い返しつつ、俺はくつくつと笑う。

「あの……ヴィンス？」

「ん？」

思った以上に自分から甘ったるい声が漏れた。それがおかしくて、誤魔化すように何度もキスを落とす。

「あの!?　えと、もう、離れても？」

「俺が離すと思うのか？」

「え!?　だって、奴隷紋はもう、満たされ――んんっ!?」

煩《うるさ》い口は塞いでやる。表向きは必要に駆られて彼女と身体を重ねている状態だが、俺にとっての意味合いが変わってきていることに、彼女は全然気がついていない。

(やはり、鈍感だな)

特に、自分への好意に対しては。

幼い頃から愛された経験がないのだろう。だから、俺の気持ちに変化が起きていることにはちっとも気がついていない。

(そういうところも教えがいがあるが)

ぐずぐずに甘やかして、自分が魅力的な人間であることを教え込みたくなってしまう。

(――はあ、俺も随分とやられたものだな)

これまでの人生、ついぞ女性に強い興味を抱いたことはなかったはずだ。

俺はウィンディアリ王国の王太子として、国に相応しい女性を選ぶだけ。それがヴィンセント・レナード・ウィンディアリとしての正しい判断だろうと信じて疑わなかった。

でも、ナタリーと出会ってそれが覆された。もちろん、最初こそ愛や恋といった浮かれた感情とは別だったが。

単純に、ナタリーという明るくて、優しくて、朗らかで——どこか空虚な女性に興味が湧き、目が離せなくなっただけだ。

奴隷紋によるまぐわい、体液交換、キス——いろんなことをしているはずなのに、彼女には色気のいの字もなくて——でも、俺とキスを繰り返すうちに、その吐息に甘いものが混じりはじめる。

彼女は気付いているだろうか。どこか空っぽだった彼女の中に、しっかりとした情緒のようなものが見えはじめていることに。

今だってそうだ。俺の腕の中で蕩《とろ》ける彼女は、俺が与えた快楽に素直に溺れてくれていた。シエルフィ聖教国をひとりで支えてきた空っぽの聖女が、俺の手によって人へと変化しているといえばいいだろうか。

(……つい面白くなって、ことあるごとにキスを教え込んでいることは認めよう)

自分にこんなに子供っぽいところがあったとは知らなかった。彼女の反応がだんだん甘くなっていくのが可愛くて、最近では奴隷紋が悪さしていなくても、ついキスをしたくなってしまう。

潤んだ瞳が俺を見つめて、ほんわりと頬を火照らせる。彼女の表情に色香が混じり、教え込むのが楽しくなってしまった。

(これではどちらが性奴隷かわかったものではないな。だが——)

思い出すだけで肝が冷える。

レインと剣を交えたとき。彼女を失うのではないかと全身の血の気が引いた瞬間。

――ああ、と思った。

この胸に宿る感情を自覚できていなかっただなんて、俺もたいがい阿呆だったのだ。

手を引かれて街を出て、激情のままに彼女を抱きしめた。誰かにこうも感情を揺さぶられることなどはじめてで、胸の奥に燻《くす》ぶっていた名付けようのなかった感情が、ああ、恋だったのかと理解した。

何かと世話を焼きたくなるのも、単純に世間知らずな彼女を放っておけなかっただけではない。結局は彼女が気になって仕方なかったからだ。

出会ってからほんの数日。ただ、その数日で、俺の中で何かが確実に変わった。

それほど、彼女の存在は俺の中で鮮烈に輝き、目を奪うのだ。

（俺自身、よりにもよって君に陥落するとは思わなかったが）

一見、どこにでもいそうな平和ぼけしている娘に見えるところが厄介だ。

放っておけば周囲にいいように利用されていそうな世間知らず。恐ろしいことに、彼女は利用されている自覚があっても「まあいっか」で済ませてしまいそうな無頓着具合なのだ。

つまり、自分に対する執着がない。フロランシアとかいう女に陥れられ、窮地に立たされてようやく、自分を大切にする芽のようなものが芽生えてきているようだが、まだまだだ。

その無頓着さゆえか、どこか幼いところまである彼女に、この俺が恋をしたということか。

（……やられたな）

頭を抱えたくなるような気持ちが半分。あと半分は――なんだろうな。人生、予測がつかないことほど面白い、とでも言おうか。それがどこか清々しくて、心地よくて、悪くない。

先ほどもレインに連れられ、そこの廊下で会話をした。あの男は俺のことをよく見ているからな。俺の視線から、芽生えたばかりの俺の本心を正確に読み取ったのだろう。

『殿下、はっきりとお伺いしてもいいですか？　ナタリー嬢とは、どういったご関係で？』

なんて質問に、俺は苦笑いをした。恋を自覚したばかりで、少し浮かれていたのもある。

『どうやら惚《ほ》れたらしい』

即答すると、レインはぽかんと間抜けな顔をしたのだった。あの顔はなかなかに見物だった。

『――なに。俺も今日、気がついた』

『きょ、今日ですか⁉　――でぇっ‼』

よほど驚いたらしい。防音の魔法をかけていないことを理解しておきながら、レインは驚愕の声を上げた。普段の彼ならば、そんな間抜けなことはしないはずだが、相当な衝撃だったのだろう。

さすがの迂闊《うかつ》さに脇腹を小突いてやったが、俺自身、戸惑いはしたのだ。

この俺が、女に惚れたなど前代未聞。しかも、相手が一見ぽやんとしていそうなアレだ。レインが勝手に思い描いていたであろう王太子妃像とはかけ離れているはず。

それがまた面白くて、俺はしばらく笑っていた。

レインの声は、おそらくナタリーに聞こえただろう。俺たちが一体何を話しているのか、少しは気にしてくれるだろうか――と、らしくもなく気を揉んだりもした。

(もっと俺に興味を持てばいい)

そうして、誰かを意識することを覚えてくれればいい。そう願う。

俺は回想を打ち切り、ナタリーに目を向ける。

「えっと、その……満足、できた？」

腕の中にいる彼女がおずおずと訊《たず》ねてくる。

（俺の反応を気にするところはいい傾向だな）

彼女は、俺に対して物怖《ものお》じしない豪胆なところもある。

　正直、俺に向かってぽんぽんと好き勝手言える人間はそういない。いくら今は俺が正体を隠しているといっても、他の人間であればもう少し違った対応をするだろうに。

　だが、彼女の場合は情緒が育っていないからでもあるのだろう。

「まだと言えば、もう少し付き合ってくれるのか？」

「い、いいえ!?　も、もう十分よね!?」

「どうかな」

「嘘《うそ》でしょ!?」

　いちいち俺の言葉を真に受けるところもあまりに可愛らしい。

（ああ、クソ。これだと、悪い男まっしぐらではないか）

　足りない、と言えば彼女は貪らせてくれるのだろうか。

（――ぽやぽやしていたら、俺に取って喰《く》われるぞ？　ほら、もっと警戒しろ）

　なんて責任転嫁もいいところで、笑えてくる。

（この芽生えたばかりの想《おも》いを告げたら、どんな顔をするのか）

　彼女の百面相を見てみたい。だが、ここはもう少し慎重にいくべきだともわかっている。

（自分に無頓着なナタリーのことだ。俺が告白でもしたら、後先考えずにあっさり受け入れそうだしな）

　俺が彼女を好いているのに、彼女に同じ想いを抱いてもらえないままとりあえず恋人になる――みたいな未来が十二分にありえる。それはどうも、俺のプライドが許せない。

だが、鈍い彼女のことだ。この想いを伝えぬかぎり、彼女の中で育つものも育たないとも思う。

さて、彼女を本当の意味で手に入れるにはどうしたらいいものか。

（……少なくとも、伝え方は熟考すべきだな）

ふむ、と俺は考える。

（あとは、まずはナタリーの情緒を育てるところからか）

それも悪くない。王都に――いや、その前に俺たちはジャレッド侯爵領を目指す。そこまで、また乗合馬車を利用しながら移動して、おおよそ十日か。互いに厄介な状況に身を置かれているが、なぜだろう。この旅路が悪いものではないと思えてくる。

「そう心配そうな顔をするな。今日はこれでもう満足だ。――寝るぞ」

「う、うん」

ああ、さすがに警戒しはじめたか。彼女はこてんと俺に背を向けてしまう。気恥ずかしそうな仕草も実に愛らしいから、逆効果だと気付いていない。

もっと愛《め》でたくて気持ちが疼くが、ここはまあ、引いてやるのが余裕を持った大人の男か。今宵はこのまま抱いて寝るだけで我慢するとしよう。

「あ、あの………ヴィンス？」

なんて、彼女が遠慮がちに声をかけてくる。

「どうした？」

「えっと、その。べ、ベッド、向こうの空いてるけど」

自分はこちらの乱れたベッドでいいから、俺に綺麗なベッドを譲ってくれるというわけか。なるほど、なかなかに気が利く。

「そうか。ならば、向こうで眠るか」

「ええ、それがいいと思うの――って！」

急に抱き上げたからか、彼女が驚きの声を上げる。すっかり乱され、体液でベタベタになった彼女の身体を軽くシーツで拭い、そのまま隣のベッドに移動する。もちろんふたりでだ。

「ちょ!?　え!?　だから、ヴィンスがそっちを使えばいいって言ったわけで――」

「情事の後に、愛した女性を放り出して眠る男がいるか」

「情事って!?　愛し――ちちちち違うよね!?」

完全に声が裏返っているあたり、相当動揺しているのだろう。いい傾向に、俺は口の端を上げる。

「だが、このまま移動してもまたベッドを汚すだけか。先に浴室で清めるか？　もちろん一緒に」

「へ!?　へあ!?」

「俺を侮ってくれるなよ。俺は、君の覚悟に応えられる男だからな」

「そこまでしなくていいよ！」

彼女は抗議するけれど、可愛いだけだ。

(本当に、全然わかってないのだろうな)

俺が本当の意味で、愛や情事などといった言葉を使っていることに。

(とはいえ、風呂を挟んだら、さすがに逃げ出すか)

ならば、このまま一緒にベッドに入るだけだ。絶対に離さん。

「なんてな。明日からも旅だ。休めるうちにゆっくり休んでおけ。――な？」

「あ、あの……ヴィンス」

「ほら、寝ろ」

ぽんぽんぽんと、彼女の頭を優しく叩く。

彼女は頭に触れられるのが嫌いではないみたいで、少し落ち着いたようだ。俺が彼女を離す気がないことも悟ったのか、諦めるように息を吐く。

(……言いくるめ、その気にさせるのは簡単だな)

でも、それだけでは足りない。だから、もう少し時間をかける。

「………おやすみなさい」

「ん、おやすみ」

頭のてっぺんにキスを落とすと、彼女は恥ずかしそうに頬を染めて、俯《うつむ》いた。

でも、それ以上俺がちょっかいをかけないことに安堵《あんど》したのか、もぞもぞと、寝やすい位置を探りはじめる。そうして、俺の胸に顔をくっつける形で落ち着いたらしい。

ゆっくり頭を撫でてやると、彼女は安心したように息を吐き、目を閉じる。よほど疲れていたのか、まもなく彼女の穏やかな寝息が聞こえてきた。

「覚悟しておけよ、ナタリー」

俺に愛されるという意味を、これでもかというほど教え込んでやる。

彼女に出会う前は絶望していたというのに、この変わりようだ。ナタリーとともに旅をする中で、明日という日が楽しみでならなくなった。この新鮮な感情が心地よくてならない。

(俺にこの感情を植え付けた責任も取ってもらうからな)

こみ上げる笑いを堪《こら》えながら、俺も彼女を抱き込み、目を閉じた。

# 第四章　一緒に生きるために

## 1

私、イライアス・ソーンダイクの人生は実につまらないものだった。

ソーンダイク侯爵家の次男として生まれ、いわば兄のスペアとして生きてきた。

我が家はこのウィンディアリ王国の貴族の中でもそれなりに歴史のある家だ。代々優秀な魔法騎士を輩出する名門――と、世間では評価されている。

ただ、そんな世間の評価も、その評価にこだわる父や兄も、実につまらないものに思えた。

我が家は代々伝わる魔法書により、その知識を積み重ねてきた。幼少期から魔法の研鑽《けんさん》を積み、時間と労力をかけてその地位を確固たるものにした――などと豪語しているが、くだらない。

(結局、過去の遺産に頼っているだけではないか。それで満足していてどうする)

もらって当たり前の評価を得て満足できるような矜持《きょうじ》を、私は持ちあわせていなかった。

ソーンダイク家以外の貴族たちに関してもそうだ。結局は世間体。なんとなく生きて、なんとなく死んでいく貴族のなんと多いことか。

何もかもがつまらない。ただ、最もつまらないことと言えば、そんなつまらない人間である兄がソーンダイク家を継ぐという事実だった。

『あの子が長男で本当によかった。――イライアス？　あの子はだめだ』

私が学生だった頃のある日、私はたまたま聞いてしまった。

『猜疑心《さいぎしん》が強く、何事にも無関心、無感動。同世代に友人と呼べる相手もいなくて、この貴族社会で生きていけると思うか』

重い扉の向こう側で、私が盗聴魔法を使用していることにも気がつかず、ペラペラと話し続ける父のなんと滑稽なことか。

『アレの利用価値と言えば、ヴィンセント殿下と同い年であるということくらいだ。なのにアレは、どんなに言い聞かせても殿下に近付こうともしない。――ああ、せっかく殿下の側近の座を勝ち取るいい機会だったというのに』

その話を聞いたとき、私の心の中に小さな波が立った。

ああ、ひとりいたなと思う。実に忌々しいことだが、つまらないと感じる周囲からただひとりだけ浮き立って見える存在。

ヴィンセント・レナード・ウィンディアリ。

あの男の何が気に食わないかと言えば、全てだ。生まれも顔もよく、学校では常に皆の中心に立ち、皆を導くカリスマ性とやらも持ちあわせている。

それだけならまだいい。単純に能力の高い男というだけだ。

何よりも気に食わないのが、あの男の見ている風景だ。皆と話しながらも、あの男はいつもどこか遠い――そう、未来を見通している。いつか国を導く人間になるという矜持を持ち、実際にそれが可能なだけの能力を持ちあわせ、そして、私にも理解し得ない遠い未来を見据えている。

すぐ側にいるはずなのに、私のことなど見向きもしない。それがひどく腹立たしかった。

だから私は努力した。私の見られないどこか高みを見ているあの男に追いつくために。誰よりも努力し、研鑽を積み、兄をも越える魔法騎士となった。

それでもあの男は振り返りもしない。私が距離を詰め、追い落とそうとしているのに、私の存在を気にもとめない。

学校を卒業する頃には、兄よりも私の方が侯爵家の次期当主に相応《ふさわ》しいのでは、と言う声だって上がっていた。それほどまでに周囲に認められるようになった私を、あの男は振り返りもしない。

（どうすれば、あの男が私を認識する？）

誰よりも力を持てばいいのか？　素通りできないほどの力を手に入れて、あの男を脅かす存在になってやろうか。

（――ああ、それは楽しそうだ）

禁術の研究は禁じられている。見つかったら私だけではない、一族郎党連座だろう。それもわかっていたが、丁度いいとも思った。

数ヶ月前、隣国の聖女と名乗る魔女との伝手《つて》ができた。

元を辿《たど》れば二年前、あの男がシエルフィ聖教国を公式訪問する際、同行したときまで遡る。そのとき、あの女とは同じ穴の狢《むじな》であることは感じ取っていた。それから二年の時を経て、あの女は私に再び接触してきたのだ。同じ禁じられた呪法を身に付けんとした者同士、手を組むのはどうだ、と。

あの女はキャンキャン煩《うるさ》くはあるが、利用価値がある。

全ては計画通りだった。禁術の研究が見つかり、我が家に騎士たちが押し寄せたこともそうだ。

あの男が先頭に立って、自ら私と私の一族を捕まえようと躍起になっている。それがなんとも心地よかった。あのいけ好かない男が、私の罠《わな》にかかった瞬間だったのだから。

自害したと見せかけて私は屋敷を後にした。一方、父や兄は捕まり、処刑となった。

それでいい。能力のある私を蔑《ないがし》ろにし、兄を後継に選んだ見る目のないソーンダイク家など、滅んでしまえばいい。あの世から私が全てを手に入れるのを、指をくわえて見ているがいいのだ。

そうだ、私は全てを手に入れる。

あの男――ヴィンセント・レナード・ウィンディアリが持っているもの、全てだ。

せいぜい、待っているがいい。今まで、私を警戒するどころか、目もくれなかった己の見る目のなさを後悔すればいい。

全てを見通しているとばかりに生きている男を谷底に突き落とし、嘲笑《あざわら》ってやろう。

ああ、楽しみだ。自分の姿を奪われたとあったら、あの男はどんな顔をするだろうな！

そして、全ては面白いくらいに私の思い通りになった。

ヴィンセント・レナード・ウィンディアリの姿を奪い、この城で王太子として振る舞うようになって一ヶ月半。コトは全て順調と言えた。

国王夫妻をあの女の呪術で縛り、病と称して幽閉し、邪魔な第二王子は北へ飛ばした。さらに、あの男の忠実な臣下たちを揃《そろ》って遠ざけた。

今、私の周囲にいるのは、あの男が見向きもしなかったつまらん人間だけだ。つまらんだけあって、王太子直属の臣下になれるとちらつかせば、すぐに飛びついてきた。

物事を考えることを放棄した愚かな人間を従えるのは楽だ。命令すれば私の思い通りに動く。とはいえ阿呆《あほう》ばかりでは、この先、国を乗っ取るのに支障が出る。実に腹立たしいことだが、優秀な人間を揃えるために、シエルフィ聖教国にいるあの女の協力を仰がねばならなかった。

十分な金銭を対価として支払った。あとは、あの女がシエルフィ聖教国の大聖女として君臨するつもりなら、協力を惜しまないという約束まですることとなった。

向こうは向こうで問題を抱えている。

その後、あの女は大聖女を名乗ることに成功したようだが、おそらく本物ではない。その地位を名乗るからには、共犯者が必要。そういうことなのだろう。

持ちつ持たれつということだ。

偽物の王太子と偽物の大聖女。それぞれが本物に成り代わるため、今だけ協力関係でいればいい。


――夜。

音もなく影が現れることにはもう慣れた。

「何？　レイン・アッシャーが戻っただと？」

隣国からの借り物の影は、私がどのような状況でもお構いなし。不愉快だが、便利だから文句を言うこともない。

薄暗い部屋の中、豪奢《ごうしゃ》な金の装飾の入ったランプが妖しく周囲を照らしている。そしてそこに映る人影に驚き、慌てた声を出す娘がいた。

「な、何……!?　一体、誰……っ!?」

その娘は慌ててシーツを寄せて、己の裸体を隠そうとしている。恐怖で顔が歪《ゆが》み、ひどい表情だ。

全く、状況を見ればわかるだろう。影と内密の話をするのだ。見て見ぬ振りができる賢い娘なら私だって気にしないが、この様子ならまず無理だろう。

せっかく楽しんでいたというのに、興が削《そ》がれた。

「おい、娘。出て行け」

「――え？」

「邪魔だ。今すぐ、この部屋を出て行けと言っている」

「なっ!?　殿下、一体何を……？」

この女は耳が悪いのか、頭が弱いのか。

見た目だけはそれなりだし、この女の実家の財産を引き出せたら色々都合がいい。だから少し美味《うま》い汁を吸わせてやろうと思ったが、所詮は金で爵位を購《あがな》った男爵令嬢か。

パチン、と指を鳴らすと、すぐに別の影が現れて、邪魔な娘に手を伸ばす。

「何!?　やめてっ！　殿下、先ほどまであんなに愛して――！」

ああ、煩い。

具合は悪くなかったが、こんな女に私の精をくれてやるのはもったいないくらいだったな。

「――フン。このことを外でひと言でも漏らしてみろ。そいつがお前を殺しに行くぞ。くくっ！」

「嫌っ！　嫌あああ……っ!?」

女は金切り声のような邪魔な悲鳴をあげる。いい加減鬱陶しくなり、私は手を虚空に伸ばした。

ふっと縦にひと切り。それだけで女は魔法で眠りに落ちていく。不愉快な声が一瞬にして止み、女は影に抱えられたままそっと部屋から退場していく。

ようやく部屋に静寂が訪れ、私はふうと息を吐《つ》いた。やれやれとベッドから下り、適当にナイトガウンを羽織る。それから自らワインをグラスに注ぎ、どかりとソファーに腰かけた。

この国で一番の職人が作ったであろう豪奢なソファーは、私が座るに相応しい。ゆったりと身体を預けてから――ああ、もっと私に相応しい椅子があったかと思い描く。

（まもなく王座も私のもの、か）

国王の病状がさらに進行すれば、自《おの》ずと王座を手渡してくるはず。そうすれば奴らも用なしだ。

さすがに、今すぐに殺すと私が怪しまれるからな。回りくどいが、王座は国王自らが譲り渡したという体裁が必要なのだ。

王太子ヴィンセント・レナード・ウィンディアリの姿は実に便利だ。この見目をしているだけで、誰もが膝を折り、私に忠誠を誓う。勘のいい者たちが訝《いぶか》しむような目を向けてくるが、どうあってもヴィンセント本人にしか見えないだろう。

（かつて貴様らが追い込んだ、イライアス・ソーンダイクだと見抜くことなどできぬはず！）

高笑いしたいのを抑えて、私は影からの報告を受けた。

遠く――シエルフィ聖教国まで売り飛ばしていたヴィンセント・レナード・ウィンディアリに買い手がついたということは知っていた。奴を縛る奴隷の腕輪に少し仕掛けをしているからな。距離が遠くて正確な位置こそわからないが、ゆっくりと西に向かって移動しているのは認識していた。

ただ、まさかあの男の買い手が、姿を消したという大聖女候補ナタリー・ロジエだったとは。

（どういうことだ？　購入された日が、大聖女選定の儀、当日……？）

聖都からあの男を売りに出していたアギヨンの街までは、一日やそこらで行ける距離ではない。いくら魔法を用いたとしても不可能だ。

（となると、考えられるのは、大聖女に宿るという転移の力？）

ああ、と思う。あの高慢な公爵令嬢――確か、名前をフロランシアといったか。あの女が大聖女ではないことは感づいていたが、真の大聖女は、やはりあの女が目の敵にしていた娘だったか。

魔女堕《お》ちしていた時点で、あの女が大聖女になど選ばれるはずもなかったが、いい気味だ。神に改めて「貴様は違う」と弾かれ、ナタリー・ロジエにも逃げられた今、どんな顔をしているだろう。

（ちょっと協力してやったからと、やたら要求が多くて、いい加減うんざりしていたんだ）

国王夫妻に呪いをかけてくれたことも、この姿を与えてくれたことも、あの女には感謝してやらないこともない。だが、それだけで、この国の全てを手中に収めたつもりなのは不愉快だ。

（やたらナタリー・ロジエに執着していたようだし、今頃荒れ狂っているだろうな）

あの女が煮え湯を飲まされたと思うと、この苛立《いらだ》ちも少しは晴れる心地だ。

（だが、ヴィンセント・レナード・ウィンディアリを購ったのが、その娘なのか。それはつまらんな）

せっかく最上級の奴隷紋を刻んでやったというのに、年頃の——おそらく、純朴な娘が相手となると、純粋に行為を楽しめてしまえるではないか。

しかもナタリー・ロジエとかいう女、フロランシアの話を聞くかぎり、性格がねじ曲がっていない純朴な娘なのだろう。そんな女に拾われるなぞ、ヴィンセントにとってむしろ幸運だったのではないだろうか。私が本来与えたかった屈辱とは遥《はる》かに遠いところにある。なんとつまらないことか。

「ナタリー・ロジエか……」

あのフロランシアが目の敵にしている娘というのは、純粋に興味がある。大聖女としての力も備わっているという、貴重な存在。

（……あの男の主《あるじ》となったからには、奴隷の腕輪もその娘がはめているわけか）

なるほど。これは好都合だ。

フロランシアは、その娘に死の呪いをかけると言っていたが、ただ殺すのはもったいない。真の大聖女ならば、高慢ちきなフロランシアよりもずっと、私の隣にいるに相応しいのではないだろうか。

私は笑った。本物の大聖女を手に入れられる方法があるのだから。

（それに、万が一でもあの男が情を移していたとしたら見物だな）

奴隷紋のせいで、まず間違いなく身体を繋《つな》げているはずだ。そこから情が生まれる可能性もある。

（這《は》いつくばるあの男の目の前で、その娘を奪ってやったとしたらどんな顔をするだろうな）

生まれたときから全てを手にしていたあの男が、何から何まで私に奪われる瞬間の顔を見てやりたい。ついでに、フロランシアという小生意気な女を出し抜ければ、なお面白い！

（王都に向かって来ているとすれば、そろそろ反応があるか？）

ヴィンセントの奴隷紋。それを縛る腕輪は私の特別製だ。一定距離まで近付けば、私にも正確にその気配を感知できるはず。

ああ、実に面白い。私はただ、この釣り針にかかるのを待っているだけでいいのだ。そうすれば、あの男の絶望を再び目に焼き付けることができる！

（この私から逃げ切れると思うなよ）

絶望する奴の顔を思い浮かべ、それを肴《さかな》に、私はワインを口にした。

2

ヴィンスが立ち寄りたいと言っていたジャレッド侯爵領には、エイミスの街から十日程度で辿り着いた。ここまで来れば、王都まであと三日らしい。

ジャレッド侯爵領は緑豊かな領地で、城は切り立った崖の上にある。城からは領地全体を見渡すことができるらしく、その景色の美しさについてヴィンスは楽しげに語ってくれていた。

ちなみに、ここの領主バーソロミュー・ジャレッド侯爵はヴィンスの教師のひとりでもあり、今はこの地で領主業に勤《いそ》しんでいる多才な人物だそうだ。話を聞いているだけでヴィンスの信頼が伝わってくる。

ジャレッド侯爵領はシエルフィ聖教国へ続く大街道だけでなく、南の国々へ続く道も交わる賑《にぎ》やかな街だった。崖を登る南側には、斜面に沿って住宅街が続いている。そしてその下の平地には、多くの商人が集う商店街や職人街などが広がっていた。

ちなみに城の向こう――北側には大きな河と緑豊かな森が広がっている特殊な地形なのだとか。城を望む絶景が有名で、ウィンディアリ王国でも有数の観光名所だ。今まで通ってきた街は一体何だったのかというくらい様々な人々が集い、明るい雰囲気だった。

ちなみに、女性向けの衣類やアクセサリーを扱う店舗も、数多くあるようだ。

こういったお店は今まで縁がなかった。シエルフィ聖教国では聖女のローブしか身に付けなかったし、アクセサリーは支給される聖石のみだった。だから気になって、ちょっとだけ足を止めてしまったら、ヴィンスが腰に腕を回してきた。

もうすっかり馴染《なじ》んだ行動ではあるけれど、最近、何かが違う。

ヴィンスの態度なのか、それとも、私の受け取り方なのか。動揺を隠すようにキュッと頬に力を入れてから、ヴィンスの顔を見上げると、彼は優美に微笑《ほほえ》む。

「案内してやりたいところだが、先にジャレッド侯爵への挨拶だな」

「ええ、そうよね」

「大丈夫だ。色々終わったら、ここにもまた連れてきてやるし、王都も一緒に回ればいい」

なんて未来の約束をくれるあたり、ヴィンスは本当に優しい。いつもは尊大だけど、すっごく気遣ってくれているくらい、わかっているのだ。

――そう、わかっている。彼と一緒に王都を回る日など、きっと来ない。全ての問題を解決したら、こうしてふたりで街を歩くことなんてなくなるのだ。

（大丈夫、弁《わきま》えてる）

でも、私はどう返事したらいいかわからなくて、へらりと笑った。

本来、残り少ないはずの命だ。だから命尽きるその日まで、めいっぱい遊ぶぞーって思っていたはずなのに、今や目的がすっかり変わってしまっている。

彼を助けることで、自分にかけられた呪いを解く足がかりになる。そう信じている。

ヴィンスと出会った頃は、もしかしたら生き残れるかもと言いながら、全然本気ではなかったのだと思う。どこかで、別に死んだら死んだで仕方がないとも思っていた。

でも、今は全然違う。

(——生きたい)

私がそれを望むようになったのは、彼と出会ったからだ。

ちらっと、私の隣を歩くヴィンスの顔を覗《のぞ》き見る。胸の奥にちりっとした痛みを覚え——でも、その痛みからすぐに目を逸《そ》らした。

(そもそも、自分のことよりも、今、一番近くにいてくれるヴィンスの力になりたいのよ、私は)

ちゃんと最後まで役に立ちたい。そのためには、彼を元の地位に戻すまでに倒れたりしてはいけない。ずっとヴィンスと一緒にいるうちに、いつしか使命感に似た想《おも》いが私を突き動かしている。それだけだと、自分に言い聞かせた。

(うん、間違えちゃだめよね)

——そんなことを考えていたら、目的地に着いた。

小高い丘の上にある領主の屋敷——いや、城を見て驚いた。

シエルフィ聖教国のどの貴族の屋敷よりも大きく、立派な城。切り立った崖の上にある城は、どこまでも続く青空を背景に美しく立っている。白を基調としたその城の周囲には、色とりどりの花が咲き誇り、色彩豊かな春の景色に、ほうと息を呑《の》んだ。

門番にレインが用意してくれた紹介状を見せると、すぐに奥の部屋へと案内される。

そこには応接間を兼ねたライブラリが広がっていた。

古典的な花柄紋様の入った絨毯《じゅうたん》に、深いグリーンのベロアのソファー。暗い色彩の木製のテーブルには、細やかな装飾が施されており、大きな書棚には美しいあしらいの入った分厚い本がぎっしりと詰められている。壁際に置かれた陳列棚にも、ひとつひとつ凝った造形の小物が並んでいた。

重厚さと上品さが綺麗《きれい》に解け合い、なんとも知識欲を揺さぶる素敵なライブラリに、ついきょろきょろしてしまう。

「――こちらの部屋は気に入って頂けましたかな。大聖女ナタリー様」

深く穏やかな声で呼びかけられ、私は入り口の方を振り向いた。

大聖女と呼ばれ、少し反応に戸惑う。そんな私に微笑みかけながら、男は重い扉を自ら閉めた。

歳は四十代か五十に差しかかったくらいだろうか。濃いグレーの髪を後ろに撫でつけ、髭《ひげ》をたくわえた男がそこに立っている。湖のように深い瞳の色が印象的だ。

落ち着いた雰囲気の男性は迷いなくこちらに近付いて来て、知性的な瞳をヴィンスの方へと向けた。

その試すような眼差し。ヴィンスはフッと自信ありげに笑って、肩をすくめてみせる。

「――あの日のボードゲーム《リオヴェント》の続きでもやるか？　確か、先生が赤の騎士を断ったところで、試合が中断していたが」

きっと、ふたりの間で印象的な出来事だったのだろう。

勝ち誇ったようなヴィンスを前に、先生と呼ばれた人物は崩れ落ちるようにして膝をつく。きっとこの人がジャレッド侯爵なのだろう。

「そのことを知っておられるのは、やはり――！」

そうして両手で顔面を押さえ、噛《か》みしめるようにして呟《つぶや》いた。

「本当に、生きておられたか！　……よくぞご無事で。ヴィンセント殿下！」


――そうして私たちは、ジャレッド侯爵とも情報交換をして、ほうと息を吐く。

改めて自分たちの身に起こったことの複雑さを思い知らされて、頭を抱えたくなった。

「どうやらシエルフィ聖教国でも、ナタリー様が魔女であるということが周知され、捜索されているようですな」

「ああ、やっぱり」

「そして、それを先導しているのが、新しい大聖女フロランシア・リヴィエール公爵令嬢だと」

案の定フロランシアが中心になって、あの国を動かしているようだ。

昔から、まさに聖女といった優しい微笑みの裏で、取り巻きを動かして私を貶《おとし》めようとしていた。

公爵家の出である彼女は次の大聖女の座が固いと言われていたけれど、彼女自身は焦っている様子だった。それもこれも、神力という一点において、彼女は私の足元にも及ばなかったからだ。

『わたくしには力が足りません。ナタリーのようには、とても……！』

などと皆の前で嘆くことで、よく周囲の怒りを私に向けていた。

いちいち相手にするのも面倒で、私は彼女と会うこと自体を避けていた。でも、私が避けていることすら、大げさに嘆き、哀しみ、私を攻撃する理由にしていたような気がする。

それだけだったら可愛いものだけれど、命を狙われたとあっては黙っておけない。

「フロランシアのことも、イライアスのことも、問題は山積みね」

「そのようですな。ただ——あの国では今、別の問題が起こっているようですな」

「別の問題？」

ジャレッド侯爵の言葉に私はきょとんとする。

「新しい大聖女が、聖なる結界の儀式を行おうとしない、と」

「ああ……」

それを聞いて納得した。フロランシアは自身が大聖女だと宣言したが、実際にはそんな力は持っていない。慣例となっていた聖都を包む聖なる結界を張る儀式など、できるはずもないのだ。

（公爵家の権力があれば、ある程度誤魔化してゴリ押しすることもできるだろうけれど）

結界がないかぎり、魔物の出現は減らないだろう。

あの街は、特殊な地だ。強い魔力が土地に宿り、放っておけばいいモノも悪いモノも集まってくる。

だから、絶対に聖なる結界が必要なのだ。

シエルフィ聖教国が大聖女を祭り上げるのは、その力に国が支えられている自覚があるからに他ならない。なのに、大聖女としての役割を果たせないフロランシアはどうなるのだろう。

状況を改善しないかぎり、疑問を持つ人はきっと出てくる。彼女としては、それを権力でどこまで押さえつけられるかといったところだろうが。

「ナタリー様を追い詰めているつもりで、墓穴を掘っているだけかもしれませんな」

本当にそうだといいけれども、相手は呪術を扱う魔女。私自身のためにも、この澱《よど》んだ魔力はどうにかせねばならない。

「殿下、ひとまずお休みになって疲れを癒やしてくだされ。これまでおつらかったことでしょう」

ひとしきり情報を交換したところで、ジャレッド侯爵は私たちに向きなおった。

「まあ、大変だったな。正直、奴隷に堕とされたときはどうなることかと思ったが――ナタリーに拾われて助かった」

ヴィンスは素直に頷《うなず》いている。というか、プライドの高い彼が拾われるという表現を使うだなんて思わなくて、私はぱちぱちと瞬く。

「なるほど。ナタリー様との出会いは僥倖《ぎょうこう》だと」

「ああ。神の導きとしか思えん」

そう言ってヴィンスは、じーっと私の顔を見る。

持ち上げられすぎで、どうしたらいいのかわからない。

最近この美しいアイスブルーの瞳で見つめられると、落ち着かないようなふわふわした気持ちになるから困るのだ。なんとなく気恥ずかしくて、私はふいっと視線を背ける。

「はははは！　あの殿下にこうまで言わせる女性が現れるとは。それも、真の大聖女！　大変に喜ばしいですな！」

……ジャレッド侯爵は、すでに色々誤解してしまっているようだ。

本当は訂正したいけれども、そうなると性奴隷の奴隷紋のことを話さなければいけなくなる。ヴィンスの名誉のためにも、そこはやっぱり隠すべきなのだろう。

フロランシアたちのこととは違う意味で、私は頭を抱えたくなったのだった。

## 3

宿泊させてもらうのはいいけれども、ここでも同室ときた。

いや、ジャレッド侯爵は元々別の部屋を用意してくれていたようだ。なのに、ヴィンスの希望でまさかの同室となってしまった。

（なんだか、気まずい……）

ヴィンスによる思わせぶり発言の連続で、ジャレッド侯爵には私たちが恋仲だとすっかり勘違いされている気がする。

ただ、中途半端に身体を重ねたり、体液摂取を理由としたキスまでしちゃったりしているせいで、妙に意識しちゃっているのも事実だった。

でも、私たちの関係はそんなに甘いものではない。今は奴隷と主という立場であれど、本来は王太子殿下と元聖女。私はただの平民で、放浪者で、すでに家すら持っていないちっぽけな人間だ。こんな私との未来なんてあるはずがないので、いちいち考えるだけ無駄だと思う。でも――。

（繋いだ手が、熱いんだけど……っ）

そもそも手を繋ぐ必要性すらないのに。

部屋まで案内される間も、ヴィンスは一切手を離してくれなかった。

（――あれ。おかしい。いつの間に、こうも強引に手を引かれるようになったんだっけ？）

すごく当たり前になってしまっているけれど、彼の手に力が込められたり、たまにこちらをじっと見つめていたり、彼がすごく近いところにいる気がする。

私のことを、ちゃんと見てくれているっていうのかな。そのたびに、私は落ち着かない気持ちになるのだ。

そうして案内されたのは、城の東側にある別館だった。

そこにある客間は、ヴィンスのために整えられた王族仕様だ。元々ヴィンスひとりが使う予定だったその部屋は、私が一緒でも一切困らない大きさだ。

もちろんベッドはふたり並んで眠れる大きさだし、大きなソファーの他に、食事などをとるためのテーブルも用意されている。たっぷりと刺繍《ししゅう》が入った贅沢《ぜいたく》なカーテンに、飾り棚の上には繊細な模様の入った調度品が綺麗に並べられ、まさに贅を凝らしたひと部屋だ。

きょろきょろしている私の手を引いて、彼はどかっとソファーに腰かけた。そして、隣に座るように導いてくれる。

「王都に着いたら全面戦争になるからな。今のうちに、ゆっくり寛《くつろ》いでおくといい」

「あ。うん。それは――そうなんだけど」

彼はごく自然に私の腰を抱き寄せる。

あまりに自然すぎて、あえて言及してこなかったけれど、レインやジャレッド侯爵の反応を見て、色々疑問に思うようになった。

「ヴィンス。その方が都合がいいこともわかるんだけど、ちょっと人前でくっつきすぎ……じゃないかな」

「実際都合がいいだろう？　誤解させておけば、俺がいつ君にキスをしても誰も不思議がらない」

「いやいやいや、でも、問題はあるよねっ!?」

「なにかあるか？」

私のツッコミに、ヴィンスは心底不思議そうにする。

どうしてこの人は、こうも堂々と言い切ることができるのだろうか。私の感覚が間違っているのかと勘違いしそうになる。

「あるでしょ！　あなたの知り合いに、私が恋人だって勘違いされてるのよ!?」

「別に勘違いでもないだろう？」

きょとんとした顔ではっきりと言い切られて、私の頭は真っ白になった。

彼の言葉を理解するまでに、かなりの時間を要する。

（え？　勘違い？　じゃない？　ん？）

その言い方だと、彼が私のことを恋人だと思っているみたいではないか。

――そう理解できた瞬間に、私は盛大に叫んでいた。

「恋人⁉　は⁉　何⁉　いつから⁉」

「そう騒ぐな」

「騒ぐわよ！　だって、そんな、恋人よ⁉　え⁉　いつから⁉　どうして⁉」

ぎゃあぎゃあと大騒ぎする私に向かって、ヴィンスはにやりと笑う。

いつものようにすっと顎をとり、顔を近付けてきた。

不思議なもので、彼の顔が近付いたと思うと私も自然と口を閉じるようになってしまっている。ふにっと、彼の薄い唇が私のそれとくっつき、妙に意識してしまった。

「…………っ、私、告白とか、したつもり、ない」

悔しいような困ったような、感じたことのない感情が湧き起こってきて、恨み節が出てしまう。なのにヴィンスはひとり楽しそうで、アイスブルーの瞳を光らせた。

「なんだ？　その言い方だと、まるですでに俺を想ってくれていたみたいだな？」

「ちがうっ！　頭が真っ白で、言い方が悪くなっちゃっただけ！　そんなの、ありえないっ‼」

「それは残念だ」

「残念って……！」

私はわなわなと震えた。

おかしい。さっきから心臓がずっとバクバク暴れている。

呼吸するのも苦しいし、頭が真っ白で、言葉だって上手《うま》く紡げない。

恋人なんて人生でただの一度もいたことがなかったし、そもそも、こんなに打ち解けることができた男性自体、ヴィンスがはじめてだったから。

(どうしよう……困る。わかんない)

ただただ戸惑うばかりで、私はぎゅっと唇を引き結ぶ。

「まあ、君はそうだろうなと思っていたさ。だが、知っておくといい。俺はずっと、君には恋人に接するつもりで隣にいた」

「っ、……どうして」

「身体を繋げたり、何度もキスをしたり。恋人に対する行為でしかないだろう?」

「そ、それは、そう、だけど。奴隷紋のせいじゃ」

「だから。俺は奴隷になったつもりなどない。それが俺の矜持だ」

「………?」

わからない。あまりにわからなくて、私は彼の胸に手をつく。そうして少し身体を離そうとするのに、彼は全然離れてくれない。

「きっかけはどうであれ、俺は君にキスや性行為をする権利をもらった。であるならば、君を恋人扱いするのは当然だ」

「でも、そんなのっ。仕方なくやってるだけじゃ――」

心の伴わない行為のはずだ。なのに恋人などと、意味がわからない。

「まあな。納得できないという君の言葉も理解はできる。俺も、最初は君の覚悟に応えただけのつもりだったんだがな――」

ちゅ、と。彼がまた、触れるだけのキスをくれた。

「――あとから、心がついてきたと言ったら？」

私は息を呑んだ。

彼のアイスブルーの瞳は揺るがない。ただ真っ直ぐ私を見つめたまま、言い切った。

「君を好いている。嘘《うそ》じゃない。――といっても、自覚したのは最近だがな」

「好い、て……？」

その単語の意味がちゃんと頭に入ってこない。

（好き？　誰が？　誰を？　好きって？）

一体彼は何を言っているのだろう。

「レインと戦ったときのことだ。俺の前に飛び出してきた君を失うかと思ったとき、強く恐怖した」

「あ……」

覚えている。私はふたりを落ち着かせるために障壁を張って、ふたりの攻撃を受けとめた。ごっそり神力を奪われて、私もひやひやしたのだった。

あのときヴィンスは見たこともないくらい怖い顔をして、そのあと私を強く抱きしめてくれた。

「俺としたことが、君に好意を抱いていたことに気付けていなかったんだな。――すぐに君の唇に触れたくて仕方がなくて、らしくもなくねだったりしていたのにな」

などとヴィンスは苦笑いを浮かべている。くつくつと笑う彼の表情は、どこか肩の力が抜けたような穏やかさもあって、私はぎゅっと唇を噛みしめた。

「そんな顔をするな。理屈じゃないんだ、こういうのは」

「わからないよ」

「だろうな。君にはまだ難しい。だから、俺もあえて言葉にしてこなかった。早々に口に出したら、君はあっさり流されてくれるだろうと思ったからな」

ヴィンスの言葉の意図が理解できずに瞬いた。そんな私を見て、ヴィンスはくしゃりと笑う。

「おそらく自覚はないのだろうな。君は、自己犠牲精神ともどこか異なる形で、自分を犠牲にする」

「え……？」

「平民から大聖女候補に上りつめた君だからこその感覚なのだろう。自己を犠牲にすることに、君は迷いがない」

　自覚がない。

　そうなのだと思う。だって、ヴィンスの言葉が理解できない。

「以前の君に告白していたとすれば、君は何も考えることなく、そういうものだと流されただろう？」

　具体的に言われてようやく、彼の意図の端っこを掴《つか》めた気がする。

　確かにそうかもしれない。

　私は私の処女を捧《ささ》げることすらも深く考えることがなかったのだ。その状態で、ヴィンスに恋人になろうと言われても、その方が都合がいいのだろうと頷いていたかもしれない。

「君は素直で真っ直ぐだが、とても危うい。俺の隣に立って、何の迷いもなく意見も文句も言える強さがあるのに、放っておいたらふらっと消えていなくなりそうで——目が、離せなくなった」

　褒められているのか、貶《けな》されているのかわからない。

「それは、ただ私が頼りなくて心配しているだけじゃ」

「そんなわけあるか。俺だぞ。——自分の心に気付かぬことはあれど、見誤ることはない」

「どこから来るのよ、その自信は……っ」

でも、彼の言葉はきっと嘘偽りない本物なのだろう。

彼は私に嘘をつかない。そう信じさせられちゃうくらい、彼のことをちゃんと見てきたから。

「……困るよ」

「なるほど。すぐに流されないとは成長したな」

「ここで褒めるの!? っていうか、ありえないでしょっ！」

つい、喚《わめ》いてしまった。でも仕方がないことだ。

「私はいなくなる人間よ!? あなたが元の地位に戻ったら、私なんて絶対邪魔になる。だから、ウィンディアリ王国を出て……っ」

——と、ずっと考えてきたその後の計画を口にして、愕然《がくぜん》とした。

だって、その後は？ 彼のもとを離れて、どこに行けばいい？

ヴィンスが隣にいない旅が全く想像できない。

私は自由になる。この命尽きるまでいろんな街を渡り歩いて、美味《おい》しいものを食べて、普通の女の子みたいに。どこにでもいる、平民の女の子みたいに。

(——平民の私じゃ、ヴィンスの隣には立てない)

だから離れなきゃ。

今がどうであれ、彼と結ばれる未来はありえない。だから恋人のつもりで接せられても、同じようには返せない。返しちゃだめなんだ。離れられなくなるから。

「ああ。ちゃんと君の情緒は育っているな」

「っ、断ってるの！　どうして喜ぶの！」

「喜ぶさ。君が俺とのことを真剣に考えてくれているとわかるからな」

「っ、ヴィンス」

堂々とした様子でありつつも、彼の頬が染まっている。どこか眩《まぶ》しいものを見るような目で私のことを見つめてくるのだ。

どうしたらいいかわからなくて、私はふいっと視線を逸らした。

「ナタリー、覚えておいてくれ。――全て解決するまでに、俺は、君の心を手に入れる」

「ヴィンス」

「全力で君を口説いてみせるから、君もしっかりと俺を意識することだな」

「もう！　そこでどうして、命令口調なのよっ！」

――この素敵な人から、これからずっと口説かれるなんて。

(神力が尽きる前に、私の心臓の方が保《も》たない、かも……)

## 4

ジャレッド侯爵が気を回してくれて、この日はたっぷり休ませてもらえることとなった。

ただ、こんな状況でヴィンスと同室にされて、もはや気が気ではなかった。

そんな私はというと、ジャレッド侯爵の信頼している侍女さんをつけてもらって、至れり尽くせり。

本当に貴族の令嬢のように扱ってもらい、全身綺麗にしてもらった。

その際、少しだけヴィンスと離れる時間ができてほっとしていたけれど、いつまでも別々に過ごすことなどできない。

いよいよ夜が更け、私は逃げ出したい気持ちになっていた。

「あ、あの……」

なんということはない。これまでも、同じ宿の同じ部屋でずっと一緒に過ごしてきた。

だから今さら緊張も何もないと思うのに、どうしてこうもドキドキしているのだろう。

「……」

「どうしてここで黙り込むのよ……」

「……いや」

先に湯浴みを済ませていたヴィンスは、ナイトガウンを身に纏ってベッドに腰かけている。私も同じようにナイトドレスに着替えて、あとは眠るだけという頃合いだ。

「少し、雰囲気が変わったな」

「それは――えと、侍女さんが、綺麗にしてくれて」

そうなのだ。さすが腕利きの侍女さんと言うべきなのだろう。

入浴やマッサージまで全て世話を焼いてもらって、お肌はすべすべだし、髪は艶々だ。自分で適当に切っただけの髪型も綺麗に切り揃えてもらって、少し短くはあるけれども本当のお嬢さまみたいにしてもらった。

別にお化粧をしたわけでも、おめかしをしたわけでもない。でも、肌触りのいいフリルたっぷりのナイトドレスは可愛いし、自分じゃなくなったみたいだ。

「おいで」

ヴィンスの呼びかけに引き寄せられるようにして、私はベッドまで歩いていく。そうして彼の前まで辿り着いたところで、手を取られた。

「回って」

「え？」

「いいから」

彼が少しだけ勢いをつけて私の手を離す。その軌道に沿うように私がくるりと回ってみせると、彼は顎に手を当てたまま、深々とため息をついた。

「ヴィンス？」

「……俺は今、実質無一文なのがとても悔しい」

「は？」

「君にドレスの一枚も買ってやれていない」

「え？　――ん？」

呆《ほう》ける私をよそに、彼はなぜか頭を抱えている。

なんだか盛大にショックを受けているようだが、これはどう慰めたものだろうか。

ヴィンスの前でおろおろしていると、それを見て吹き出した彼に手を引かれた。そのまま彼の腕の中にすっぽりと抱きとめられる。

「綺麗だ、ナタリー」

「何よ急に!?」

「………反応は相変わらずだな」

苦笑しながらも、彼はぽんぽんと私の背中を優しく叩《たた》いてくれる。それからぎゅうと苦しいくらい抱きしめられて、私は目を白黒させた。

「はぁ、ジャレッド侯爵に先を越された気分だ」

「え、ええ？　何が？」

「恋人が身に付けるものならなんでも、俺自身が誂《あつら》えたいというのは当然だろう？」

「こ、恋人……」

改めて言葉にされると、やはり凄《すさ》まじい破壊力だ。私の頬に熱が集中していく。

「違うって言ってるのに」

「俺はそのつもりで接しているとも言ったな？」

「一方的すぎるわよ」

「ああ、自覚している」

なんて、彼は自信に満ちた笑みを浮かべている。

「王都に戻ったら付き合ってくれ。仕立屋を呼んで君の服を誂え——いや、君の場合は一緒に街に買いに出る方が好みか」

「あ——」

でも彼は、また未来の約束をくれた。私の望むことを形にしてくれようとしている。

(未来の約束。ただの、社交辞令じゃなかったんだ)

さよならするはずの未来が揺らぐ。

胸が膨らむような想いがした。くすぐったいような、もどかしいような、ふわふわした感覚。最近、この感覚が私の心を占領するときがあって、とても困る。

ヴィンスは微笑みながら、私の髪を弄《いじ》りはじめた。その瞳には優しい光を宿していて、私はますますドキドキしてしまう。

「この髪も、早く伸びるといいな。長い髪の君を、早く見てみたい」

「長い方が好みなの？」

「いいや？　君であれば、どちらでも」

だったらなぜと首を傾《かし》げる。すると、彼は私が抱いた疑問を読み取ったのだろう。

「――レインだけが、長い髪をした君の記憶を独占しているのは癪《しゃく》だ」

「そこ!?」

「ああそうだ。――面白いものだな。俺自身知らなかった。俺はどうも、嫉妬深い男らしい」

そう言って、彼が私の身体を押し倒す。

いつかのようにベッドに私を組み敷いて、囁《ささや》きかけた。

「ナタリー、君にキスをしても？」

「っ、今までわざわざ聞かなかったじゃない」

あえて伺いをたてるだなんて、ずるい。だってこんなの、答えに困るに決まっている。

「今まではそうだったな。だが、今の俺は君に意識してもらいたい」

「っ、っ、っ……！」

「俺とのキスは思い出せるだろう？　どうだった？　君の唇を奪い、隅々まで愛し尽くす用意はある」

「待ってよ、ヴィンス」

「嫌か？　――それとも、少しは望んでくれているか？」

彼の親指が私の唇をそっとなぞった。それだけでゾクゾクするような感覚が呼び起こされ、私は息を呑む。

　ずくん、と身体の奥が切なくなって、強制的に答えが引き出された。でもそれが言葉にできなくて、ふるると瞳が震えるだけ。

「ナタリー？　俺は君を恋人のつもりで扱うが、君はそうではないのだろう？　——ならば、君の意志を尊重するさ。どうだ？　俺のキスはほしいか？」

　なんて、唇こそ触れ合わないけれど、彼が身体を寄せてくる。

　その体温。逞《たくま》しい胸板。触れている部分が熱くて、心臓が暴れる。

　緊張で呼吸が浅くなる。切なくて、苦しくて、彼とのキスの感覚だけがぐるぐると私の脳内を駆け巡る。

「…………ほし、い」

　こぼれ落ちた声が、ヴィンスに届いてしまった。

　彼は深く微笑み、私の唇にキスを落とす。

（あっ、い……）

　私に、意識をさせたいと彼は言った。そして今、まさにその通りになっている。

　ただ唇を寄せただけ。なのに、今までのどのキスよりもドキドキしている。

「ん、……っ」

　甘い吐息が漏れた。自然と手が彼を求めて、ぎゅっと彼の袖を掴んでいる。

　でも、彼は「こっちだ」と言わんばかりにその手を掴み、指と指を絡ませるようにして握り合う。

　唇がわずかに離れた瞬間、息を吸おうと口を開けると、そこから彼の舌が侵入し、私の舌を捕らえる。キスの仕方をすっかり教え込まれている私は、彼の舌と触れ合うように私の舌を擦《こす》りつけた。

熱くて、淫らで、苦しいくらい甘いキスだった。今までと同じことをしているはずなのに全然違う。

「ナタリー」

名前を呼ばれるだけで泣きたくなるこの感情はなんだ。

怖くて、知りたくなくて、でも知りたくて、どうしようもない。

彼の視線から逃げるように顔を横に向けるも、ならば代わりにと耳元で囁かれるだけだ。

「君を好いている、誰よりも」

震える私に、彼はそっと言葉を続ける。

「わかるか？　――愛しているんだ」

一切はぐらかすことのない真っ直ぐな感情表現に、私は息を呑む。

ずきずき、ドキドキ、ずっと胸が痛い。

「君を抱きたい。――君を隅々まで、愛したい」

「っ……」

「どうだ？　君は、俺が君を抱く許可をくれるか？」

本当に、嫌になる。

優柔不断な私は、このまま彼が押し切ってくれたらと、情けない答えに辿り着く。

「…………ずるいよ」

とか言いながら、わかってる。

卑怯なのは私だ。こうして彼のせいにして、自分と向き合うことから逃げて。やっぱり流される方が楽だからと、私自身の気持ちを見つめ直すことからも逃げて、全部彼に委ねようとする。

「ああ、自覚している」

でも彼は、そんな卑怯な私の言葉すら、全部包み込んでくれる。口の端を上げて、実に堂々と私の言葉に頷いて。

「ずるいことくらいわかっているさ。だが俺は、君に応えてもらうためならば、なんだってやる。本当はもっと気長に待つつもりでいたが――君のことになるとどうも我慢がきかないらしい」

「ヴィンス」

「ほら、俺を意識したろう？　もっと君の頭の中を、俺でいっぱいにしてくれ」

そう言って彼はもう一度キスをする。それだけじゃ足りなくて、さらにもう一度。何度もキスをして、本当に私の心を彼で満たしてしまうから困る。

「俺が相手なんだ。君はわがままなくらいで丁度いい。今の君を受けとめる用意はある。今はまだ、心まで全てくれとは言わない。だが、俺のことを少しでも考えてくれるなら――」

「――ぁ！」

ちゅ、と、啄《ついば》むようなキスをされる。額に、頬に、唇に、首元に。――そして、少しだけはだけた胸元、黒く塗りつぶされた聖紋にも、何度も。

「君を愛する権利をくれ」

私は息を呑んだ。

「奴隷紋があるんだから、そんな。あなたに体液を与えるのは主人の役目――」

「そういうことではない。君もわかっているだろう？」

「っ……」

「今の君に、もう一歩、踏み込みたいと言っている」

何らかの答えを出さなければいけない。

私が。私自身で、何か――……と思ったときだった。

「――全部、ずるい俺のせいにしていいから」

その言葉が、あと一歩踏み出せない私の心に響いた。

(――ああ、本当に卑怯だ、私)

でも、彼はそんな卑怯なままの私でいいと言ってくれる。

気がつけば、心臓の音でかき消されてしまいそうなほどの小さな声で、うん、と返事している。

胸の奥がツキンと痛んだけれど、彼は嬉《うれ》しそうに笑った。

「そうだ。――君は、それくらいわがままでいい」

「っ、ぅん」

「君に尽くすことを、ここに誓おう」

そうして、彼は私の身体に手を伸ばす。

あっという間にナイトドレスを剥ぎ取られ、彼の前に肌をさらけ出してしまう。

卑怯な私を責めるわけでも、からかうわけでもなく、彼はただひたすら嬉しそうだった。

彼自身も己のガウンを脱ぎ捨てる。優しい笑みの向こうに、ギラギラとした欲が覗くも、そんな顔をさせているのが私なのだと改めて思い知らされる。

本当に彼は、私を好いて、求めてくれているらしい。

「――いっぱいよくする。俺に集中して」

そう言いながら彼は、以前と同じように乳房を唇で喰《は》みはじめる。胸元に顔を埋めながら、その手をするりと内腿に忍ばせた。そうして指を一本、私のナカへと挿入した。

くりくりとナカをかき混ぜながら、彼のキスもどんどん下へと移動していく。胸からお腹、お臍《へそ》、

そして太腿へ。際どい部分までちゅ、と丁寧に口づけ、舌なめずりをしてみせた。

「ヴィンス……？」

「まさか本当に、この俺が奉仕してもいいと思える相手に出会えるとはな」

「？」

「君になら、いくらでも尽くしたくなる。奇妙な感覚だが、清々《すがすが》しい気分だ」

そう言うなり、彼は己の顔を私の蜜口へと近付けた。

「!?　えっ、ちょ、まっ……！」

「君をよくする、そう言っただろう？」

「言ったけど――っ、んんんっ！」

じゅ、と強く吸われて目を白黒させた。

手で触れられるのとは全く異なる快感に、私の全身が跳ねる。

とろりと溢《こぼ》れはじめた愛蜜を吸い、あろうことか彼は己の舌で私のナカを舐め取った。

「ひゃ、ひゃあんっ」

「ああ、嫌いではないのだな。君のナカがひくひくしている」

「や、なにこれ、ま、待って……っ」

「ふふ。もっと感じるといい」

私の反応に満足しているのか、彼が嬉しそうに笑うのがわかった。それから、分厚い舌で表面をもう一度舐め取り、膣壁《ちつへき》を捏《こ》ねていく。

そのねっとりとした愛撫《あいぶ》による刺激が私の身体を駆け巡り、快楽を呼び起こす。全身が粟立《あわだ》ち、ビクビクと震えた。

「そうだ。もっと感じてくれ」

「ひ、あ！　なにこれ、んんんっ……！」

　自分の身体を自分で支えられなくなるような不思議な感覚。彼は手で花芽を捏ねまわしながら、ナカを舌で責め続ける。次々と、強い刺激が私の全身を走り、何度も身体が跳ねた。

「ん、――ああ、いいな。好きなのか？　君のナカが、もうこんなに」

「ひゃ、あ……！　は、恥ずかし、恥ずかしいよ」

「恥ずかしいものか。感じてくれているのだろう？　もっと声を出していい」

「ヴィンスぅ……」

　涙目になりながら、首をふるふると横に振る。

　ヴィンスはいつも、私にはじめてを教えてくれる。――のはいいのだけれど、刺激が強すぎて身体も気持ちも全然追いつかない。

　じゅっと強く吸われると、感じたことのない快楽に何かが溢れそうだ。

「ひゃ、あんっ」

「どうだ？　気持ちがいいか？」

「っ、きもち、い………けど、苦しいよ、ヴィンスっ」

「そうだな、苦しくしている。――ほら、もっとだ」

「ひゃああっ！」

　カリッと花芽を爪で弾かれ、私の頭は真っ白になった。快楽の波に攫《さら》われるも、ヴィンスは全然止めてくれない。

　顔を離し、すっかり解《ほぐ》れた私のナカに、彼は舌の代わりに指を挿入する。そのままぐちゅぐちゅと激しく出し挿れされ、わけがわからなくなる。

快楽に全てを明け渡すような感覚。前も後ろもわからなくなったそのとき、びゅっびゅと何か噴き出し、ヴィンスの手を汚した。

何が起こったのか理解すらできず、私は呆然《ぼうぜん》とする。

「――ああ、そんなによかったか？」

「わ、私……」

とてもはしたないことをしてしまった。自分の身体が制御できなかったこと、そして、こんな汚いものを彼にかけてしまった事実に言葉を失う。

呆《あき》れて、嫌われるのが怖い。

嫌だ、とても怖い。

そう思うと、じんわりと涙が出てきてしまう。

「ナタリー……？」

そんな私の変化に気がついたのだろう。ヴィンスが身体を起こし、ぱちぱちと瞬いている。

そうして身体を上に移動し、私の頬に触れてくれる。

ぐい、と彼の太い親指が、私の眦《まなじり》を拭った。

「どうした、そんなに可愛い顔をして」

なんて、少し心配そうな眼差しを向けてくれる。

嫌われるのが怖いなんて言えない。でも、彼なら受けとめてくれる気もして、唇を噛みしめる。

「ん？　そんな顔しても、俺を誘うだけだぞ？」

目を細める彼に、優しく抱き寄せられる。顔をぴっとりとくっつけて、ちゅ、ちゅ、と何度もキスをくれて。とんとんって、背中をあやすように叩かれたら、少しだけ気持ちが落ち着いてきた。

気がつけば私は、自分からも彼に顔を寄せる。肩口に顔を埋めてぎゅっとしがみつくと、彼はますます私を甘やかしてくれた。

「…………こわい」

「ん」

「へんなこえ、いっぱいだして。へんなのも、…………で、……た…………」

掠《かす》れるような声で、胸の内をなんとか吐露する。

すると彼は深く微笑み、ますます私をしっかりとあやしてくれる。

「可愛かったぞ？」

「嘘だよ」

「本当だ。——俺で感じて、よくなってくれたからだろう？」

「それは…………」

そう、だけれども。

でも私は、一番肝心な言葉が言えなかった。

（あなたに嫌われるのが、怖かったの……）

でも、それを言わなくても、彼は私のほしい言葉をくれた。あんなことで、彼は私を嫌ったりしない。むしろ——。

（可愛いって…………言ってくれた…………）

頬が熱い。胸が苦しくて、なんだか、目頭が潤むような感覚。

おかしい。ヴィンスと出会ってから、私、泣いてばかりだ。

ぎゅっと涙を拭って、彼に背中を向けた。なんだか顔を見られるのが恥ずかしい気がしたからだ。

だって彼は、私のことならなんでもお見通しだから。

（バレちゃう。――だめよ。だって、こんな気持ち）

それだけは――と思い、はたと気がつく。

（こんな、気持ち？）

胸の奥に燻ぶるふわふわしたような。温かくて、でも、ぎゅっと苦しくなるような。

今まで抱いたことのない、大切な大切な宝物のような気持ち。

（あ…………）

嫌だ。

気付きたくない。

だって困る。どうしていいのかわからなくて。

（もしかして、これが……）

――なんて。ある言葉が頭の中に浮かんで、ふるふると首を横に振る。

「ナタリー？」

ずっと背中を向けていると、ヴィンスが甘い囁きをくれる。

くるんと、そのまま私の身体をうつ伏せになるように押し倒し、背中側からぎゅうぎゅうに抱きしめてくれた。

「どうした。君の可愛い顔を見せてくれないのか？」

むしろ、押し倒したのは彼の方だけれども、彼はいじわるな囁きをするだけ。

「待って」

心の準備ができない。というか、どんな顔をしているのか、自分ですらわからないのだ。

「仕方がないな」

そう耳元で響く深い声に身体が震えると、彼は楽しそうに私の腰を持ち上げる。それから私の腰を支えたまま、屹立《きつりつ》を私の秘所に押しあてる。

「顔を見せてもらえないなら、せめて声を聞かせてもらうとするか」

「ん、あっ……！」

次の瞬間には、ドスンという衝撃が走っていた。

後ろから突きたてられ、以前とは異なる場所へぶち当たる。その衝撃に思わずのけ反ると、彼がくっと喉の奥で笑うのが聞こえた。

「っ、ナタリー、わかるか？　俺は、奴隷紋などなくても君がほしくてたまらなくて」

「ひゃ、あ、あ、あ……！」

ばつばつと、激しい抽送がはじまった。

私はもう為すがまま。声を我慢することなんてできなくて、垂れ流すだけ。

「もう少し大人の余裕を見せられたらいいのだが、どうしても性急になってしまう」

彼の声が掠れていて、その色気にゾクゾクしてしまう。

「君だけだ、俺をこんなにするのは」

「ん、ヴィンス……っ」

「くっ……」

彼の楽しそうな声の中に、苦しさが混じっている。

息を荒くして、ただただ私を貪り続ける。激しすぎる抽送に強制的に快楽を与えられる。苦しくて、切なくて、でも気持ちよくて。——幸せだって思う。

「ああ、ヴィンス……！」

「それでいい。もっと呼べ。呼んでくれ」

「ヴィンス、ヴィンス………っ」

まるで馬鹿みたいに彼の名前を繰り返し呼んだ。

彼の顔が見たくて、考える前に顔を後ろに向けている。私を見下ろしながら、後ろから突いていたヴィンスと目が合った。

「ようやく、こちらを向いてくれたな」

彼は満足そうに笑って、繋がったまま私の身体をぐりんと反転させる。そのまま私に覆いかぶさり、顔を寄せる。

涙で濡れた眦を拭うように、何度も何度もちゅっちゅとキスをくれる。それが嬉しくて、幸せで、気がつけば私は彼の背中に腕を回していて。

「——君の全部、俺に見せてくれるな？」

そう囁きかけ、ヴィンスはさらに私を酔わせていく。

うん、という返事は、聞こえたのか聞こえなかったのか。

ただ、私は本当に、彼に意識を奪われていたのだと知った。

## 5

「あの……ヴィンス？」

「ん？」

彼にどろどろに愛された翌朝。

ただ名前を呼んだだけ。なのに、腰が砕けそうになるほどの甘い声が返ってきて、私は震えた。

おかしい。本当にいつから、こんなに蕩《とろ》けそうな目で見られるようになったのだろうか。

甘やかされて困るのが、それが嫌じゃない——というか、嬉しく感じてしまっていることだ。

多分、私は今、恋愛にうつつを抜かしていいような状態ではない。なのに、甘えてもいいんだと勘違いさせられそうだ。

「もうちょっと距離をとってくれてもいいのよ。落ち着かないから」

「それこそ好都合だ。——ふふ、俺は熱心な男だろう？　こうして君に、俺を意識してもらえるよう努めているわけだから」

「い、意識はするけど……っ」

昨日これでもかというくらいたっぷりと甘く愛されて、思い知らされた。私の中に宿るこの感情は、もしかしたら、ヴィンスと同じものなのだと思う。

（すき。あいしてる……）

改めて、心の中でその言葉を響かせる。

すとん、と腑《ふ》に落ちるような感覚があって、息を呑んだ。

そうか。——やっぱりこういうことなのか。


そうして朝はゆっくりと休ませてもらって、ヴィンスとふたりブランチを頂いてから、少しの間、ふたりで寛いでいた。

もう一日だけここに滞在する予定で、これからジャレッド侯爵と今後の打ち合わせだ。王都にいる偽王太子を引きずり出すための作戦を練る。

もちろん、イライアスの姿を元に戻す力がある私こそが、作戦の鍵だ。だから一緒に会談にお邪魔するつもりなんだけど。

（それどころじゃないよ）

まんまとヴィンスの罠に嵌《は》められた気分だ。彼のことで頭の中が完全に占拠されていて、使いものにならない。

なんだか恨めしい気持ちになってきてヴィンスを睨《にら》みつけるも、彼は余裕ありげににまりと笑った。それから、私の髪をいつものように絡め取る。

（こんな時間がいつまでも続けばいいのに、って。そんなこと考えてる場合じゃないのに！）

一緒に街に買い物に行こうって、ヴィンスは未来の約束をくれた。

でもそれは、ヴィンスが元の地位に戻ってから、きっと、たった一度だけ有効なもの。そのあとは——と考えて、息を吐く。

未来永劫《みらいえいごう》、彼と一緒にいられるのは、彼の妃だけ。

やがてヴィンスは王になる。そうしたら、彼の妃とはつまり王妃だ。いくらヴィンスが恋人だと言い切ってくれても、それは妃とは同義ではない。私みたいな追放された元聖女がその立場に立てるとは思えない。

（つまりこのモヤモヤって、私、ヴィンスの妃になりたかったってことなんだよね）

彼への想いを自覚して、ようやくわかった。というか、今までこうもわかりやすい感情に気がつけていなかった自分が馬鹿みたいだ。

一度自覚すると、これまで自分が悩んできた理由が全てはっきりとして、頭を抱えたくなる。

でも、同時に思った。

(ヴィンスのおかげで、生き延びた先のことを普通に考えられるようになってる)

私の命が尽きるか、フロランシアを捕らえて呪いを解くか、どちらが先なのか。正直、国境を越えた捕縛劇にどれほどの時間を要するのか想像がつかない。

かなりギリギリの戦いになるような気がしているのに、不思議とそこで命が潰《つい》えるイメージができないのだ。

(ヴィンスの自信家なところに、引っ張られてる気がする)

彼のことを想うと苦しいけれど、でも、やっぱり嬉しい。

(生きたい)

どんなに未来のことを思っても、問題を解決しないことには生きられない。

タイムリミットに、間に合うのだろうか。

神力はなるべく節約してきたけれど、障壁や治癒術での使用は避けられなかった。イライアスを捕らえて、真実を正して、それからフロランシアを——と考えると、まだまだ先は長い。

(……ヴィンスに、言った方がいいのかな)

私の命には限りがある、と。

でも、どうしても躊躇《ちゅうちょ》してしまう。今までずっと黙ってきた。その事実がなんだか後ろめたく感じてしまって、口を閉ざすことしかできない。

(大丈夫。間に合うよ、きっと)

こんなこと、言えない。言いたくない。

言わなくても、ヴィンスとならきっと、なんとかなるはずだ。

「ナタリー？」

――つい怖い顔になっちゃっていたらしい。ヴィンスは私の顔を覗き込み、肩をすくめる。

「…………俺もまだまだだな」

「え？　どうして？」

なぜか勝手に反省をはじめるヴィンスに向かって、ぱちぱちと瞬く。

「君がどうしてそんな顔をするのか、察することすらできない。――ふむ、しつこくしすぎたか」

「え!?　いや、そうじゃなくて――」

と、弁解しようとしたとき、こんこんこん、と、ドアをノックする音が聞こえた。

妙にノックが早くて、どこか焦っているような気配がする。ヴィンスも不思議に思ったのか、片眉を上げて、入れと短く返事した。

「殿下！　侯爵から緊急の連絡です。王都から、殿下の姿をしたあの方が――！」

突然の、招かざる訪問に息を呑む。

イライアスは偽物とはいえ、表向きには王太子だ。

特にここの領主ジャレッド侯爵家は、王太子の信頼も厚い王太子派の筆頭。相手の中身がイライアスとわかっていても、無下にするわけにはいかないのだろう。

でも、イライアスはどうしてこうも的確に私たちの滞在に合わせられたのだろうか。行動を読まれたにしても、正確すぎる。

先行して王都にレインが戻ったことで何かあったのか、あるいは他に原因があるのか。などと、もっと考えたいところだけれども、今は時間がない。

「もしかしてこれって、チャンスじゃない？」

ヴィンスも同じことを考えているのだろう。彼と目を合わせ、頷き合う。

イライアスは城の入り口で問答しているらしい。だから私たちは別館から出て、城へと向かった。

立地のせいで、移動できる場所は限られている。この街は南側に坂が続いていて、ここの城がまさにそのてっぺん。切り立った崖の上にあるのだ。

北と西側は断崖絶壁。東にあるこの別館の手前は小さな庭園となっており、私たちは植木に隠れ、王太子一行の動向を確認した。

正面の玄関口には彼の護衛騎士たちがずらりと並んでおり、何かを警戒している。

ただ、イライアス本人は、すでに城に入ってしまっているようだ。今はジャレッド侯爵と何かを話しているのだろうか。

「――イライアスめ、本当に近衛《このえ》を入れ替えたのか」

ヴィンスが訝しむような目を向ける。

ヴィンス直属の臣下の中には、レインと同じく、今の偽王太子を訝しむ者もいたらしい。だから正体がバレないようにするために、近衛の入れ替えは必須だったのだろう。

ずらりと並んでいる近衛たちの顔を見て、ヴィンスが顔をしかめた。彼にとって、あまりやりやすい環境ではなさそうだ。

（ここで私がヴィンスにかけられた呪いを解くこともできるけど）

それで、近衛たちを味方に引き入れ、イライアス本人を捕らえることもできるかもしれない。でも、今のヴィンスの顔色を見るかぎり、難しそうだ。

そうなると、イライアスが言い逃れできない状況に追い込むしかない。イライアスの不意をついて、私が彼の呪いを解いてしまうのだ。

ただ、そこで問題となってくるのが、想像以上に護衛の数が多いということだ。

イライアスの姿を元に戻すには、私が彼に直接触れる必要がある。そのためには、この人数をかいくぐらなければならない。

(せめて、イライアスが城に入る前に作戦を決められたらよかったけど)

もはや悔やんでも仕方のないことだ。今は目の前の状況をなんとかしなければいけない。

ふと、ヴィンスの方に目を向けると、彼もこちらに視線を寄越してくれた。

大丈夫だ。そう言うかのように彼はしっかり頷いてくれる。

(そうよね。ヴィンスは百戦錬磨の勝利の獅子《しし》だもの。きっとなんとかなる。そうに違いないわ)

ヴィンスさえいてくれたら、あの人数が相手でも突破できる。そう思ったのに――。

それはあまりに突然だった。

「――っ!?」

何の前触れもなく、ヴィンスがその場に崩れ落ちたのだ。

彼は咄嗟《とっさ》に自ら口元を押さえる。そうすることで呻《うめ》き声をあげるのを我慢したのだろう。

(――ヴィンス!?)

私も彼の名前を呼ぶのを堪《こら》えながら、彼の肩を支える。

彼は突然襲い来る苦しみに抗《あらが》おうとしているが、立つことすら難しいらしい。

(ヴィンス!?　一体どうしたの!?)

何が起こったのかわからなくて、私はただただ彼を支える。そのとき、私たちを隠してくれていた植木に身体が触れてしまったらしい。がさりと草木が揺れ、その音に反応する者がいた。

「ああ、やはりそこに隠れていたか。お粗末なことだな」

聞き覚えのある声と、知らない誰かの声が重なって聞こえた気がした。

（……いた）

王太子然としたヴィンスの姿と重なる誰か。澱んだ魔力をその身に纏い、ヴィンスの姿を奪った張本人。それが悠然と城から歩いて出てくる。

私たちを捜していたのか、わざわざ向こうから姿を現してくれた。

（イライアス・ソーンダイク！）

ヴィンスの姿に、彼の真実の姿が重なって見えた。

真っ直ぐな銀髪。少し長い前髪が片目を隠している。こちらを覗く片方の瞳の色は赤。まるで血の色をした目で、繁みに隠れている私たちの姿をはっきりと見据えている。

「く、ぅ………！」

ヴィンスの苦しみはますますひどくなっているのか、彼は蹲《うずくま》ったままだ。

（ヴィンスはまともに動けない。――戦う余裕なんかない）

私は息を呑んだ。見つかったからには強行突破するしかない。けれど、ヴィンスという戦力があてにならない今、頼れるのは私の神力だけ。

向こうはどう見ても精鋭を連れている。対する私は、治癒術以外だと障壁を張るなど、ほとんどが補助をするための術式だ。魔物の浄化ならともかく、人間を攻撃する手段をさほど持っていない。

「殿下！　一体何を――！」

屋敷からジャレッド侯爵が飛び出してくる。彼は私兵も連れているが、王太子付きの騎士たちがそれを通さない。

「いくらジャレッド侯爵といえど、無礼だぞ！」

「殿下の邪魔をするな！」

次々と騎士たちに阻まれ、こちらを助ける余裕などなさそうだ。

（せめて、私がイライアスに触れられたら――！）

イライアスと他の騎士たちの配置を確認するけれど、それも難しそうだ。彼の周りをガッチリと近衛騎士たちが取り囲んでいる。

「――ああ、そうだ。一緒に隠れているんだろう？　出てこい、ナタリー・ロジエ」

そして彼はわざわざ、ヴィンスでなくて私の名前を呼んだ。

私は息を呑んだ。だって、私の正体まで筒抜けだったとは。

（どうする？　一か八かで仕掛けてみる？）

これ以上隠れている意味などない。ただ、姿を現したところでどうするべきか。

そのとき、パシリと誰かが私の手首を掴んだ。

ヴィンスだ。彼は地面に蹲りながら、それでも私を離すまいと力を込める。

「出てこなければ、奴隷の男は苦しいままだぞ？」

でも、そう呼びかけられてしまえば、立ち上がらないわけにはいかない。

身を寄せていた植木から離れ、姿を現す。そうしてようやく、はっきり正面からイライアスの姿が確認できた。

「ほう。――悪くないな。想像以上に俺の好みだ」

ヴィンスの口調を真似ているのが腹立たしい。一見同じ顔が重なって見えるのに、相手がイライアスというだけで鳥肌が立つ。

この男がヴィンスから全てを奪ったのだ。その宿敵を前に、私は息を呑む。

「どうして私たちがここにいるとわかったの？」

開口一番の質問に、イライアスは上機嫌そうに口の端を上げた。どうやら彼は、機嫌が良くなると饒舌《じょうぜつ》になるらしい。

「その銀の腕輪は君によく似合うな」

「っ……！」

「丹精込めて作ったかいがあった。まさかあのナタリー・ロジエがそれを手にするとは思わなかったが」

私は左手首を見た。ヴィンスの主になったときにはめられた、奴隷の主人を証明する腕輪。命属性の魔法によって、私の手首ぴったりのサイズにフィットしたそれは、奴隷商人にしか着け外しができない。奴隷を操る機能を持つそれを簡単に着け外しできれば、腕輪を奪って逃亡しようとする奴隷が後をたたないからだ。

まさか、ヴィンスを縛る腕輪が、他のものとは異なる特別製だとは思わなかった。

この腕輪で、ヴィンスの主になった者の居場所を把握していたということだろうか。

（イライアスが禁術を研究していたと、ヴィンスは言っていた）

元々、相当魔法技術に優れた人間だったということだ。誰かの位置を正確に把握できる魔法なんて、私も聞いたことがない。それを編み出すくらいには優れた人間であるらしい。

卑劣な人間だからと、正直侮っていた。そもそも相手はヴィンスを陥れることができるほどの人物だ。侮ってはいけなかったのに！

「ヴィンスに——彼に、何をしたの」

「ヴィンス？　俺と名が一緒ではないか。たかが奴隷に随分と大層な名をつけてくれたものだな」

「はぐらかさないで、答えて」

「いいや？　別に？　その男が罪を重ね続けるようだから、奴隷紋の登録を重くしただけだ。国一番の命属性使いに来てもらって実によかった」

私はぎゅっと拳を握りしめた。

奴隷紋の細かな設定は奴隷商人ごとに定めることができる。けれど、大元を辿ると、借金奴隷、犯罪奴隷といった登録は国が一元で管理する。だからヴィンスを奴隷から解放するために、一度王都にある国の奴隷登録所へ赴かなければいけなかったのだ。

特にヴィンスの場合は犯罪奴隷として登録されている。国の承認なくして、その奴隷紋を消すことはできない。

イライアスの後ろに文官らしき男が控えていた。

ああそうだ、今、彼は王太子。奴隷紋を管理している者に命令を与えることができる。この距離なら奴隷紋を通じて、直接苦痛を与えられるということか。

「不当な行為よ！　ヴィンスは潔白だわ！　今すぐ彼を奴隷紋から解放して！」

「できるはずがないだろう？」

イライアスは実に楽しそうに笑っている。

「だがまあ。君の行動次第では、考えてやらんこともない。大聖女ナタリー・ロジエ」

大聖女と言い切られて、私は目を見開く。

「っ、大聖女なんて。私は向こうでは魔女とか言われているみたいだけど？」

「それは真実ではない。そうだろう？　――つまり、俺は君を歓迎すると言っている」

全てを知っていると言わんばかりに、イライアスは余裕の笑みを浮かべた。

（やっぱりフロランシアと繋がっている？）

そうでないと、私が真の大聖女だとは知らないはずだ。でも同時に、私を大聖女扱いするということは、フロランシアの意向とは反している。

（敵も一枚岩ではない？）

あらゆる可能性を考えながら、私は唇を噛みしめた。そしてイライアスを睨みつける。

「私を歓迎するですって？　物騒な歓迎の仕方もあったものね」

「凶悪な犯罪奴隷が一緒だからな。警戒もするさ」

「これだけ縛りつけておいて、よく言うわ」

ヴィンスはと言うと、先ほどよりは楽になってきたのか、少しだけ呼吸が落ち着いてきたようだ。ここは時間を稼いで、どうにか持ち直してもらいたい。

「その男は、将来の我が妃に手を出したのだろう？　――こちらも黙っているはずがない」

「妃？」

何を言っているのかと片眉を上げる。

不信感を剥《む》き出しにする私に向かって、イライアスは朗々と言い放った。

「俺の妃になれ、ナタリー・ロジエ。大聖女である君こそ、我が妃に相応しい」

「!?」

思いがけない提案に総毛立った。頭が真っ白になって、私は硬直する。

「な、何を……」

あまりにとんでもない話で、さすがにすぐに反応できない。

妃。イライアスが化けたヴィンセント・レナード・ウィンディアリという存在の、妃。

凄まじく不愉快で、身体中の血がざっと流れる。

ありえない。でも――！

（もしここで頷いたら、私は自然とイライアスの手を取れる？）

この様子だと、イライアスはわかっていないのだろう。私が彼に直接触れられたら、姿を変える呪術くらいならば解除できることを。

それさえ叶えば、一気に形勢逆転できるはずだ。

（でも――）

これは一か八かの賭けになる。

今、ヴィンスはまともに動けない。だから私が離れた瞬間、彼の命が狙われる可能性もあるのだ。

この状態のヴィンスを放置して、本当に向こうへ行っていいのだろうか。万が一のことを考えると、足がすくむ。

「だめ……だ……！」

そのときだった。下から聞こえるその声に、私はハッとする。

声の方に視線を向けた。そこには、苦しそうな表情でどうにか身体を起こそうとするヴィンスの姿がある。かなり呼吸が整ってきたのか、ヴィンスは立ち上がり、私を抱き寄せる。

「あんな男の妃など、一瞬だって許すはずがないだろう」

「でも――！」

迷う私を、ヴィンスが押しとどめる。

はあ、はあ、と息を荒くしつつも、私を護《まも》るために彼は前に出た。

「そんな状態で剣を交えることができると思っているのか？　ははは、実に愉快だ！」

「……っ！」

　いつもの自信ありげな笑みが出ることは一切なく、ヴィンスの表情は険しいままだ。つまり、本当に厳しい状況なのだろう。

　私がとれる選択肢はふたつ。相手の誘いに応じ、イライアスにかけられた呪術を解くのを狙うか、ヴィンスと一緒にここから逃げられるよう足掻《あが》くかだ。

「ああ、そうだ！　愉快ついでに、教えておいてやろうか」

　あはははは！　と笑い声が響いた。

　このイライアスという男、根からねじ曲がっているのだろう。高らかに笑いながら、ヴィンスに向かって語りかける。

「そこの奴隷の男、聞くがいい。お前がナタリー・ロジエをこちらに渡さぬようならな――」

　イライアスの表情が歪んだ。

　そのときの彼の視線。わずかに私に向けられた瞬間、嫌な予感が駆け巡る。

「待って！」

　そう叫ぶけれど、イライアスは笑みを濃くするだけ。楽しくて仕方がないとでも言うかのように、はっきりと言い切った。

「遠からず、その娘は死ぬぞ？」

　心臓が大きく軋《きし》んだ。

　私だけではない。おそらくヴィンスも。息を呑み、表情が凍りつく。

「ナタ、リー………？」

ヴィンスが目を見開いて、こちらを見つめてくる。

掴んだ手が、震えていた。

どんなときだって自信に満ちている彼だ。でも今は、表情が抜け落ちている。

「どういうことだ……？」

掠れた声で訊《たず》ねられるも、私はすぐに答えることができない。ただただ胸が苦しくて、ぎゅっと身体を強張《こわば》らせる。

私の命には限りがある。それだけは、ヴィンスに知られたくなかった。

最初こそ、自分の命を護るためだった。でもそのうちに——ヴィンスを傷つけたくなくて、どうしても言えなくなってしまって。ずっと、ずっと、彼に隠していたのに！

「ハハハ！　やはり知らなかったか。その娘はな、魔女の呪いで、神力が尽きた瞬間死ぬんだ！」

ヴィンスは言葉も出ないようだった。愕然とした様子でじっと私を見つめてくる。

ずっと真実を言えずにいた。私はただ、神力が回復しにくいのだと偽ることしかできなかった。でもまさか、こんな形で彼を傷つけることになるだなんて。

ああ、苦しい。せめてもっと早く打ち明けていたら、何かが変わっていたかもしれない。

——でも、過去にはもう戻れない。

「ふむ、自ら来ないなら捕まえればいいか。——おい、騎士ども！　そこのふたりを捕らえろ！」

イライアスの命令が響いた。それに応じて数多の騎士たちが一気にこちらに駆けてくる。

「——っ」

逡巡した。このまま捕らえられて、イライアスの正体を暴く機会を窺うか、あるいは——！

（でも！）

絶望に突き落とされた今の彼から離れるわけにはいかない！

（転移、使えたりする？　――ううん、いきなりふたり同時は厳しい）

私の神力には限界がある。それに、使ったことのない力がどう働くのかわからない。であるならば、逃げ道はひとつだ。

「――来てっ！」

私はヴィンスの手を引いた。

彼が立っているだけでも辛い状態なのはわかっている。でもその身体に鞭打《むちう》たせた。

逃げるために。そして、生き延びるために。

イライアスたちに背を向けて、小さな庭園を抜けるため、全力で駆ける。

「ナタリー！　そっちは！」

知っている。行き止まりだ。

所詮、少し身を隠すことができるくらいの小さな庭園。そして、この庭園を抜けた先は――！

「ヴィンス、一緒に生きるわよ！」

切り立った崖。一歩足を向こうに投げ出したら、遥か地上まで真っ逆さまだ！

晴れ渡る空に美しい大地。

世界はこんなにも綺麗なのに、私たちを待っていたのは絶望だけだった。

（――でも、絶望したままのあなたを放っておけない！）

私はもう、覚悟を決めた。

「ナタリー、無茶だ！」

「私を信じて！」

そう叫んで跳躍する。

何もない空へ！

## 6

思い返せば、奇妙な違和感はいくらでもあったのだ。

時折見せる、ナタリーの諦めたような瞳。

彼女は当たり前のように、自分のことは後回しだ。それは自己犠牲精神からくるものではなくて、本当に、自分のことを大事に思っていないのだろう。

——いや、正確には、自分の心や身体を護ることに頭が働いていない。自分を大切にしてもらったことが一度もなかったからこそ、自分を大切にするという感覚を持ち合わせていない。

彼女の過去を思うと、ひどく胸が痛く、苛立たしい気持ちになる。周囲の人間がどれほど搾取し続けてきたのか、わかってしまうからこそ。

そして同様に、ナタリー本人に対しても思うところがある。もう少し自分を大切にしてほしいと何度も思った。

だから俺は、彼女に俺を意識させたかった。俺に執着して、しがみついてほしかった。

——その程度には、彼女に想ってほしかった。

空っぽな彼女の中に、俺という存在を刻み込むことばかり考えて——だから、俺は、最後の違和感に気がつけずにいたのだ。

フロランシアを捕らえることができれば、彼女は呪いから解き放たれる。それは聞いていた。彼女の神力には制限があって、フロランシアをなんとかしないかぎり、真の意味で自由がない。そうナタリー本人が教えてくれたのに、彼女にはどこか必死さがない。

あののんびりさだ。まさか、自身の命にさえ関わっていただなんて、予想できるはずがないだろう！

（この阿呆！）

神力が尽きてそのまま死んでしまうようなことがあっても、仕方がないと笑って受け入れてしまいそうで。

あまりに儚《はかな》くて。悔しくもあった。

（少しは俺を頼ってくれていたのではなかったのか？）

彼女の意識が徐々に自分に向きはじめていることには気がついていた。

瞳を潤ませ、頬を染めて、彼女の頭の中が俺でいっぱいになっていく。恥じらうその姿を見て、昂《こう》揚《よう》する自分がいた。

つまり、俺は浮かれていたんだ。彼女が抱えている問題の大元を見ようともせず、ただただ彼女に選んでもらうために躍起になった。

思いの外、彼女の情緒は育ってくれた。だから俺も、いつか自分の身分を取り戻したら、と。俺は、彼女に隣に立ってもらう未来を夢想した。

でも、そんなのはただの思い上がりだった。

彼女の命にはタイムリミットがある。そんな大事なことを、彼女は話してくれなかった。

（――阿呆）

結局俺には、それを話す程度の価値すら見出してもらえなかったのか。

――ああ、空は遥か遠いところにある。

先ほどまでいたはずの崖の上。跳びおりたはずの位置が、みるみる遠くなっていく。

全身を襲う浮遊感。

ああ、俺はナタリーと一緒に、崖から落ちたのだ。

術者と離れたせいか、奴隷紋に与えられる苦しみが凪《な》いでいく。でも、今はそんなことどうでもよかった。

やがて彼女の命が尽きると教えられ、愕然とした。

でも、ナタリーに一緒に生きると言われて。その言葉を飲み込めないうちに、彼女に突き落とされた。

どんどん近くなっていく地面――いや、河か。

崖の下には大きな河が流れていて、真っ逆さま。俺たちはふたり、そこへ落ちる。

一緒に、生きると言ったはずなのに！

（君はどれほど俺を絶望させれば気が済むんだ、ナタリー！）

彼女が祈りの言葉を捧げるのが聞こえた。

そして解放される神力。

光が溢れ、本来なら神秘的な光景に見えるのだろう。俺たちふたりの身体を包み込む優しい光は、彼女が張った障壁だ。

こうも高い崖から落下して、俺たちふたりを護ろうとするなんて、どれほどの神力を消耗するつもりなのか。

（こんな馬鹿な話があるか！）

俺が、俺自身が、彼女の寿命を削っている！

そして彼女は躊躇しない。当たり前のように自分の命を削るんだ。

俺は、今まで何度彼女の命を削ってきた？

彼女に治癒術を施してもらったときもそう。レインとの戦闘を止めてもらったときもだ。

(俺は、――俺はどれほどまでに、彼女の命を奪った！)

俺はナタリーを抱きしめた。きたる衝撃に備え、彼女を離すまいと、強く、強く――――！

俺たちの身体は大きく飛沫《ひまつ》を上げ、流れの速い河の中へと投げ出される！

(――――ぐっ!!)

バシャアン！　と、耳から脳へ直接響くような音とともに、大きな衝撃が全身を襲う。

ナタリーの障壁があっても、全ての衝撃を和らげることなどできなかった。ザンッ、と水に身体が飲まれ、呼吸しようと必死で抗う。

(ナタリーは……!?)

腕の中の彼女の様子を確認する。

彼女は目を閉じていて――いや、すでに意識がないようだ。

(神力による負担が大きすぎたか)

最悪の可能性は考えないことにする。とにかく今は、彼女を生かすことだけに集中しろ。

(しかし、この急流は――――！)

彼女の障壁は失われることなく、この流れの中、俺たちの身体を護ってくれているようだ。

何があっても、この腕のなかの彼女を離すまい。ただそれだけを考えて、俺は流れに身を任せることしかできなかった。

## 7

ひた、ひた、と音がした。

誰かの歩く音だ。その足音に水音が交ざっている。

全身がひどく重かった。指一本動かすことすらできないほどに。

私は誰かに抱き上げられていて、その誰かが、一歩、また一歩と確実に歩みを進めている。

(無理を……しなくて、いいのに………)

意識がずっと深いところにあっても、それが誰なのかくらい、私はわかっている。

――それからどれくらいの時が経ったのだろう。私の意識はずっとぐらぐら揺れたまま。眠りと覚醒を行ったり来たりしていたけれど、ようやく、きちんと浮上できたらしい。

もう夜なのか、風が随分と冷たい。

それから、水と、緑の匂いをぷんと感じた。

全身はひどく濡れたままだった。春とはいっても夜はまだまだ肌寒い。夜風に触れる指先が凍えて動かない。――けれど。

(あったかい)

確かな体温が、そこにある。私は生まれたままの姿で、その誰かと肌と肌を合わせていたらしい。

野営用のブランケットに包まれながら、誰かがぎゅっと抱きしめてくれている。

とくとくと伝わる心音が心地いい。

でも。触れ合って、暖かいはずなのに、私を抱きしめる誰かは震えていた。

重たい瞼《まぶた》を持ち上げる。ふるると震える睫毛《まつげ》。私が目を覚ましたことに気がついたのか、その誰かの腕に力が籠もる。

少し離れた場所から、ぱちぱちと、火が燃える音が聞こえる。きっと、相当流されたのだろう。

追っ手も何もない。誰もいない森の中にふたりだ。

目が合う。アイスブルーの瞳と。

だから私は、大丈夫だよと笑った。

「――――いっしょに、生きられたね？」

アイスブルーの瞳から、ほとり、ほとりと何かがこぼれ落ちる。

それはすごく綺麗に見えて、同時に、とても哀しくなった。

「…………っ、っ、っ、この阿呆！」

感情が全部、その言葉に乗せられた。ぎゅうぎゅうに抱きしめられ、私はえへへと笑う。

「なに笑ってるんだ、この阿呆！　俺が――俺が、どれだけ……っ!!」

縋《すが》りつくような彼を見るのははじめてだ。彼は私の胸に顔を埋め、震えながら訴える。

「俺のために、命を削るのはやめてくれ……！」

その切実な声は、私の心によく響いた。

「うん――」

だから、私はちゃんと頷く。

噛みしめるように、もう一度。

「うん、――うん」

何度だって。彼に届くまで。

（大事な話、ちゃんと言えなくてごめんね）

それがどれほど、彼を傷つけたことだろう。

（でも、もう、ちゃんと掴むよ）

彼に二度と、こんな想いをさせたくない。それに、私自身が――。

「私も、ヴィンスと一緒に生きたいよ……！」

――そう、強く望んでいるから。

（ああ、ようやく本当の願いを言葉にできた）

私がほしいのは、彼と一緒に生きる未来だった。でも、臆病な私は足がすくんで、どうしてもその願いを口にすることができなかった。

「大好きなヴィンスと、一緒にいたくないはずがないじゃない……っ」

「っ……！」

弾かれたようにヴィンスが顔を上げる。そうして私と視線を合わせるも、すぐに唇が落ちてくる。

性急なキスだった。

私も、熱がほしくて、彼を感じたくてどうしようもなかった。自ら彼を求めて舌を差し出して絡め合う。いくら口づけても全然足りなくて、私の精一杯で彼を感じたかった。

それから、どれくらいの間キスをしていただろう。この熱に溶けて混じりあってしまいそうだ。

「――君を助ける方法は、ないのか？」

やがて、ぽつりとヴィンスが呟いた。

「君とともに生きる方法を教えてくれ。どんなことでもいい」

「……フロランシアの呪いを、直接解くこと」

その手段はずっと前に伝えていた。命のことまでは言わずとも、私にかけられた呪いを解く方法として。

「他には？　君の命を繋ぐ手段は？　ほんの少しでもいい。君の神力を保つ手段は……!?」

縋るように彼は訊ねる。私は少しだけ考え――本当に、ほんのわずかの補給にしかならないけれど、と前置きをした上で白状した。

「………外から。ええと、あなたから魔力をもらえば、神力に……変えて……」

少しだけ恥ずかしくて、ぎゅっと彼の胸に顔を埋める。

「ほんとうに、ほんの少しだけど。その…………あなたの精に、混じっているから」

ヴィンスの身体に力が込められるのがわかった。

夜風が草木を揺らし、虫の鳴き声だけが聞こえる静かな場所。彼はブランケットを敷物代わりに、そこに腰かける。

前戯も何もない。けれども、彼が私の身体を起こし、木の幹を背に座る自身の膝の上に私を跨《また》がらせた。

「っ！　ヴィンス、辛くない？　痛くないの？」

「術者の邪魔は切れた。問題ない」

「でも……っ」

私が張った障壁があったにせよ、相当流されたのだ。その間ずっと、彼は私を離さないように守ってくれていた。相当負担がかかっているはず。

でも、彼は手を止めなかった。だから私も、彼の背中に腕を回す。

彼を支配する奴隷紋。私がこれを解けたらどんなによかっただろう。彼を縛るのが魔女の呪術であったなら手を打てたかもしれない。でも、奴隷紋相手には力が及ばなくて、あまりに悔しい。

「心配するな」

ちゅ、と口づけをされる。

「俺なんかより、君だ」

もう一度。今度はもっと深く。

「死ぬな」

足りなくて、もっと。もっと。

「——頼むから。死なないでくれ」

痛いくらいに彼の気持ちが流れ込んでくる。苦しいくらいに抱きあって、でも、まだ不安で。

溶け合いたくて、彼にしがみつく。

「死なない」

今度は私から彼にキスを贈った。

「死にたくない。嫌だ。怖い」

はやくひとつになりたくて縋りつく。

「————助けて」

「っ、——ああ！」

私の神力はまだ残っている。だから今すぐ死ぬことはない。

たとえ彼の魔力を与えてもらっても、きっと補給量はたいしたことがない。でも、それでも縋りつきたかった。

膝立ちをさせられ、蜜口に彼の鋒《きっさき》をあてがわれる。それだけでお腹の奥がきゅんと疼《うず》いて、蜜が溢れてきそうだ。

「ん、んん……っ」

私は彼の首の後ろに腕を回し、身体を預けるようにもたれかかる。彼の両手で腰が支えられ、ゆっくり、ゆっくりと腰を下ろしていった。

まだまだ狭い私のナカに、彼の熱がゆっくりと埋め込まれていく。その熱に私の身体全体は歓喜してじわりとぬめりを帯び、奥の奥まで受け入れる。

ずくん、と身体に鈍い痛みがある。

最奥に達した彼のモノは、私の子宮口にぶつかり、強く刺激する。キュッと私のナカが締まって、それに反応して彼が苦しそうに息を吐いた。

「動かすぞ」

「ぅん……っ」

くちっ、くちっと微《かす》かな水音を立てながら、彼が私の身体を揺らす。全身びしょびしょなのに熱いくらいで、私はこの熱に意識を全部引っ張られた。

——おかしいな。生きたくて、繋がったはずなのに、それ以上の欲ばかりが溢れてくる。

もっと彼を感じたくて、彼にも感じてほしくて、気持ちよくなってほしくて、喜んでほしくて。

「すき」

いつしか私自身も腰を揺すりながら、彼に訴えていた。

目を合わせてキスをして、わかってほしくてもう一度。

「あいしてる」

彼はぶるりと震え、目を細めた。

眉根をぎゅっと寄せて、苦しくてたまらないといった表情で、私の唇を奪う。

激しくて、苦しいくらいの長いキス。でも、それが私を満たしてくれる。でも彼は苦しそうに表情を歪め、今度は首に、そして胸元にと無数のキスをくれる。

ちぅ、と強く吸われ、赤い華が肌に散った。黒く染まった聖紋の上から、まるでそれを染めるように彼は私に印をくれる。

「君は、俺のものだ」

「ヴィンス」

「イライアスなんかに渡してたまるか」

独占欲を剥き出しにして、彼は私の胸元に顔を埋めた。甘えてくれるのが嬉しくて、私も彼の頭を抱える。

ただ、うんと頷くことはできなかった。

だって、私にはこの奴隷の腕輪がある。これはヴィンスを縛るためのものではなくて、私を縛るためのものでもあったのだ。このままだと遠からず、私たちは見つかる。

(でも――)

今は精一杯の愛で、彼を受け入れたい。

誤魔化すように笑ったら――彼に、私の考えが伝わっちゃったのかもしれない。性急に私を突き上げ、溺れさせようとしてくる。

知ってる。ヴィンスはいつもこうして、私に彼のことだけを考えさせるようにするのだ。

(あなたの手口はもうわかっちゃったよ)

本当にずるい大人だ。こうして縋られて、後ろ髪を引かれる想いだけど。

（愛してる。だから――）

さよならだ。

いつかふたりで並び立つ未来を手に入れるためにも。

## 8

「――行くんだな」

空が白みはじめた頃、焚《た》き火《び》の側で乾かしてあった服を身に付けていると、後ろから声がかかった。

ヴィンスだ。振り返ると、浅い金髪をくしゃくしゃに乱し、思い詰めた様子のヴィンスと目が合った。

いくらやつれていようと、朝の淡い陽光に照らされる彼の肢体は美しく、目が離せない。

ずっと見ていたい。私の一番大切な人。

そんな彼に向かって私は微笑む。

多分、私が目を覚ましたときから、彼はずっと起きていたのだろう。私が彼のもとを離れようとしていることに気がついて、無言で見送ってくれようとした。

でも、それができなかったのか。彼の表情はあまりに痛々しく、悔しさが滲《にじ》んでいる。

「ええ。ふたりで一緒に生きるためにね」

「――そうか」

私の左腕には相変わらず奴隷の主を示す腕輪がはめられている。

イライアス自らが作った特製で、これのせいで居場所を把握されていた。それでもずっと泳がされていたのは、居場所がわかる範囲が限られているからではないだろうか。

彼に近付けば近付くほど、正確な位置がわかるのだろう。ここに留まっていたら、見つかるのは時間の問題だ。

最終的に、私たちは王都へ向かう。つまり、これから先、彼の探知から逃げることは不可能だ。どうあっても私はヴィンスと離れなければいけない。互いに生き延びるために。

そのことくらいヴィンスだってわかっているはず。だからこうして私を行かせようとしてくれているのだろう。

「あいつの手を取るのか」

「それが一番、自然に彼に近付けるもの」

「――あの男の妃になることになっても？」

「あー……」

今のイライアスは、表向きにはヴィンセント・レナード・ウィンディアリ王太子殿下。見た目も声も、ヴィンスと全く同じ。でも、相手がイライアスだと思うだけで鳥肌が立つ。

それでも――。

「ええ。せっかくだもの。せいぜいわがまま言って、盛大な結婚式を挙げさせてもらって、国民みんなの前で彼の正体を暴いてみせようかなって」

「っ……！」

地面に座り込んだまま、彼はぎゅっと土を握った。どこにぶつけることもできない彼の怒りや悔しさが伝わってくる。

でも、イライアスの手を取ったなら、彼はきっと私の命を助けようと動くはずだ。せいぜいそれを利用して、その上で彼の正体を暴いてやる。

私は濡れてぐしゃぐしゃになっていた鞄《かばん》を拾いあげ、中を探る。

（あった）

いくつか手元に残しておいた聖石の指輪。すでに神力が満ちているものは、とっておいたのだ。

それを手のひらに握りしめ、術式を付与する。

（術式の込め方は——なんとなくだけど、わかる）

大聖女の力というものは、そのようなものなのかもしれない。漠然と使い方が理解できている。

とはいえ、はじめての術式だ。上手くいくのか正直怖い。でも、今は自分を信じるしかない。

それからヴィンスと距離を詰め、彼の前に両膝をついた。

「ね、ヴィンス」

彼の手を取った。

大きな手だ。この手が私を抱きしめて、護ってくれていた。その手のひらに聖石の指輪を置き、ぎゅっと包むように握らせた。

「ナタリー……？」

彼が訝しむような目を向けてくる。

だけど、なんとなく目を合わせにくくて、彼の肩口に顔を埋める。

「信じてるよ」

「……っ」

「迎えに来てくれるって、信じてる」

そうして私は、指輪に込めた術式について、彼の耳元で囁いた。

彼が驚きで表情を変える。目を見開き、何かを決意するように唇を引き結ぶ。

「——だから、そのときまで、どこかに隠れて持ってて」

彼はひとりになる。奴隷紋による苦しみが彼を襲い続けることはわかっている。それでも、私は離れるのだ。私ができることをするため。そして彼に託すために。

彼は奴隷紋の苦しみに抗いながら、ひとりで立ち上がることになる。

でも、大丈夫。彼はヴィンスだ。

自信家で、どんなときでも私を引っ張りあげ続けてくれた勝利の獅子。

この国の王太子ヴィンセント・レナード・ヴィンディアリの底力を信じないはずがない。

「どれくらいだ？」

「？」

「君の命は、あとどれくらい保つ」

ヴィンスの声が低くなる。

「多分、四ヶ月くらい」

「！」

「——ううん、皆の姿を変える呪いを解くのと、フロランシアを追い詰めるための神力を残すと考えたら、三ヶ月くらいが限界、かも」

昨夜の落下の衝撃からふたり分の命を護るために相当消耗した。意識をなくした後も、急流から私たち自身を護るために、無意識に障壁を張り続けていたようだ。

だから、当初の予測よりも遥かにタイムリミットまでの時間は短い。

「でもね！　ある程度なら、聖石を通して外部からの補給もできると思うの。だから、イライアスにはたっぷりわがままを言ってみるね」

私に利用価値を見出しているのなら、あの男も動かないはずはないのだから。

「そうか。わかった」

ヴィンスは噛みしめるように呟いた。

「信じていいよね？」

「――ああ、当然だ」

掠れた声で、でも、思った通りの答えを彼はくれる。

「俺は、ヴィンセント・レナード・ヴィンディアリだぞ？」

顔を上げて、目を合わせる。

最後にもう一度。深く、深くキスをして――私は立ち上がる。

「行ってくるね」

「――必ず迎えに行く」

「うん」

そうして、私は彼に背を向ける。

――大丈夫。きっと大丈夫だ。ふたりで生き延びるために、私はあの男のもとへ行く。

ただひとり、どこかへ向かって歩いていく。

どこでもいい。ヴィンスと離れられたら、どこだって。

どうせあの男は私を見つけるだろう。

――ほら。遠くから馬の蹄《ひづめ》の音が響いてくる。

私ひとりのためだけにこの大軍勢。裏を返せば、そうせずにはいられないくらい、私やヴィンスという存在を放っておけないということだ。

「――ひとりか」

「ええ」

見慣れた浅い金色の髪。アイスブルーの瞳を宿した美しい人。でもその向こうに歪んだ男が重なって見える。

片目を隠し、真っ直ぐ伸びる銀色の髪に赤い瞳。薄い唇が楽しげに歪む。こんな人がヴィンスを演じているだなんて。

虚勢でもいい、何があっても俯《うつむ》かない。この男ににっこりと微笑んでみせるくらいの余裕を見せてあげる。

「あなたの手を取ってもいいわ。ヴィンセント・レナード・ウィンディアリ殿下。――だから、どうか、あの人の命だけは助けて」

ヴィンセントの形をした悪は、勝ち誇った笑みを浮かべた。

「――ああ、いいだろう。その方が楽しそうだ」

そうして私は、差し出されたイライアスの手を取った。

# 第五章　盛大な結婚式を、あなたと

## 1

「一体どういうことなのよ！」

ああ、また始まったと息を吐く。

ふわふわとしたプラチナブロンドの巻き毛に碧《あお》い瞳。誰よりも慈悲深く、誰よりも清楚《せいそ》で、まるで女神のようだと例えられるほどに美しいシエルフィ聖教国の新しい大聖女。

公爵令嬢フロランシア・リヴィエールがこうも癇癪《かんしゃく》持ちの女だと知っている人間は多くはない。

このところ教会の空気に耐えきれず、実家である公爵家のタウンハウスに引き籠もっている彼女はずっと荒れている。今もクッションをソファーに叩《たた》きつけ、息を荒くして私を睨《にら》みつけた。

いよいよ嫌気が差してくる。シエルフィ聖教国の影としてずっと働き続けてきた私だが、これにはもう付き合っていられない。

（――かの方のわがままは増すばかりだな）

大聖女の座に着くまでは、まだ、大貴族の令嬢としての矜持《きょうじ》があると思っていた。しかし、大聖女に就任してからというもの、どんどんとボロが出てくる。

本当に、なぜ神は彼女を選んだのか。神の見る目はなさすぎるのではないかと疑いたくなるような出来の悪い大聖女だ。

しかし、今やこの国で最も力を持つ公爵家のご令嬢。彼女を蔑《ないがし》ろになどできはしない。

彼女はとうとう、この国の大教主――つまり、国王陛下に嫁ぐことが決まった。一代前の大聖女、つまり、元王妃陛下が身罷《みまか》り、次代の大聖女がその穴を埋めるということだ。

少し年の離れた婚姻であったが、この国では珍しいことではない。ただ、無理を言って新しい大聖女を王家に迎えることから、王家も彼女や公爵家に頭が上がらないのだ。

聡明で美しく、血統もいいフロランシアがナタリー・ロジエを魔女と定め、貴族たちもそれを信じた。のちに疑問を抱く貴族も大勢いたが、王家は今、それらの苦言を全て黙殺している。国を挙げてフロランシアを大聖女だと発表し、ナタリー・ロジエが魔女だと言い切ったのだから。

動きはじめた船からは下りることなど不可能だ。この国は新しい大聖女フロランシアとともに進まなければいけない。

——たとえその大聖女が、聖都を覆う聖なる結界すら張ることを拒否している娘であっても。

(間違って転移術を発動させてから調子を崩しているという言い訳も、どこまでが本当だか)

やれやれと思って彼女に目を向ける。

フロランシアは手元の手紙を握りしめ、わなわなと震えていた。

なるほど、隣国に貸してやっている影から届けられた手紙か。差出人はウィンディアリ王国王太子ヴィンセント・レナード・ウィンディアリ。

ウィンディアリ王国に逃げた魔女ナタリー・ロジエを捕らえるため、彼の国の王太子殿下と組んでまで、魔女を捜し続けていたはずだ。その行方でもわかったのだろうか。

「結婚、ですって?」

しかし彼女の口からこぼれ落ちたのは意外な言葉だった。

「あの男、裏切ったのね……!!」

怒りに任せてぐしゃりと手紙を握りつぶし、彼女は俯《うつむ》いたままゆらりと立ち上がる。

「よりにもよって、あの女の方を選ぶというの……？」

異様な雰囲気だった。握りしめている手紙がみるみるうちに砕け、まるで灰のようになってこぼれ落ちていく。

（…………なんだ、今の魔法は？）

仕事柄、数々の属性魔法を目にしてきたが、どの属性を使ったのかも想像できない特殊な効果。

――いや、彼女は聖女だ。

厳密には魔力と聖女の扱う神力は別物で、属性という概念すらない。

とても神力による効果とは思えない現象だった。愚鈍な大聖女と侮っていたけれども、底の見えない何かがある。

私はけっして表情に出さないよう、静かに息を呑《の》んだ。

「ナタリー……ナタリーナタリーナタリーナタリー！　あの女!!」

「いくらあの男とはいえ、ウィンディアリ王国王太子との結婚？　――こっちは、おじさんの後妻なのに……!?」

「……っ!?」

「大聖女様、いくらなんでもお言葉が――」

「お黙りなさい！」

陛下に対するひどい侮辱だというのに、彼女は言葉を荒らげるだけ。

「いつもヘラヘラ笑って、私を馬鹿にするようなことばかり。貧民で、何も持たない女のくせに！」

フロランシアの怒りは収まらない。

「魔女なのよ。あの女こそが。魔女、魔女、魔女魔女魔女魔女魔女魔女……！　それが王太子妃ですって!?　ふざけるんじゃないわよ!!」

怨嗟《えんさ》の言葉を吐いてから、彼女はギロリとどこかを見据える。

「…………潰さなければいけないわね」

恐ろしい声だった。

底知れぬ異様さを含む、暗い声。

「アハッ！　そうよ、アレが魔女だとみんなに教えてあげなくちゃ。このわたくしを馬鹿にし続けたあのあばずれを。――それに、わたくしを馬鹿にしてくれたあの男にもね」

瞳の奥がほの暗く光る。

以前から癇癪持ちだとは思っていたが、こうも異様な光景ははじめて見る。

寒気がした。大聖女からまるで、おぞましい何かが溢《あふ》れ出しているような妙な感覚。

長く影としてやってきたけれど、このような感覚ははじめてだ。

「利用するだけ利用して、逃げられると思って？　――アハ！　あはは、あはははははははは!!」

ひとしきり笑ってから、フロランシアはこちらに向きなおる。そのときにはもう、普段見せていたような楚々とした笑みを浮かべていた。

――でも、私にはもう、彼女が大聖女だとも公爵令嬢だとも思えない。

「結婚式には是非参加するわ。ウィンディアリ王国に向かう準備をしなくっちゃ。――うふふ、楽しみですわ」

空は憎たらしいくらい晴れていた。

私は純白のドレスに身を包み、小さな窓から遠くの空を見つめていた。

イライアスの手を取ってから三ヶ月、ウィンディアリ王国王都コンティアスにある王城の東西にそびえる塔の片側、私は東塔の隠し部屋にずっと監禁されていた。

王都まで来れば、レインや王家の人々と何か情報交換できるかもしれない。——なんて可能性も考えたけれど、そう自由に行動させてはくれないこともわかっていた。

（国王陛下は相変わらず自室で休んでいらっしゃると聞いたけれど。……レインも、王都にいるのかしら）

とはいえ、もしレインを捕らえたとしたら、イライアスは嬉々《きき》として教えてくれそうだ。

あの男は頭の回転は速いが、自尊心が高く、気持ちが昂《たか》ぶるとお喋《しゃべ》りになる。きっと、私に情報をくれたところで何もできないと思っているからだろうが。

ジャレッド侯爵のこともそうだ。私やヴィンスを匿《かくま》ってくれていた彼を、今は反逆罪で捕らえているのだそうな。いずれヴィンスの前で殺してやると言っていた。

（慢心、というよりも、ヴィンスに対する執着のせいね）

イライアスの行動は一貫している。彼にとっての最大の喜びは、ヴィンスをただただ絶望へ堕《お》とすこと。

今、イライアスは躍起になってヴィンスを捜している。——というよりも、おびき出そうとしているというのが正しいか。

イライアスは、今日という日に、ヴィンスが私を救いに来ると信じて疑わない。だから最近は王都周りの警備が厳重になっている。

もちろん、その程度でヴィンスが捕まるはずがないと、私は信じている。三ヶ月前、彼と別れたあの日から、私たちの目的はただひとつなのだから。

最も特別で大勢の衆目が集まる日に、イライアスの正体を白日のもとに晒《さら》す。それから——。

(——フロランシアは招待に応じるかしら)

あわよくば、フロランシアまで手を伸ばす。そのために私ができることは、全部した。

あとは周囲を信じて待っていればいい。ヴィンスを。そして彼の仲間を。ヴィンスならきっと、約束通り私を助けてくれる。

——こんこんこん、と扉をノックする音が聞こえた。

いよいよかと私は息を吐く。

「どうぞ」

すでに全ての準備は整った。私の支度を手伝ってくれていた侍女たちも皆が退室し、この狭い部屋でひとり——今日という、異様な結婚式を待つ。

扉が重い音を立てて開き、身支度を済ませた男がそこに立っている。

勝利の獅子《しし》と呼ばれるに相応しい軍人王子。白を基調にした正装。胸には勲章がいくつも並び、金の飾緒が揺れる。

この国で最も強く、最も誇り高き彼の姿は、この国の王太子ヴィンセント・レナード・ウィンディアリそのものだ。しかし、その向こうに歪《ゆが》んだ笑みを浮かべる男の姿が重なる。

「——ふむ、なかなかに見られるようになったな」

憎きイライアスは私の頭から足先まで舐めるように確認し、満足そうに口の端を上げた。

大聖女らしさを強調するために、あえてシンプルな形に整えたウエディングドレス。最高級の絹糸を使用し、綺麗《きれい》に誂《あつら》えられたそれは、大急ぎで仕立てられた。

それも仕方がないだろう。私がイライアスの手を取って三ヶ月。本来ならば一年以上の時間をかけて準備されるはずの結婚式を、こうも急ぎで執り行うことになったのだから。

聖女が誰かの花嫁となるときは、必ずその胸元の聖紋が見えるようなデザインにされるという。

でも私のドレスは、胸元は開いているとはいえ、聖紋はしっかり隠れるようになっている。黒く染まった聖紋を隠し、それでも私は聖女としてこの国の王太子に嫁ぐ。

「この日を待ちわびたぞ、ナタリー」

私に近付き、触れようとするイライアスの手をパシリと払う。イライアスは一瞬不機嫌に顔を歪めたものの、すぐに楽しげに口の端を上げた。

「その意固地な態度も今日までだ。――今夜はせいぜい可愛がってやる」

「あなたが約束を守ってくれていたらね。彼女が来なければ、みんなの前で派手に死んであげる。――ただでさえあなた、最近評判がよくないみたいなのに、結婚式当日に花嫁が死んだらみんなどう思うでしょうね？」

「面白い。私に対して脅しをかけるか」

「お互いさまでしょ」

私がイライアスの手を取ると言ったとき、私は彼にひとつ条件を突きつけた。

それは、私たちの結婚式にフロランシアを招待すること。

イライアスは、フロランシアが私の命を握っていることを知っている。だから、大聖女としての私の力を利用したいというのであれば、フロランシアの呪術を解く手伝いをしろと言ったのだ。

案の定、彼はフロランシアと交流があるようで、あっさりと頷《うなず》いてくれた。どうやら彼は、フロランシアのことを多少なりとも鬱陶しく感じているようだったから、渡りに船といったところなのかもしれない。

「シエルフィ聖教国の大聖女を騙《かた》る偽物は捕らえてやろう。お前の命は、私が救ってやる」

「そ。ありがと」

これが本物のヴィンスが言ってくれていたら、私だって心躍るだろう。

でもイライアスの言葉はちっとも胸に響かない。所詮偽物の王太子だ。

(そもそも、私の前では、仕草をヴィンスに寄せることすらしないものね)

自分のことを私と言う。そして見た目と動き、言葉のちぐはぐさ。それがまるで不協和音のように、私を不愉快にさせる。

「あとは——あの男は来るかな」

イライアスは楽しげに笑った。

「せっかく逃がしてやったんだ。もっと踊ってくれなければ面白くない」

「彼のことを侮っていると、後悔するわよ」

「強気な態度をいつまで取れるかな」

イライアスはそう言って、今度は多少強引に私の身体を引き寄せた。ぞくりとして、すぐに離れようとするけれど、彼は逃がしてくれない。

「来ればいい。そうしたら、あの男を捕らえて寝室の床に転がしてやろう。その目の前で、お前の身体を隅々まで犯し、私によがらされる姿をあの男の目に焼き付けてやる」

「ほんっとうに悪趣味ね！」

「何を今さら。お前は、そんな男の妃になる女だぞ」

「やめて」

顔を寄せてくるイライアスを両手でガードする。今まではここで退《ひ》いてくれていたけれど、おそらくそれも、今日までだ。

今日という日、このイライアスを追い落とさなければ、全てが終わる。

「フン、よくそんな強情な態度をとれるな」

イライアスは不敵な笑みを浮かべ、私の左手に光る腕輪に手をかけた。

懐から何かの魔石を取り出し、腕輪にそっと触れさせる。そうすることで、どんなに外そうとしても外れなかった腕輪が簡単に私の手首から外れていく。

ヴィンスを縛りつける奴隷の腕輪。イライアスが丹精込めて作り上げたという渾身《こんしん》の魔道具は、私を縛るための道具でもあった。

（万一、私が逃げ出しても見つけられるように、今日までそのままになっていたけれど――）

今日でその役目も終わりということらしい。

イライアスは上機嫌な様子で、その腕輪を懐に仕舞う。もし、今日、彼の前にヴィンスが現れたとしたら、その腕輪で直々に苦痛を与えることを考えているのか。

（本当に悪趣味ね）

私が睨みつけているのがわかっているのだろう。

「あの男に苦痛を与えたくなければ――わかっているな？」

「私の意思関係なく、ヴィンスを見せしめにするつもりでしょうに」

「そこは当然だろう。王太子である私を貶《おとし》めようとした重罪人には、相応の罰を受けてもらう」

「命だけは助けてくれるって、約束したわよね？」

「ああ――そうだな。これから先、お前が大人しく、私の命令に従う限りはな」

私たちはあくまで協力関係である。ヴィンスの身柄が無事でなければ、私が動かないこともイライアスは知っているはずだ。

「そうね。ヴィンスのことだけでなく、フロランシアのことも頼むわよ。本当に彼女が捕まえられたら、私だって覚悟を決めるわ」

むしろ、ここでフロランシアを捕まえられなければ、私の命は潰《つい》えるのだから。

「その言葉、忘れるなよ」

ねっとりとした視線が気持ち悪くて、私はひとり、部屋の入り口に向かって歩き出す。今は鍵のかかっていない扉を開け、イライアスに言い放つ。

「さあ、もう行って。心配しなくても、真の大聖女として立派に役目を果たしに行ってあげるわよ」

## 3

こちらの国の結婚式では、まずは先に花婿が大聖堂へ向かい、神へ祈りを捧《ささ》げるのが慣習らしい。花嫁を迎えいれる準備を整えたことを神へ証明し、花嫁の到着を待つのだという。

だから私はイライアスから遅れて馬車に乗り込み、大聖堂を目指す。

私のことは、シエルフィ聖教国出身のいち聖女という扱いのようだ。情報統制されているのか、大聖女だとも魔女だとも言われていない。ただ、王太子の想《おも》い人であるという噂《うわさ》はしっかり流されているらしく、想像以上に国民からは歓喜の声があがっている。

偽の王太子と直接関わりのない民衆は、以前と変わらず王太子ヴィンセントという人を慕っている。

私が馬車で大聖堂へと向かっている間も、大歓声は止まず、笑顔で私を迎えてくれた。

眩《まぶ》しいくらいの青空の下、私はひとり戦場へ向かう。

（あそこで待っていてくれるのが本当のヴィンスだったらいいのに）

――そんなことを思いながらも、幸福な花嫁の顔をして、私は皆に手を振った。

そうして辿《たど》り着いた先。ウィンディアリ王国王都コンティアスの大聖堂の前は、白い石が敷きつめられた円形の大広場になっていた。中央に神への祈りを捧げる碑が建てられている。

そこには勝利の獅子ヴィンセントとその妃をひと目見ようと、大勢の民衆が詰めかけていた。私の乗った馬車が見えるなり、皆が一斉に祝福の言葉をくれる。

馬車はぐるりと大広場を回り、やがて大聖堂の正面――大階段の前で止まった。階段の手前には各国の招待客やこの国の貴族たちがずらりと並んでいる。

イライアスは階段の上。赤い絨毯《じゅうたん》が伸びた先だ。

馬車の扉が開かれた。若い聖騎士のエスコートで私は地面に降り立ち、前を見据える。

あとはイライアスに向かって歩くだけだ。目の前の大階段を一歩、また一歩と上がっていく。

衆目は十分だ。すぐそこにイライアスがいる。彼の手を取り、暴くのは簡単だ。

あとは――――。

「おまちください、ヴィンセント殿下っ！」

丁度その大階段を半分ほど上ったときだった。下から聞き覚えのある声が聞こえて、私はピタリと足を止める。

階段の上から、地上を見下ろしているイライアスの口の端が楽しそうに歪んだ。私も、いよいよかとぎゅっと手を握りしめる。

大広場でこちらを見上げる人々が、一体何だとざわつきはじめた。

そんな中、貴族たちが立ち並ぶエリアからひとりの女性が前に出てくる。

華やかな麗しい金髪が風に流れた。

威風堂々とした佇《たたず》まい。金糸の刺繍《ししゅう》がたっぷりと入った、真っ白いローブを纏《まと》った彼女の姿はあまりに神々しい。大聖女、という称号はまさに彼女のためにあるかのような神秘的な女性。——でも私には、彼女の姿がひどく澱《よど》んで見える。

（本当に、出てきた——！）

——シエルフィ聖教国大聖女フロランシア・リヴィエール！

「君は——」

わかっているのに、イライアスはとぼけるような声を上げる。フロランシアを止めようとする周囲の者たちを制して、あえて彼女の言葉を待つようだ。

「シエルフィ聖教国大聖女フロランシア・リヴィエール、ウィンディアリ王国ヴィンセント・レナード・ウィンディアリ殿下にご神託がありましたので、お伝えにあがりました」

フロランシアは毅然《きぜん》としていた。きっと彼女にとっては慣れたものなのだろう。こうして周囲の人たちの心を掴《つか》み、自分の主張を真実だと思い込ませてしまうのは彼女の特技だ。

むしろこれだけの注目を浴びて気分がいいのか、清楚な笑顔の奥に隠しきれない本性が垣間見《かいまみ》える。

「神託。なるほど、シエルフィ聖教国大聖女ともあろうお方が、わざわざ俺に？」

「はい、急を要しましたので」

そうしてフロランシアは己の胸に手を当てる。

これが嘘《うそ》偽りない真実だと言わんばかりの真剣さで、皆に向かって訴えかける。

「あなた様の妃となるナタリーという聖女――その娘、我が国の国民を欺き続けた魔女ですわ！」

瞬間、周囲がざわりと驚きの声を上げる。

しかし、事情を全て知っているイライアスが動じることなどない。

「どうやって殿下に取り入ったのかは存じません。ですが、我が国の中枢で長く聖女として姿を偽り、呪術をばらまき続けた娘！　その証拠に、その娘は頑《かたく》なに胸元の聖紋を見せようとしなかったでしょう!?　――今も、そのように隠して！」

フロランシアの主張は止まらない。

「その娘は周囲の者たちの心を歪ませ、操る力を持っているのです。殿下もきっと騙《だま》されておいでなのですわ！　――殿下、その娘を野放しにしたのは我が国の失態。だから責任をもって、わたくしが呪術を解き、その娘を裁きます！」

彼女の主張をひと通り聞いて、私はそっと息を吐く。

昔からフロランシアは、私のことを目の敵にしてきた。それは彼女が大貴族という誇りもあってのことだろう。だから陰で私の芽を摘もうとしてきた。

陰湿なやり方だと思っていたけれど、シエルフィ聖教国では、それが正しい勝負のつけ方だったとも言える。貴族令嬢たちの戦いは、いつも水面下で行われる。私はそれを馬鹿らしいと相手にしなかったけれど、それでも、隠れて私を陥れようとしてきたのは彼女なりの誇りだったに違いない。

――でも、今。髪を乱して必死で訴える様は、かつての彼女とは全然違う。心の奥に宿した誇りすらも失って、私を追い落とそうと必死だ。

いつから彼女は、こんな風になってしまったのだろう。

私は目を伏せた。あえてフロランシアから視線を外し、背を向ける。そうして一歩、また一歩と階段を上っていった。

　やがてイライアスのすぐ側まで辿り着くと、彼が私を抱き寄せてきた。

（――よし！）

　私はほくそ笑みそうになるところを必死で我慢する。

　でもこれで、大衆の面前でイライアスを捕まえられた。あとは――と思ったときだった。

「っ、っ、っ、無視を、するなあああああ！」

　大階段の下から大声で呼びかけられ、ぎょっとする。

　慌てて振り返ると、怒りで我を忘れてこちらを指差すフロランシアの姿がある。その豹変《ひょうへん》ぶりに、私だけでなく周囲の者たちまで顔色を変えていた。

　こうも暴露しているのに、私がフロランシアの言葉を意に介さない様子に腹が立ったのだろう。隠しきれないほどの憎悪が彼女の中で滾《たぎ》っている。

　髪を振り乱し、取り繕う余裕もないほどに怒り狂うフロランシアは、その身にとんでもない魔力を纏っていた。

　ごうごうと渦巻く澱んだ魔力。私以外には見えないものだろうが、彼女の異質さに周囲の人たちが後ずさる。

　ふわふわの長い髪が、魔力の渦によりふわりと靡《なび》く。それだけなら神秘的にも見えようものだが、煮えたぎる憎悪で私を睨みつけるフロランシアの表情は異様だ。なりふり構っていられないとばかりに練り上げられた彼女の魔力は、どす黒く渦巻いている。

（――今しかない！）

　私は手を前にかざし、天へと祈りの言葉を捧げた。

私の中に残った神力。それのほとんどがごっそりと持っていかれる。

立っていられなくなるほどだけれど、大丈夫。

ずっと遠くにある、私の気配。聖石の指輪を介して、あの人の存在を呼び起こしてくれる。

あとはきっと、彼がなんとかしてくれる！

(来て！　ヴィンス!!)

瞬間、空から光が溢れる。眩《まばゆ》いほどの光はやがて集束し、宙にひとりの男性の姿が見えた。

——ああ、と思う。

少し、やつれた。でも、凜々《りり》しくて、誰よりも自信に満ちた表情は変わらない。

太陽の光を受けて、浅い金色の髪がキラキラと輝く。そのアイスブルーの瞳。

今までどこでどうしていたのかはわからない。でも、冒険者然とした以前の格好を捨て、今はまるで騎士のような立派な黒いコートを纏っている。

その凜々しい姿に誰もが息を呑んだ。

もちろん、ここにいる私以外にはきっと、別人の顔に見えているのだろう。でも——……！

「ヴィンス！」

「——よし、よく俺を呼んだ！」

彼は叫んだ。

朗々と笑いながら。実に楽しそうに——、

「って、こんな空中に転移させる奴がいるかっ！」

——皆の前で盛大にツッコミを入れてくれる。

「人を転移させるなんてはじめてだったんだもの！　ごめんなさいっ！」

大聖女に宿る大きな力のひとつ『転移』。私はこの術式を、ヴィンスに渡した聖石の指輪に宿らせた。私に呼応して、私がいるこの場所まで彼を運んでもらえるように。

転移の力の余韻か、宙に浮いたままのヴィンスのことを誰もが口を開けて見つめていた。

だって、転移だ。その力を操れるのは、神に認められた大聖女のみ。しかも、私本人が転移したわけでもない。まさか別の誰かを転移させることができるなど、誰が想像しただろう。

(一か八かだったけどね……!)

なんとなく、できるんじゃないかなっていう自信はあった。

大聖女の力は神の恩恵によるもの。神の力を写し取ったものであると考えたのだ。

シエルフィ聖教国での最初の転移。あれは、私に宿った大聖女としての力ではなく、神のご意志で別の街に飛ばしてもらった。あの力を写し取っているのであれば、私だって、私じゃない誰かを飛ばせるはずなのだ。

とはいえ、誰でも好きな場所に飛ばせる自信などない。だからヴィンスに、聖石の指輪を渡した。私の神力を媒介にすれば、不可能を可能にできそうな気がしたから。

大成功だ。私は残りわずかになった己の中の神力の量をはかりながら、ヴィンスを見上げる。

「転移だって?」

「大聖女に宿るという?」

「魔女だという話は、嘘だったのか?」

そんな人々の言葉が聞こえる中、やがてヴィンスを呼び出した光が完全に消える。瞬間、浮遊していたはずの彼の身体が、突然落下をはじめた。

「っ、落ちるなら、落ちると言え!」

「仕方ないでしょ！　制御しきれないんだもの！」

「くっ！」

落下しながらも、ヴィンスはくるりと体勢を入れ替える。そして彼の真下――フロランシアをしっかりと見据えた。

「っ、っ、一体、何だって言うのよ!!」

フロランシアの表情が歪む。明らかに動揺した彼女は、練り上げた澱んだ魔力を頭上に向かって解き放つ。やがてそれは赤黒い炎となってヴィンスの全身を襲った。

――しかしこれも想定内だ。

「――指輪よ！」

ヴィンスに預けた聖石の指輪。彼がその指輪に呼びかけるのと、彼自身を赤黒い炎が包むのは同時だった。

きゃあああ！　という人々の悲鳴が響くも、炎はたちまち消滅する。――今、ヴィンスの周囲を包み込む聖なる結界によって。

私が聖石の指輪に込めたもうひとつの術式。それは、澱んだ魔力を弾くことだけに特化した障壁だった。元々シエルフィ聖教国の聖都を覆っていた聖なる結界と同じものだ。

ヴィンスひとりだけを護《まも》れる程度のものなら、今の私でも作り上げられる。大聖女の力こそが、彼女の澱んだ魔力を打ち払えるのだ。

「なんなのよ、なんなのよ、なんなのよ、なんなのよおおお!!」

ドン！　と、落下の勢いのままに、ヴィンスの手がフロランシアを取り押さえる。聖なる結界がヴィンスとフロランシアふたりを包み込んだ。

誰もが、その光景を黙って見ていた。信じられないとその目を大きく見開いて。

突如空中から現れた謎の男。彼はフロランシアの腕を掴み、地面へ押さえつけている。

相当負荷をかけているのか、フロランシアの呻《うな》り声が聞こえる。その声はひどくしゃがれており、どうあっても若い女性のものではなかった。

豊かな金色の髪は、まるで血のような赤黒い色彩に変化し、地面に流れている。

「っ、何をするのよ！　離せ！　離しなさいいいい！」

見開かれた目。その瞳の色も、同じく血の色に染まっていた。

「――おい、あれ」

「まさか」

「でも、あの姿は……！」

人々が戸惑っているのは、変貌したフロランシアだけが理由ではなかった。私の力を元に作られた聖なる結界は、ヴィンスの呪いにも作用したらしい。

フロランシアを取り押さえている彼の姿。太陽の光を受けて煌《きら》めく金色の髪。そして冴え冴えとしたアイスブルーの瞳。この祝いの席に集まっている人々が、彼の姿を知らないはずがない。

「どういうことだ？」

「殿下が――ヴィンセント殿下が、ふたり!?」

ざわめく民の声が響く。

しかし、彼ら以上に動揺している人間がいる。

「っ、どういうことだ!?」

私のすぐ隣でわななく男。今までヴィンセント・レナード・ウィンディアリとして、全てを手に入れようとした男が動揺している。

白と黒。それぞれ対照的な色彩のコートを纏った王太子ヴィンセントの姿に、誰もが息を呑んだ。

私は口の端を上げた。イライアスの意識が完全に向こうに向いている。

大聖女の力の聖なる結界。彼はその正しい効力まで把握できていなかったのだろう。――私には、フロランシアの呪術を解く力があるのに！

(今だ！)

間髪を容《い》れず、神力を解放する。

「よくもヴィンスの姿を奪ってくれたわね！」

「っ、おい！　お前ら、この女を――！」

「遅いっ!!」

イライアスと私は触れ合ったままだ。このゼロ距離で逃がすはずなどない。

私は聖なる結界を発動する。彼を包み込むように、一気に。

真白い光が彼を包み、やがて彼の纏っていた仮の姿が剥がれ落ちる！

温度を感じない真っ直ぐな銀髪。少し長い前髪が片目を隠し、もう一方、動揺で見開かれた瞳の色は赤。

「お、おい、あれ……！」

今度はあっちだ！　と言わんばかりに、人々が指をさした。

焦って私を羽交い締めにしようとしている男の姿が変貌している。しかもそれが、禁忌を犯し自死したはずのイライアス・ソーンダイクだったのだから。

「くっ！」

しかしイライアスも、このままでいるつもりはないらしい。焦って懐に手を入れる。

取り出したのは銀の腕輪だった。今朝まで私がはめていた、ヴィンスを縛る奴隷の腕輪だ。

（だめ！　変な命令をされる前に、取りあげなきゃ！）

そう思うものの、ぎゅっと抱き寄せられてしまえば身動きがとれない。

「【命令だ！　フロランシアを解放し、今すぐその場に、ひれ伏せ!!】」

腕輪にたっぷりと魔力を込め、イライアスが叫ぶ。もちろん、その強制的な命令はヴィンスに向けられたものだ。

（まずい！）

形勢逆転したと思ったけれど、油断してはいけなかった。

どうにか腕輪を奪えないか足掻《あが》いてみるも、元々魔法騎士だというイライアスの力には敵《かな》わない。彼の腕の中から逃れることなどできなかった。

「ヴィンス！」

だから焦ってヴィンスの方を振り向いた。イライアスの命令が通っているならば、彼は地面に頭をつけているはず。

けれど、私が目にしたのは思いがけない光景だった。

「――ひれ伏せなどと。誰にものを言っている」

フロランシアを押さえつけたままのヴィンスは、その眼光を鋭くして彼を睨みつけるだけ。イライアスの命令など聞く気配もない。

「――っ!?　【何をしている！　今すぐそこに頭を擦《こす》りつけないか！】」

イライアスの命令は通らない。彼はすっかり混乱したのか、表情を大きく歪めた。

一体どういうことだろうと、私も疑問に思ったそのときだった。

「実に滑稽なことだな」

聞いたことのない、男性の声が響きわたった。かと思うと、民衆がいる場所の一部でざわめきが起こる。

のそのそと。歩くのも精一杯といった様子の男が、ゆっくりと、ただし確実にこちらに向かって歩いてくる。そんな彼を隣で支えている男性の姿を見て、私は大きく目を見開いた。

（レイン!?）

旅の途中で出会ってからあと、再会は敵わなかった。私は王都にいたけれども、レインが何をしていたのかすら情報が入ってくることはなかった。

そんな彼が、ひとりの男を支えている。その男はフードを被《かぶ》っていて、顔はよく見えない。けれども、イライアスにはそれが誰なのかわかったようだ。信じられないと、彼の身体が大きく震えた。

ぱさりと、男がフードを脱ぐ。瞬間、周囲のざわめきがますます大きくなった。

陛下、という声が交ざりはじめてようやく、私にもその男性が誰なのかはっきりと理解できた。

浅い金色の髪は後ろに撫でつけていて、アイスブルーの瞳がじっとこちらを見つめている。今は身に纏っているものこそ地味だけれども、その威厳はちっとも隠れはしない。

（――似てる）

目元とか、眉の形とか。私が大好きなあの人と、そっくりだ。

ヴィンセント・レナード・ウィンディアリが正しく歳をとった姿とでも言おうか。

（そっか。あの人が、この国の国王――ギデオン・レナード・ウィンディアリ）

顔色は悪く、支えがなければ立てるような状態でもなさそうだ。それでも、その男性は背筋を伸ばし、凛《りん》とした佇まいをしていた。

レインの支えで真っ直ぐ前を見据え、イライアスに向かって語りかける。

「ありもしない犯罪記録が見つかったのでな。国王として、当然抹消させてもらったが」

ちらと、ヴィンスの方へと目を向けた。ヴィンスも驚いたような顔をしていたが、すぐに表情を引き締めて頷く。

(国王陛下が動いてくださったんだ……!)

ヴィンスは確か、犯罪奴隷として登録されていた。ということは、その犯罪が冤罪《えんざい》だと証明できれば、奴隷紋を解除できる。きっと私の知らない場所で、皆が走り回ってくれていたのだろう。

国王陛下は呪術のせいで体調が悪く、伏せっていらっしゃると聞いていた。でも、レインが秘密裏にコンタクトをとり、動いてくれた。イライアスに気付かれないように裏から手を回し、ヴィンスの奴隷紋を解除してくれた。

だって、彼は国王陛下なのだ。いくら奴隷紋の管理者にまでイライアスの息がかかっているといっても、それを正せないはずはない。

国王陛下はヴィンスと同じアイスブルーの瞳を厳しく光らせ、言い放つ。

「禁術を蘇らせようとしただけでは飽き足らず、我が国の王太子ヴィンセント・レナード・ウィンディアリの姿を奪った。魔女とともに呪術を操っては我に呪いをかけ、この国をほしいままにしようとした大罪人イライアス・ソーンダイクを捕らえよ!!」

大勢は決した。国王陛下の命令なのだ。イライアスの傘下にいたはずの騎士たちも、従わないわけにはいかない。弾かれるようにして皆が一斉に動き出す。

イライアスも、いくら自身が優秀な魔法騎士とはいえ、この人数は相手にできないと思ったのだろう。焦った彼は私を強く抱き寄せたまま、喚《わめ》き散らす。

「近寄るな！　近寄れば、この大聖女を――」

「甘いっ！」

焦りすぎて色々疎《おろそ》かになりすぎだ。

ドレスが邪魔だけれど、私は全力で蹴り上げた。――彼の股間を！

「ぎゃああああ!!」

カエルが潰れたような悲鳴を上げながら、イライアスがのけ反った。

周囲の騎士たちが彼を捕らえるのを確認してから、私は大階段を駆け下りる。

（――あそこだ。あそこにヴィンスがいる！）

ドレスが邪魔だ！

ヒールも、何もかも全部。

早く！　早く彼のもとへ辿り着きたい。

下りきるまであと少し。でも、そのあと少しがもどかしい。

彼も近くの騎士にフロランシアを預け、こちらに駆けつけてくれて――。

「ヴィンスっ！」

私は階段を蹴る。

青空に白いベールをはためかせながら、両手を伸ばす。

「ナタリー！」

ずっと跳び込みたかった腕の中に身体を預け、私はぎゅうぎゅうに彼に抱きついた。

それから自然と見つめ合い、唇を触れ合わせる。すると急に、ひとりだったときの寂しさがこみ上げてきて、安心して、胸がいっぱいになって、泣きそうになってしまった。

――でも、いつまでもこうしてはいられない。だから私たちは、頷き合う。

国王陛下に目を向ける。彼の方は周囲の騎士にイライアスを連行するよう命令していた。それを確認してから、ふたりでフロランシアへ向きなおる。

生気が抜け、ガリガリになった身体。誰に押さえつけられずとも、もう立つことすら難しそうだ。

私は、そんな彼女の側までゆっくりと歩いていった。

騎士たちに取り押さえられたフロランシアは、顔だけをこちらに向けて、変わらず憎悪を剥《む》き出しにした。

「離せっ！　離しなさい！　わたくしは大聖女よ!!　偽物は！　その女!!」

血走った目でそう叫ぶ彼女の声には、もう誰も耳を傾けない。

「わたくしから何もかもを奪ったその魔女を殺して！　今すぐ！　殺しなさいよ!!」

今までならば、そう言いさえすれば周囲の者たちが彼女の望みを叶えてくれたのだろう。大聖女という地位に就いた今ならなおのこと。

でも、ここはシエルフィ聖教国ではない。ウィンディアリ王国だ。

聖教国からの使節団の者たちは、ウィンディアリの騎士たちに阻まれ近付くこともできない。――いや、そもそも、変貌したフロランシアに恐れすら抱き、助けようとする者自体が皆無のようだ。

地面に這《は》いつくばったままのフロランシアの前に辿り着き、私は彼女を見下ろした。そして、ぎゅっと拳を握りしめる。

――思えば遥《はる》か。遥かな旅路。

彼女が私の運命を変えた。そう思うと、自然と握りしめる手に力が籠もる。

ふと、ヴィンスの手が私の手を掴んだ。

いつかとは逆。力を入れすぎていた私の拳を彼はそっと開き、撫《な》でてくれる。

「――大丈夫だ」

「ええ……！」

私は頷き、フロランシアの前にしゃがみ込む。

「奪ったのはあなた。――私の命、返してもらうわ」

私はフロランシアの肩に触れ、そっと祈りはじめる。

どれほど、彼女の呪いを受け続けてきたのか。私の身体を縛った呪術の複雑さは、他にかけられたものとは段違いだった。

シエルフィ聖教国の聖都は、よくも悪くも大きな力を持つナニカが自然と集まってくる地だ。

前任の大聖女が身罷り、聖都を覆う聖なる結界が消えた頃か、あるいはそれよりも前か。フロランシアの心が、その悪しきナニカを寄せ付けてしまった。

彼女に自覚があったのかどうかはわからない。ただ、彼女は毎日毎日、私への呪詛《じゅそ》を吐き続けた。

結果、それほどの呪詛はフロランシア自身の身体をも侵しはじめたけれど、彼女は止まることができなかった。

そして、フロランシアの呪詛は蓄積し、大聖女選定の儀を境に、形となって私を襲った。

それほどまでに厳重にかけられた怨嗟の術。簡単に解呪できるはずもなく、大きな抵抗を感じた。

先ほどのヴィンスの召喚、そしてイライアスの姿を暴くために、すでにかなり神力を消耗してしまった。だから私の身体にはもう、ほとんど神力が残っていない。フロランシアの全身全霊の呪術を払いきれるのかすら危うい。

ぎゅっと唇を噛《か》みしめ、眉根を寄せる。額にはたっぷりと汗が滲《にじ》み、ぽたりと地面にこぼれ落ちた。

「っ、ふふ。ああ、そういうこと？」

そんな私の状態を見抜いたのだろう。唐突にフロランシアはケタケタと笑いはじめる。

周囲の騎士たちが彼女をどれだけ押さえつけようとも、彼女は焦点の合わない目で、私への怨嗟の言葉を吐き出し続けた。

「あなた……もう、死にかけなのね？　あはっ！　はははは！　この呪いが解ける前に死ぬ！　死んじゃうのね！　あははははは！」

「っ………！」

絶対、死んでたまるものかと思うのに、実際にもう力が入らない。

フラフラ倒れそうになったところで、後ろから強く抱きしめられた。

「死なない」

耳元で告げられる、力強い声。

「君は死なない。絶対に。——俺とともに生きるのだろう？」

私を抱きしめてくれる二本の力強い腕も、私に生きろと言ってくれている。

「ええ」

ヴィンスと未来を約束した。

だから私は、絶対にその未来に辿り着く——！

塗りつぶされていたはずの聖紋。ドレスで隠されていたはずのそこから、眩い光が溢れ出す。

小ぶりだったはずの花の紋様は、みるみるうちに成長し、光を宿す。まるで宙に絵を描くように、光の蔓《つる》が私たちを包み込んでいく。光の花が咲き、花びらが天へ舞った。

やがてそれらは、まるであるべき場所へと戻るように、私の中へ集束していく。

（――ああ、満ちていく）

壊れていたはずの私の器。神力を生み出す根っこの部分を、それらの光は修復していった。

「――きれい」

誰かが言った。

「大聖女様、すごくきれい」

固唾を飲んで見守っていた人々の中から、じわじわと声が上がりはじめる。

それはやがて伝播《でんぱ》して、いつしか大広場には私たちを讃《たた》える大喝采が湧き起こっていた。

「大聖女様！　ナタリー様、万歳！」

「ヴィンセント殿下！　万歳！」

――ようやく、終わった。

私の身体の芯から、作りかえられたような感覚。

おそらく、本当の意味で大聖女としての力が戻ったのだろう。こんこんと湧き起こる神力が、身体の隅々まで満ちていく。

生き延びた。

そのことをようやく実感すると、一気に力が抜けた。

「ナタリー!?」

「――あ、うん。大丈夫。ちょっと、ほっとしただけ」

ヴィンスに支えてもらいながら、私はゆっくりと立ち上がった。

フロランシアはもう目を開けない。命こそ無事なようだけれど、おそらく力を使い切ったのだろう。しばらく目ざめることはなさそうだ。

「――陛下？」

ふと、レインの声が聞こえた。導かれるように陛下の方へと視線を向けると、先ほどまでひとりで歩くことすらできなかった国王陛下が、レインから離れてしっかりと立っている。

頬こそやや痩《こ》けているようではあるが、随分と顔色がよくなっている。陛下自身も信じられないと目を剥いていた。

「これが、真の大聖女の力か」

噛みしめるように呟《つぶや》くも、彼の動きは早かった。すぐにやるべきことを見出し、周囲に命令する。

「その女を牢《ろう》へ連れて行け」

国王陛下の指示で、騎士たちが一斉に動き出す。厳戒態勢を取りながら、彼らはフロランシアを抱き上げ、大広場から立ち去っていった。

彼女がどんどん離れていくのを見届けていると、後ろから抱きしめるヴィンスの腕に力が込められる。振り返ると、彼が眩しそうに笑ってくれていたから、私も微笑《ほほえ》みを返した。

「終わったね」

「ああ。――見事だった」

「ふふ」

はにかみながら頷いて、私からも彼に身体を預けた。ヴィンスが笑みを濃くし、頬にキスをくれる。

「身体は？　大丈夫なのか？」

「うん、平気。なんかいっぱい神力が入り込んできてびっくりしたけれど、元気すぎるくらい」

「そうか」

頬だけじゃ足りなくて、唇にも。口紅がついた彼の顔が少し滑稽でくすくすと笑っていると、ヴィンスも同じように笑い、ぺろりと舌で舐め取っている。

そんな私たちの方へ国王陛下が歩いてきた。私とヴィンスは慌てて膝を折り、陛下の言葉を待つ。

「ヴィンセント、よく戻った。――そして大聖女ナタリー、礼を言う。よく全てを正してくれた」

「っ――いえ、それは」

私も必要に駆られただけで――と喉まで出かかったけれど、その言葉を飲み込んだ。

だって、もっと胸を張ってもいいと思えたから。私は私のためだけじゃなく、ヴィンスと、彼が愛する国のためにできることをした。それをちゃんと誇るべきだ。

だから私は、素直に陛下の感謝を受け入れた。

「お役に立てたのなら、これ以上の喜びはございません」

そして同時に気がついた。

シエルフィ聖教国を出てからずっと、私は聖女としての身分を捨てることばかり考えていた。でも、こうして国王陛下に――そして、彼を慕う国民に感謝されると、胸の中が歓喜で溢れていく。

多分。きっと。私は思った以上に、聖女としての自分が好きだったらしい。

ここはシエルフィ聖教国ではないけれども、まるで戻ってきたような喜びがある。

相変わらず喝采も続いていて、私は大広場に目を向ける。結婚式は無茶苦茶になってしまったけれど、こうして皆が祝福をくれるのが、純粋に嬉《うれ》しかった。

だから私は手を伸ばす。入り込んできた神力をいっぱい集めて、皆に祈りを捧げた。

ここに集う皆に幸せがありますよう。

たくさんの笑顔がありますように――と。

先ほどのように光の花びらが噴出し、たちまち大広場一帯を覆っていく。

皆が歓喜の声を上げながら天へと手をかざし、光の花びらを掴み取ろうと笑い合っていた。

「ナタリー様！　この国に来てくれて、ありがとう！」

「ご結婚、おめでとうございます!!」

「最高のお妃《きさき》様だ！」

「ヴィンセント殿下！　おめでとうございます!!」

やがてそんな声が聞こえはじめて、私は目を丸くした。

（――そうだった）

相手はイライアスだったのだけれど、表向きは私とヴィンスの結婚式だったのだ。

どう見ても、最初に王太子ヴィンセントとして立っていた人は、ヴィンスに成り代わった別人だった。そこは皆、すでに奇妙な状況だとわかっているはずだ。なのに、本物のヴィンスと私が寄り添う姿を見て、そのまま祝福してくれているようだ。

「…………ど、どうしよ」

この結婚式自体が、私たちが仕組んだ捕縛劇の一部だった。でも、こうも祝福してくれている状況に、どう対応したらいいのかわからない。

本来ならば式自体を取りやめて然《しか》るべきなのだろうけれども、ヴィンスはなぜか楽しげに周囲を見渡している。

「せっかくイライアスがお膳立てしてくれたんだ。ここはありがたく祝福されるとするか」

「え？」

ヴィンスの言葉の意味がわからなくて、私はぱちぱちと瞬いた。けれど彼は躊躇《ちゅうちょ》しない。ちら、と国王陛下に視線を送ると、陛下も大きく頷いてみせる。そしてヴィンスは、私の片手をとりながら、目の前で恭しく片膝をついた。

「え？　え？　ええ⁇」

拍手と喝采がますます大きくなった。

大勢の人々に見守られながら、ヴィンスは自信に満ちた表情で私を見上げる。

「ナタリー」

名前を呼ばれて、背筋が伸びる。

彼の熱い眼差しに、心臓がバクバクと暴れはじめる。

「――いつも真っ直ぐで、放っておいたらすぐに突っ走っていきそうな君から、いつしか目が離せなくなった」

彼の声はよく通った。

最初は本当にとんでもない出会いをしたけれど――そうだった。私の方こそ、いつも彼に意識させられて。目を離せなくて。

「君が俺の前から消えてしまいそうになるたびに、俺は、君を捕まえて、抱きしめて、繋《つな》ぎ止めたくなった」

そう。彼は、ここにいていいんだよと、ずっと教えてくれていた。

私が本当に望むことを気付かせてくれた。

「前を歩いていい。君の思うままに進んでいい。そのときは、ちゃんと君を追いかけるから。だから、どうか君とともに――一緒に未来を歩ませてくれないか」

ヴィンス、と掠《かす》れた声で呼びかける。

それだけで彼は幸せそうに笑って――、

「愛してる。――俺と結婚してくれ、ナタリー」

――一番ほしい、言葉をくれる。

「っ、うん」

考える前に、返事をしていた。

「うん、うん……っ、うれしい、ヴィンス」

ヴィンスみたいにすらすら言葉は出てこない。でも、全身が歓喜して、ただひたすら頷いた。

彼との未来など歩めるはずがない。そう思っていた。

でも彼は、別の道に逃げようとしていた私を捕まえてくれた。抱きしめて。愛して。隣にいていいんだよって教えてくれた。

「愛してる、ヴィンス」

「ああ！　ナタリー！」

ふわりと視界が高くなる。ヴィンスが私を横抱きにして立ち上がったからだ。

この国の王太子殿下自ら、民衆の前でプロポーズ。大騒動続きの結婚式は、最後には大喝采。皆が手を打ち鳴らし、祝福の言葉をたっぷりくれる。

「よし、行くか、ナタリー！」

ヴィンスは破顔して、皆に見送られながら先ほどの大階段を上っていく。

「え？　あれっ？　撤収しなくていいの？　ヴィンス？」

「何を寝ぼけたことを言っている」

「ん？」

「せっかくイライアスがお膳立てしてくれたのだと言ったではないか。挙げるぞ、結婚式」

「へっ⁉」

素っ頓狂な声を上げる私を見て、ヴィンスはますます楽しそうに笑う。そうして彼は、ぐんぐんと階段を上っていく。

「これから準備し直したら一年はかかるだろう？　そんなに待てるか。今、挙げる」

「え？　は？　ちょ……え⁇」

「元々王太子ヴィンセントと大聖女ナタリーの結婚式だったんだろう？　予定通りではないか」

「いや、それを言えば？　そうだけれども⁉」

間違っているようで、間違っていない。

間違っているけれど。

――多分正しい？

完全に屁理屈《へりくつ》を並べられている気しかしないけれども、ヴィンスが高らかに笑っていて、とても楽しそうで、嬉しそうで――私も嬉しいから、きっとこれでいいのだと思う。

「まあ、ウエディングドレスも何も、俺が誂えてやれなかったのが悔しいし、父上以外には君を紹介すらできていない。――そのあたりを整えて、また披露目を盛大に行うとするか」

なんて、あとから私にだけ聞こえるように未練がましく続けているところも愛らしい。

とても愛《いと》しくて、胸がいっぱいになって、私もいつしか声に出して笑っている。そうして、皆の祝福を浴びながら、私たちは大聖堂の中へと入っていった。

# 4

長い長い一日を終えて、夜。

小さなランプが灯《とも》っているだけの薄暗い部屋で、私はヴィンスと向き合った。

これからここが、私たち夫婦の寝室になるらしい。ヴィンスの部屋から繋がっている他、奥のドアを開くと私の部屋とも繋がっているそうだ。

「あ、ヴィンス、待って」

「待てるか」

性急なキスが落ちてくる。

私が転移術でヴィンスを召喚してからあと、ずっと彼と一緒にいたけれど、ようやくふたりきりになれた。彼もそれを待ちわびていたのだろう。彼がくれる口づけは深く、そしてひどく甘い。

本当に長い一日だった。あれよあれよという間にヴィンスと結婚式を挙げたあとは、国王陛下だけでなく王妃陛下の呪術も解き、不当に捕らえられていたジャレッド侯爵も解放した。さらに各国の賓客と挨拶を交わして――。

あまり社交には自信はないのだけれど、聖女時代に学んだ知識とマナーを総動員して頑張ってみた。

私は終始いっぱいいっぱいで、ヴィンスと結婚したという事実を噛みしめている余裕すらなかったのだけれど。

「待って、ヴィンス！　ちゃんと教えてよ。一体どういうこと？　色々上手《うま》くいきすぎて、私、何が何だか」

聞きたいことは山ほどあるのだ。

今日の結婚式、皆の前でイライアスの正体を暴く自信はあったけれど、それ以外は正直行き当たりばったりだった。こうも全てが上手くいくとは思わなかった。

ヴィンスの奴隷紋に関しては国王陛下が解除してくれていたけれど、それも、ヴィンス側から何か働きかけがあったからこそなのではないだろうか。そうでなければ、今日という結婚式の場で、国王陛下がわざわざ民衆に紛れて参列できているはずがない。

ヴィンス自身も小綺麗な服を着ていたし、私が把握している以上に協力者が増えていたのではないだろうか。

「三ヶ月、ヴィンスは一体、どこでなにを――」

その質問に答える前に、キスが落ちてきた。

まるで離れていた三ヶ月を取り戻すかのようだ。頬に、額に、唇に――何度も唇を寄せてくる。

「レインが言っていただろう？　偽の王太子を怪しんでいたのは、レインだけではなかったと」

そういえば、そんなことを聞いたような気がする。

「君と別れたあと俺は、アッシャー子爵家へ向かってな」

「アッシャー子爵家？」

「レインの実家だ」

そういえばレインは騎士だった。あの立ち居振る舞いからも、貴族である可能性は高かった。

「念のため、レインに身分を証明する書状をしたためてもらっていただろう？　あれの家族なら、筆跡からそれが本当にレインが書いたものだと伝わると思ってな」

そうしてヴィンスは教えてくれた。アッシャー家に身を寄せながら、レイン本人や、側近から外された彼の臣下たちと連絡を取ったのだと。

でも、アッシャー子爵家はイライアスにも目をつけられていたため、各地を転々としながら、仲間を増やしていったと。

「父上にもずっと連絡をつけようと動き回っていたさ。城内は、偽の俺を怪しむ者も多かったみたいでな。当然、協力者も増えていった。——まあ、父上が奴隷紋の解除までしてくれたのは計算外だったがな。そこは、さすが俺の父と言ったところか」

陛下はイライアスの目をかいくぐり、別人へと差し替えられていたヴィンスの奴隷登録を見つけた。そして、奴隷紋を解除させたということだ。

(呪術で体調を崩しながら、だよね？　ヴィンスのお父さま、どれだけ有能なの？)

ふと、国王陛下の姿を思い浮かべる。まさに、ヴィンスが正しく歳をとった姿といった風貌を思い出し、なんだかふわふわした気持ちになってしまった。

(ヴィンスも将来、ああなるんだよね)

そして私は、彼と一緒に歳をとっていけるのだ。それを思うだけで、胸の奥が熱くなる。

「おい、ナタリー」

が、なぜかヴィンスは顔をしかめている。そのまま顎を掴まれ、齧《かじ》りつくようなキスをされた。

「今、俺以外の男のことを考えていたな？」

——鋭い。

うっかりビクッとしてしまい、ヴィンスの顔がますます険しくなっていく。

「誰だ」

「え？」

「一体誰のことを考えていた？」

一瞬で空気が冷えた気がした。だから焦りながらも、正直に答える。

「誰って、そもそも陛下の話題をふったのはヴィンスじゃない」

「――なんだ、父上か」

「そうよ？　陛下っていうか、その」

正確には、国王陛下を通して将来のヴィンスを見ていたのだ。そういうことを伝えようとしたけれど、彼に唇を塞がれ、それもかなわない。

「本当に、父上のことだけか？」

「だ、だから。私は、ヴィンスの――んんっ」

将来の姿を――と伝えようとするも、無理だった。彼は私を組み敷き、肢体を弄《まさぐ》る。ナイトドレスの裾を捲《まく》り上げて腿を撫でながら、もう一方の手は私の胸をやわやわと揉《も》み拉《しだ》いた。

「んっ、ふぁ、ヴィンス」

私の反応を確かめながら、彼の唇はどんどん下へと降りていく。

今度は、私の胸元に狙いを定めたらしい。ナイトドレスの襟ぐりを広げ、ちゅ、と直接強く吸いつく。ギラついた目で私を見据え、この身体の反応を確かめるように強く抱きしめた。

「――――何もされていないな？」

低い声で問われた意味が、すぐには理解できない。

私がぱちぱちと瞬いていると、ヴィンスが深刻そうな顔をしてみせた。

ずっと問いたかったのだろう。苦しそうに表情を歪ませながら、私の胸元に吸いつく。

「ここには触れられていないな？　あの男に」

ああ、わかった。彼が想定していたのはイライアスのことだ。私がイライアスに何かされていたのではないかと心配してくれていたらしい。

「あの男は、君に随分と気易《きやす》く触れていたからな」

結婚式でのことを言っているのだろう。確かにイライアスは、私の腰を抱いたり、後ろから抱きしめたり、当たり前のように触れてきた。

ヴィンスはそれすらも許せなかったのだろう。ぎゅっと眉根を寄せ、唇を噛みしめている。

「三ヶ月、あの男に預けていたと思うと、俺は――」

苦々しく吐き出すヴィンスを見て、私はようやく、彼の気持ちを理解した。

彼も彼で、ずっと聞きたかったのだろう。三ヶ月間、私がどう過ごしていたのか。

怒りで打ち震えている彼を見て、私は返事に困った。

（えっと。大丈夫かと言えば、多分大丈夫なんだけど。ヴィンス的にはどこまでがセーフ……？）

ある意味、イライアスの趣味が悪くて助かったとでも言うべきなのだろうか。彼はヴィンスに対してはもちろんのこと、私に対しても、最も効果的に心を折ることばかり考えていた気がする。

早々に奪うのではなくて、ヴィンスを再起不能な状態にできる「最高の場所」で奪うことにこだわっていた。――つまり、彼の前で犯すということに。

ヴィンスを捕らえて、最も屈辱的な奪い方をする。それがイライアスの美学であったため、強要はされなかった。色々と。

せいぜいが腰を抱いたり抱き寄せられたりしたくらいだ。まあ、その「せいぜい」にあたる部分が、ヴィンスにとって耐えられるものなのかどうかといえば、疑問なんだけれども。

言葉に詰まった私に対し、ヴィンスは斜め上の解釈をしたようだった。

「ナタリー？」

彼の纏う空気が険しくなる。くしゃりと表情を歪め、私をじっと見つめてくる。

「………触れたのか？」

低い、低い声で囁《ささや》きかけられる。

「あの男は、君の肌に、こうして——直接」

「え!?　ちがっ、………んっ、ヴィンス!?」

ベッドが大きく軋《きし》んだ。彼が私を組み敷いたまま、激しく唇を重ねる。ねっとりと舌を絡め合わせながら、彼は私のナイトドレスの紐をほどきにかかる。

胸元をいくつかの紐で結ばれたそれは、簡単にほどけるようになっている代物だ。たちまち胸があらわになり、彼はその大きな手で私の身体を愛撫《あいぶ》しはじめた。

「君に口づけをし、この身体を組み敷いたのか？」

「んっ、んんんっ……！」

そう訊《たず》ねておきながら、答えを聞きたくないとばかりに私の唇を塞ぐ。すでに硬くなっているところを私の下腹部に押しつけながら、何度も何度もキスをした。

「っ、……ってない。してないよ！　こんなこと！　ヴィンスとしか！」

ようやく唇を解放された私は、必死で訴えかける。

それでもヴィンスはまだ安心できないのか、愛撫を続けた。

片手ではくにくにと胸を捏《こ》ねまわし、もう片方でナイトドレスの裾を捲り上げる。太腿に手を滑らせ、ショーツの紐をほどいてしまう。たちまち彼の指は割れ目に沿って、つつつと前後に擦りはじめた。

「ひゃ、んんっ」

「ナタリー……！」

彼はあまりに苦しそうだった。

昼間はあんなに自信満々で皆を導いていたのに、夜、私の前でだけは必死な顔を見せてくれる。

たくさん、心配してくれたのだろう。性急すぎて少しだけびっくりしたけれど、大丈夫。

だから私は、ヴィンスに手を伸ばす。彼のガウンの腰紐を解き、肩から滑るように脱がせていくと、ヴィンスは驚いたように目を丸くした。

「ナタリー……？」

「大丈夫だから。ね？　その……私が、したいと思っているのは、ヴィンスとだけだし」

するするとヴィンスのガウンを引き剥がしてから、直接彼の肌に手を触れる。

「焦らなくて大丈夫。ゆっくり、確かめてくれていいから。その……」

頬を染めながらそう告げると、ヴィンスもようやく冷静さを取り戻したのか、私の言葉を待ってくれる。

「初夜、……だし」

蚊の鳴くような声しか出なかった。でも、その声はちゃんとヴィンスに届いたらしく、彼が息を呑むのがわかった。

三ヶ月という間、互いにこれまでどうしていたのかわからなかった。

だから焦る気持ちはとてもよくわかる。それでも、今、私はヴィンスと向き合いたい。

「イライアスのことは、もういいの。私、ヴィンスのことだけ考えていたい。——だめ、かな？」

「っ、俺は……」

ヴィンスはぎゅうぎゅうに眉間に皺《しわ》を寄せている。そうしてしばらく、彼の中で結論が出たらしく、深く——深く息を吐いた。

「——君の言う通りだ。そうだな。今夜は、大切な夜だから」

「ん」

「俺は思い上がってばかりだ。君にはいつも気付かされる」

「そんなことないわよ。私だっていつも頼りにしてるもの」

そうして私から唇を寄せると、彼はようやく笑顔を見せてくれる。それが嬉しくて、私も自然と顔が綻んでいた。

「だから。その……優しく、してほしいな」

「——わかった」

彼の笑みが濃くなった。そして今度は、とびっきり優しいキスが落ちてくる。

ちゅ、ちゅ、と触れるようなキスから、角度を変えて深く、甘くなっていく。私も彼を求めていて自然と舌を差し出すと、ねっとりと絡め取られた。

キスに集中しているうちに、彼の指が私のナカに侵入してくる。

最初は浅い部分をくにくにと押し広げながら、すぐに指は二本、三本と増えていき、ぐちゅぐちゅとナカをかき混ぜていく。

じれったいようなもどかしいような感覚を覚え、気がつけば腰が揺れていた。まるでせがむように彼に腰を押しあてると、彼が喉の奥で笑うのがわかった。

するすると彼のキスが落ちていく。たちまち彼は、私の胸元の聖紋に狙いを定め、ちゅ、ちゅと何度もキスを落とした。

「……きれいだな、君の聖紋は」

「ん。なんだかね、以前よりも大きくて華やかになってるみたい」

元々は小ぶりな野花のような紋様だった。それだって十二分に可愛くて気に入っていたけれど、今や神秘的で大きな花が咲き誇っている。

ヴィンスはそれに愛しそうに唇を寄せたかと思うと、突然、何か悩むように呻りはじめる。

「……聖女はこの聖紋をずっと見せていないといけないんだったか」

「え？　あー、シエルフィ聖教国ではそうね。確か、こっちの教会でも同じだったはず――」

「…………制度、変えさせるか」

「へ⁉」

驚く私に対し、彼は真剣な様子でブツブツ呟きはじめる。

「せめて式典のときだけとか。――綺麗すぎる、皆に見せるのがもったいない」

「減るものじゃないよ⁉」

「減る。確実に減る」

そう言って彼は、私の胸元に顔を埋めた。そうしてたくさんのキスを落とし、赤い印をつけていく。ひとつじゃ足りなくて、いくつも。しつこいくらいにしっかりと吸いつき、数多《あまた》の印をつけて、ようやく安心したように笑うのだ。

「ヴィンスって、案外嫉妬深いわよね」

「そうだな。君を想うようになって、俺も自覚した」

たくさん印をつけたあとは、いつものように胸に吸いついてくる。どうも彼は私の胸元にキスを落とすのが好きらしく、そのままたっぷり胸を可愛がってくれるのだ。

舌先で器用に乳首を転がしながら、たまに甘噛みされる。そのたびに私の身体は大きく跳ねるも、それだけに留まらない。

「っ、んん――――！」

彼のいたずらな手が突然花芽を引っ掻き、その刺激に私の身体が大きく跳ねた。

「ひゃ、ぁ！　ヴィンス……っ⁉」

まるで私に思い知らせるように、彼の愛撫は激しくなり、くちくちとナカを捏ねまわされる。話している余裕がなくなり、自然と喘《あえ》ぎ声が漏れた。

そのうち彼は、すっかり着崩れていたガウンを全て剥ぎ取り、さらに下着を脱ぎ捨てる。ベッドに膝をついた状態で、私の腰を浮かせるように持ち上げた。

「君は、俺のモノだ」

熱っぽい目で私のことを見下ろしながら、髪を掻き上げる。その壮絶な色気につい目を奪われ、私は息を呑む。

「――いいや、違うな。俺が君のモノ、と言うべきか？」

「もう奴隷じゃないのに？」

「ああ。俺は自らの意志で君に縛られる」

かつての腕輪はもう効果を成さない。彼の背中の奴隷紋も綺麗さっぱり消えているようだった。

私とヴィンスを縛るものはなくなってしまったけれど、これからはきっと、新しい繋がりができるはず。私はそれが、とびっきり嬉しい。ヴィンスもきっと同じ気持ちでいてくれるのだろう。

「初夜、か。――本当に、そうだな」

彼は笑みを濃くして、勃《た》ち上がった彼のモノを私の秘所に押しあてた。

「こうしてはじめて、奴隷でなくなった俺で君を愛することができる。ほんの少しの立場の違いしかないが、嬉しいものだな」

「ふふっ」

奴隷と王太子という身分の差をほんの少しと言い切ってしまうところ、彼らしい。くすくす笑っていると、彼がいたずらそうな目をして、一気に己のモノを突きたてる。

「っ、ぁぁぁん！」

油断している暇もない。突然与えられた快楽に、私の身体は大きくしなった。

「っ、ヴィンス、いきなりすぎるわよ……っ」

「君によくなってもらうのが俺の勤めだからな」

「ひゃ、あ、あ……っ」

「今夜はたっぷり君を愛していいのだろう？」

「ん、んんっ」

いきなりの激しい抽送に、一気に私の余裕がなくなっていく。強い快楽を休みなく与えられ、何度も何度も達しそうになった。でもヴィンスはいじわるで、私の様子を見ながら緩急をつけてくる。あと少しでイけそうなのに、簡単にイかせてくれない。

「ヴィンスって、案外いじわるよね……っ」

「今さら気がついたのか？」

私の片脚を持ち上げるようにして、体位を変える。今まで当たらなかった部分を責めたてられ、私はますます嬌声《きょうせい》をあげた。

「ひゃっ、ぁん！　あ、そこ……だめっ」

「だめ、じゃないだろう？」

「あ、あぁ！　いい、いいからあ！」

ぐずぐずによがらされ、私はシーツを掴んだ。浅い部分を執拗《しつよう》に突かれ、そのたびに私の身体は跳ねる。

気持ちいいけれども、欲はどんどん溢れ出てくる。

もっと彼と繋がっていたい。奥の奥まで深く愛してほしい。切なさと物足りなさに翻弄され、火照った身体をどうしたらいいのかわからなくなる。

片脚は持ち上げられたまま。ガッチリと固定されて快楽を処理しきれない。ただ、ヴィンスは私の身体を知りすぎているのだ。一番いいところだけに刺激をくれない。

はやくイかせてほしくて、恨みがましい目を向ける。するとヴィンスはますます楽しそうに、激しい抽送を続けた。

「ヴィンス、おねがい……っ」

いよいよ我慢できなくなって、私は彼に手を伸ばす。

もうだめだ。はやくイかせてほしい。彼の手首を掴まえ、ぎゅっと力を入れる。眉根を寄せ、唇を噛みしめて彼を見つめるも、彼はいたずらな目を向けてくるだけ。

「上手におねだりできたらな？」

「っ、ヴィンスのいじわる」

「そうだ。先ほど自覚したばかりだろう？」

夜は長い。焦る必要もない。

でも、どうしてかな。はやく、もっと深いところまで行きたかった。

彼と繋がって、ぐちゃぐちゃにひとつになって溶け合ってしまいたい。

こんな感情、今まで全然知らなかった。怖いくらい幸福で、泣いてしまいそうなくらい胸がいっぱいになるこんな感情。

「……あいしてるよ、ヴィンス」

おねだりなんかじゃない。でも、自然とこぼれ落ちたその言葉に、ヴィンスが目を見開く。

「っ、しあわせ。うれしい。あいしてる」

「………それは反則だ」

「え？」

彼は持ち上げていた脚を下ろし、再び私の上から覆いかぶさってくる。ぎゅうぎゅうに強く抱きしめられ、激しく突きたてられた。

「っ、ひぁ!? ヴィンス!?」

「ナタリー……！」

激しい抽送に、私の感情がついていかない。愛液をかき混ぜられ、ぐちゃぐちゃと音を立てる。肌が何度もぶつかり合い、そのたびに私の身体はゾクゾクと震えた。

強すぎる快楽で何度も飛びそうになっていると、彼の呻《うめ》くような声が耳元に届く。

「愛してる。俺も。君を。君だけを」

甘い囁きには、先ほどのような余裕はない。

「愛してる。愛しているよ、ナタリー」

「ひゃ、あ、ん……っ！」

「く……っ！」

彼自身も限界のようで、殊更強く腰が押しつけられる。

バチバチバチ、と意識が弾け、頭の中が真っ白になる。彼は私のナカで精を吐き出し、そのまま強く――いつまでも強く抱きしめ続けた。

私はぐったりとしたまま、心地よい感覚に身を委ねる。

（これで……）

ようやく、と思った。本当の意味で、私はヴィンスのものになれたのだ。

それが嬉しくて、幸せで、胸がいっぱいになって、私はそっと自分自身のお腹を撫でる。

（ここに、ヴィンスの精が……）

彼とはもう何度も身体を重ねたはずだ。でも、この「はじめて」が、私はとびっきり嬉しい。

奴隷紋に縛られていない彼とのはじめて。もしかしたらいつか――ずっと先に、これが実を結ぶ日が来るのかもしれない。

「そっか。家族に、なったんだ」

結婚とは、つまりそういうことだ。すとんと、その事実が私の中に落ちてくる。

幼い頃。一番古い記憶を探っても、すでに私に家族はいなかった。

あの貧民街の片隅で、毎日毎日、生きることだけを考えていた孤独な子供。

私を拾ったロジエ家とは便宜上家族ではあったけれど、その繋がりなどないも等しい。

幼いあの日。自分と同じくらいの年齢の子供たちが親に手を引かれ、甘えているのを見るたびに、眩しいような羨ましいような気持ちを覚えたものだ。

「ああ、今なら答えてくれるか？」

「何を？」

「君は、家族がほしいと望んでくれるか？」

「あ――」

――もう随分前のことのように思える。かつてヴィンスが私に訊ねてくれた。そのときは家族というものがよくわからなくて、曖昧な返事しかできなかったと思う。

（でも、今は違う）

胸がいっぱいになって、私はぎゅっとヴィンスにしがみつく。その腕の中があまりに心地よくて、離れられる気がしない。

「うん。うん――当たり前だよ、ヴィンス」

「当たり前、か」

目頭が熱くなる。

本当に、ヴィンスにはいつも泣かされてばかりだ。ちゃんと責任をとってもらわないと困る。

だから私は、ぎゅっと彼を抱きしめる腕に力を込める。彼の胸に顔を埋め、掠れた声で呟いた。

「――これからずっと、そばにいてね」

全部語らずとも、彼は察してくれたのか、何度も何度も頭を撫でてくれる。

「もちろんだ」

私は、私の居場所をようやく見つけられたのだ。

# エピローグ

「んー……だいぶ戻ってきたかなあ」

私は自室の大鏡を前にして、栗色《くりいろ》の髪を手櫛《てぐし》で梳《と》かした。

以前は肩より少し長いくらいだった髪。でも今は、背中の真ん中近くまで伸びてきている。

元の長さに戻すにはまだまだかかりそうだけれど、少しは雰囲気も変わったはず。

（別に、深い意味はないんだけど）

一応、身分は王太子妃になったわけだ。貴族女性として、美しく長い髪というのはステータスだから、早く伸びるにこしたことはない。

（――ま、私自身はそこまで気にしないけど）

それよりも、だ。

（ヴィンスがいつも、じーっと見てくるんだよね。髪の毛、くるくる指先に絡めながら）

どうもそれが、すっかり癖になってしまっているらしい。

長い髪の姿を見たいと、出会って間もない頃に言っていたことは覚えている。だから、彼の言葉を意識していないかと言われると、多分、意識している。

（……はやく伸びればいいな）

そうしたらきっと、ヴィンスも喜んでくれる。彼が満足げに笑う顔を見るのは、けっこう好きだ。

――あれから。

ヴィンスと結婚してから二ヶ月、私は目まぐるしい日々を送っていた。

イライアスは禁術の研究、フロランシアの協力によりヴィンスに成り代わったこと、さらには国王夫妻暗殺未遂容疑で極刑となった。

　フロランシアはその後ウィンディアリ王国側で捕らえられたものの、シエルフィ聖教国に引き渡されることになりそうだ。フロランシアの罪はここウィンディアリ王国で裁くと、シエルフィ聖教国からの要求を突っぱねていたけれど、事情が変わったのだ。

　どうも彼女には、前任の大聖女暗殺の疑惑があるらしい。シエルフィ聖教国側も彼女を罪人として扱うのならと、今協議中らしい。

　とはいえ、フロランシアはもう、生きているのか死んでいるのかもわからないような状態だ。

　一応、私には大聖女としての力がある。だから、改めて彼女の様子を見せてもらったけれど、大きな呪術を何度も行使していたせいか、彼女の身体はボロボロだった。それをきっと、姿を変える呪術で隠していたのだろう。

　今の彼女は、まるで枯れた木のように、肌はかさかさの皺《しわ》だらけ。まるで彼女自身が何かの呪いにかけられたかのように生気を使い果たしていた。

（元々、私への強い憎しみを持った彼女に、よくないものが取り憑《つ》いたのね）

　もしかしたら前任の大聖女様が身罷《みまか》る前からなのだろうか。——いや、正確なことは何もわからない。もう、全て終わったのだ。

　今、私が見つめるべきはこの国。そして、ヴィンスだ。

　今の私はこの国の王太子ヴィンセント・レナード・ウィンディアリの妃であり、ウィンディアリ王国の大聖女。

　元々この国には大聖女制度なんてなかった。でも、国王陛下やヴィンスを助けたことや、フロランシアやイライアスの正体を暴いたことの功績を認められた。

　あの結婚式の日、国民皆へ向けた祝福が盛大な効果を発揮したことも大きい。軽微な怪我《けが》や病気が治ったり、不思議な幸福感に満たされていたりと、思った以上の反響があった。そういったことを全部ひっくるめて、改めてこの国で大聖女を名乗らせてもらう権利を得た。

（まあ、大聖女の肩書きくらいないと、王太子妃っていっても納得してもらえないものね）

　ロジエ子爵家との関係は完全に切れた。だから貴族とも名乗れない。

　ちなみにレインの調べによると、シエルフィ聖教国では、私が真の大聖女だったってことで、私を国外逃亡させる要因となった者たちを処罰したのだとか。だからロジエ子爵だけでなく、私を虐げていた聖女たちにも何らかの罰があったようだ。

（でも、今の聖教国じゃ、聖女たちの断罪は慎重になりそうだけど）

　大聖女が不在になったのだ。次の大聖女を選ぶための儀式はすぐに行えるのか、そうでないのかはわからない。そもそも儀式を行ったところで、神様が簡単に新しい大聖女を選ぶのかすら疑問だ。

　これから先、私以外の大聖女が現れるまで、あの国は聖なる結界なしで運営していくことになる。

　魔物の活動は活発になり、聖女たちはその対応に走り回らなければならないはずだ。

（私、いなくなったけど、大丈夫かな？）

　……あまり大丈夫ではないような気がする。

　そもそも私が、他の聖女たちの仕事をかなり肩代わりしていたのだ。私がいなくなった負担だけでも相当重い。それをこの先数ヶ月、数年、もしかしたら私が命を落とすまでずっと続けなければいけない。

　ヴィンスはそれを「当然の罰だ」と言っているけれど。

（でも、皆がちゃんと協力すれば、なんとかできることではあるわよね）

あの国の人たちには、せいぜい頑張ってもらおうと思う。

(私は私で、こっちの国のことで精一杯だもの)

私はここ二ヶ月、イライアスが一度ぐちゃぐちゃにしてしまったこの国の政治を、国王陛下やヴィンスたちと一緒に立て直すための手伝いをしてきた。

シエルフィ聖教国から追われる身になったときは、もっとのんびり生きるはずだったのに、おかしい。のんびりどころか、目まぐるしい忙しさだ。

お仕事もそうなんだけど、王太子妃としての教育なんて受けているはずのない私は、不足している知識やマナーについてもみっちり学ばないといけない。

長く聖女をやってきたおかげで、ある程度の知識は持っているけど、私にとっての常識がこちらでは通じないことがある。そういう文化の違いをすり合わせながら、ひとつひとつ身に付けていく。

シエルフィ聖教国にいたときほどではないけれども、かなり忙しいんじゃないかなって思う。

でも、ヴィンスがすぐ近くで見守ってくれているし、この国の人はみんな私に親切にしてくれている。だから、今は毎日がとても楽しくて、充実していた。

そして今日は、久しぶりのお休みだ。

私のリクエストにより、ヴィンスと一日デートを楽しむ約束をしているのである！

正直言って、かなり浮かれている。だかららしくもなく、何度も鏡を見て自分の姿を確認しているのだ。

「なんだか久しぶりにこういう格好をすると、逆に変な感じね」

「ふふ、お可愛らしいですよ、ナタリー様」

「そ、そう……？」

すっかり懇意になった私付きの侍女たちに褒められて、私は頬を染める。

「でも、あなたたちにとって、この服はちょっと素朴すぎじゃない……？」

「あら。でも、お可愛らしいことに違いはありませんわ」

彼女たちの審美眼は確かだから、そう言ってもらえると少しほっとする。

というのも、今日はデートはデートでも、ヴィンスと一緒にお忍びデートをするのだ。ふたりで一緒に街に出て、庶民らしくあちこちを見てまわる。

ヴィンスと出会った頃に私がやりたかったこと、それを彼が実現してくれようとしているわけだ。

というわけで、今日の私は庶民の女の子が着るようなパステルグリーンのワンピースだ。白い襟がスッキリ見えて、上品な印象になっている。シンプルな形でありながら、仕立てがよく、着心地がとてもいい。

やや綺麗《きれい》めな印象だけれど、私は顔の作りが地味だから、これで十分街に溶け込めそうだ。

——と、そわそわしていると、部屋の外からノックの音が聞こえた。

侍女が私の代わりに様子を見に行き、にこにこしながら戻ってくる。

「ナタリー様。殿下がお迎えにいらっしゃいましたよ」

そう聞くなり、私の背筋はピンと伸びた。すっかり夫婦として馴染《なじ》んできているけど、こうして改まるとやっぱり緊張する。

けれど、その後現れたヴィンスの姿を見て、緊張など一瞬にしてどこかへ行ってしまった。

「……ねえ、ヴィンス」

「ああ、どうしたナタリー？」

「…………忍べてない。ぜんっぜん！　忍べてない!!」

なんということだろう！

格好はちゃんと、庶民の男性風なのだ。白いシャツに焦げ茶のベスト。ベストには細かな千鳥柄が入っていて、小洒落《こじゃれ》ている。が、ヴィンスが羽織ると小洒落ているどころではすまない。立ち居振る舞いの美しさはもちろん、その顔。だてメガネに加えてハンチングを被《かぶ》っているものの、お顔の整いっぷりは一切紛れていない。

むしろ、少しレトロな装いが逆に雰囲気がある。こんな彼が街を歩いた日には、通りかかる人みなが振り向きそうだ。

「当然だな。格好ひとつで、俺の存在感を消せるはずもなし」

「そこ自信満々に言うところかしら!?」

「仕方がないだろう。堂々と忍べばいい」

「お忍びの気があるのかないのか、どっちなのよ……」

街に出るなり、彼の身分がバレて大騒ぎになる予感しかしない。でも――。

「ほら、ナタリー」

彼は本当に堂々としたものだった。朗々と笑いながら、差し伸べてくれる手には逆らえない。気がついたときにはもう、その手を握り返していて、ぐいっと抱き込まれている。

「っ!? ちょ、ヴィンス！」

「こういう格好をした君も、やはり可愛いな」

「！」

顔を寄せられ、頬にキスをされる。それだけじゃ足りなくて、額にも。それから唇にも。

「……せっかくお化粧してもらったのに」

「諦めろ。君へのキスは我慢しないようにしている」

「ヴィンスってば！」

悪びれもせず言い切るのだから、本当に困る。そんな彼に、ドキドキさせられてばかりだから。

一度キスをはじめると、ずーっとちゅっちゅ止まらなくなってしまうことくらい、よく知っている。

だから私はぐいっと彼の胸を押して、少しだけ彼と距離をとった。

「このまま部屋に引き籠もるの、ナシだからね。――行こ、ヴィンス」

目を吊《つ》り上げて主張すると、彼はからからと笑いながら肩をすくめた。

「そうだったな。今日は愛《いと》しい妻との貴重なデートだから」

「そうよ。楽しみにしてたんだから」

口を尖《とが》らせて主張すると、ヴィンスはますます笑みを濃くする。

「ああもちろん。では、堂々とお忍びデートとしゃれ込もうか」

「だから、堂々と行くのかお忍びにするのか、片方にしよ？」

「ははは」

なんて。彼がとっても上機嫌で楽しそうだから、もうなんでもいい。

きっと彼の正体がバレたところで、彼は堂々と「お忍びだ」と言い切るのだろう。私はその様子を、隣で笑って見ていればいい。

改めて彼が手を差し出してくれたから、握り直す。

一緒に部屋を出て、隣に並んで歩いていく。

「――で、まずはどこから回る？」

「うーんと、服。ヴィンスの服から見ようよ」

「俺の？　いや、それを言うならまずは君のものから――」

「やっぱり悔しいから、ヴィンスのそのオーラを消せる服がないか探すの！」

「なんだそれは」

「それから、私のお忍び用の服も見てー……」

「ああ」

「あとは、市場の方行ってみたいな。また、一緒に買い食いしたい」

「――ふ。了解。じゃあ順番にな」

「うん」

なんて。あれをしたい、これをしたいって言っているけれど、本当はなんでもいい。

彼と一緒なら、どんなことでもとびっきり楽しい。

これから先も、ずっと彼の隣を歩いていきたい。

それが私が生きる上で、一番の望みだから。

（……来ない）

俺は主寝室にひとり、ぽつんと佇《たたず》みながら息をつく。

結婚して一ヶ月、まさか俺の方が妃にやきもきさせられる日が来るとは思わなかった。

妃――つまりナタリーとともに夜を過ごすために、それなりに多忙な中、強引に仕事を切り上げてきた。なのに、肝心の妃が寝室に来ないとはこれいかに。

「はぁー……」

盛大なため息が出てしまった。

いや、わかっている。別に俺が飽きられたとか愛されていないとか、そういうわけではない。今の彼女は別のことで頭がいっぱいいっぱいなのだろう。

一ヶ月前の大騒動。俺に成りすましていたイライアスの正体を暴いてからというもの、本当に目まぐるしい日々が続いている。

どさくさに紛れてナタリーと結婚できたのは僥倖《ぎょうこう》だったがな。俺の振りをして、イライアスが好き放題していたせいで、それを元の形に戻すだけでもひと苦労だ。

事件は俺ひとりが奴隷堕《お》ちしただけでは済まなかった。俺が追いやられていた間に、俺が懇意にしていた貴族たちにも憂き目を見させていたというわけだ。

投獄された者や左遷された者も少なからずいて、甚大な影響を与えていた。

だからこそ、王家はこれからそれらの補償をしなければいけない。大切な臣下たちに、誠意を見せようと奮闘する日々だ。

元はと言えば、俺の失態だからな。王族ゆえ安易に頭を下げることは難しいが、せめて皆を労《ねぎら》わなければいけない。

俺からの誠意をはっきりと示すためにも、特に明日は重要な日だった。つまり、王太子である俺、ヴィンセント・レナード・ヴィンディアリ主催の夜会が開催される。そのために、この一ヶ月準備をしてきたのだ。

（まあ、俺が主催と言っても、実際は――）

ナタリーにとっての初の大仕事となってしまった。

ちら、と、俺は寝室の奥にあるドアに目を向けた。あのドアの向こうは王太子妃、つまりナタリーの私室へと繋《つな》がっている。

俺主催の夜会となると、必然的に王太子妃の負担が増える。夜会の準備は主に妃の仕事となるからだ。王家に入って早々に、ナタリーには大変な仕事を任せることになってしまった。

もちろん俺自身も、彼女につけた侍女や教師たちも皆が一丸となって準備しているが、責任感の強い彼女のことだ。明日の夜のことで今も頭がいっぱいなのだろう。

（……結果的に、ずっとお預けになっているわけだが）

むくりと欲が湧き出てくる。

正直、一ヶ月程度ではまだまだナタリーを抱き足りない。彼女と離れていた三ヶ月を取り戻したいし、新婚らしい生活を送りたい。そんな欲が俺の胸の奥で燻《くす》ぶっている。

だが、ほとんど俺の一存で、彼女を俺の人生に引っ張りこんだ。――いや、もちろんナタリーが俺を好いてくれていることもわかっているし、彼女も俺の妃になることを了承してくれた。勢いで式を挙げたが、互いに納得しての結婚であると思っている。それでも、俺は彼女に王太子妃という責任を押しつけた自覚はある。

　彼女がその責任を果たすために頑張ってくれているのはありがたいし、応援したい。一方で、もう少し俺を構ってくれないかというわがままな気持ちも出てきてしまうわけだ。

（昔の俺が知ったら、驚くだろうな）

　妃につれなくされて、夜ごとやきもきしているだなんて。

（だが、まあ、ナタリーはよくやっている）

　むしろ頑張りすぎなきらいがある。

　おそらく、シエルフィ聖教国にいたときも、毎日このような感じだったのだろう。寝る間も惜しんで勉強するか、任務に走り回っているか。そうしなければ落ち着かなかったのかもしれない。

（が、今は俺が止めてやらねばな）

　十二分に頑張りすぎている彼女に、休むことを教えてやるのも夫の役目だ。

　けっして俺が、早く彼女と一緒に休みたいからではない。――いや、もちろんその気持ちもなきにしもあらずだが、俺は純粋に彼女を心配しているのだ。そういうことにしよう。

「さて――」

　そうと決めたら即行動だ。俺は彼女の私室へと続くドアの前まで歩いていった。コンコンコンとノックをし、彼女に呼びかける。

「ナタリー。おい、ナタリー」

　返事がないのもいつものことだ。

（なんて集中力だ、全く）

　俺は再度ため息をつき、ドアノブへ手をかける。

本来ならば了承もなしに相手の私室に入るのは憚《はばか》られるが、それを待っていると夜が明ける。問答無用でナタリーの部屋に入ると、案の定、ランプを灯《とも》して机に齧《かじ》りつく彼女の姿があった。

艶やかな栗色《くりいろ》の髪を後ろに流し、真剣な表情の彼女の横顔に、つい目が奪われる。

ただ、夏の盛りではあっても夜はそれなりに冷える。薄いネグリジェ一枚で、目の前の資料に夢中になっている様子に、胸が痛んだ。

(だから、もう少し自分を大切にしろといつも——いや、俺が気にかけてやればいい話か)

出会ったときからそうだ。

どうにか彼女自身に自覚させてやろうと、いつも言い聞かせているが、それでも彼女は自分のことを後回しにしてしまう。これはもう、持って生まれた性分でもあるのだろう。正そうとしたところで、なかなかに難しい。

今も集中しすぎて、真後ろまで歩いてきたというのに、彼女は俺に気付きもしないのだ。

(こういうところだぞ、隙だらけだ)

色々と心配になりながらも、俺は彼女が目を通している資料を覗《のぞ》き見る。

どうやら明日の夜会に出席する貴族の一覧のようだ。もう顔と名前は覚えたとは言っていたが、最後のおさらいのようなものだろう。

名前と地位、派閥、領地だけでなく、領地持ちの貴族に関してはその地の特産品まで調べているようだ。いくつもの資料と照らしあわせながら、特産品の詳細まで頭に叩《たた》き込んでいる。

(頼もしいな)

自ら考えて、ここまでやりこむのが当然と言わんばかりの様子だ。これらの資料も、きっとナタリー本人が侍女たちに指示して取り揃《そろ》えさせたのだろう。

ナタリーと同じ状況に置かれたら、俺だってそうする。しかし、ここまでできる人間が一体何人いることやら。

（君と出会えたことは、俺の人生で最大の幸運だったな）

俺の隣に立って、俺と同じものを見つめることができる女性。そういう意味でも、王太子妃としての資質をしっかりと備えている。これ以上ないほどに頼もしいが、正直やりすぎだ。彼女の場合は意識して肩の力を抜くべきだろう。

「――それで？　君は今夜も、俺に寂しくひとり寝をさせるつもりか？」

「ひゃあああっ⁉」

突然後ろから声をかけ、彼女の手元の資料を奪い取る。俺の存在に全く気がついていなかったナタリーは、それはもう盛大な叫び声を披露してくれた。

「ヴィンス⁉　えっ⁉　どうして⁉　いつからそこに⁉」

「いつから？　ああ、先ほどからずっとだ。君がいつまで経っても来ないから、わざわざ迎えに来てやったのだが？」

いたずらが成功したような気持ちになって、多少溜飲が下がる。くっくと笑いながら資料を横に置き、後ろから彼女を抱きしめた。すると、彼女の頬がさっと染まる。

（――肩が冷えているな）

細い身体だ。彼女は自分のことを丈夫だと主張するが、どう見てもそうは思えない。頑張ってくれているのは嬉《うれ》しいが、この身体で無理はさせたくない。

だから俺は、彼女を温めるように抱きついたまま語りかける。

「熱心なのは感心だが、明日は俺も隣にいる。君ひとりで背負い込まなくていい。それはわかるな？」

「あ、う、でも……あと、一日だし」

　もうちょっとだけ頑張らせてくれと、ナタリーが口を尖《とが》らせる。彼女の気持ちは痛いほどわかるが、俺も折れる気はさらさらない。

「明日の夜会をそう重いものだと捉えなくていい。これくらいの行事が、これから先に何度もあるのだぞ？　そのたびにこの調子では、いつか君が身体を壊す」

「そんなことないわよ。私、これでも丈夫で――」

「ナタリー」

　あえて耳元で囁《ささや》きかけてみた。彼女がビクンッと大きく震え、みるみるうちに耳まで真っ赤に染まっていく。

（――ああ、可愛いな）

　俺をこうも意識してくれていることが、たまらなく嬉しい。

「正直に言ってほしいか？　行事のたびにこれでは、俺が寂しくてかなわん」

「っ……！」

　ナタリーの目が大きく見開かれた。琥珀色《こはくいろ》の瞳が揺れ、キュッと唇を噛《か》みしめている。

「今日も、明日も、そのあともずっと――これから続く俺たちの人生のほんの日常だ。その当たり前の日常で、俺は君との時間を大切にしたい。君にもそう思ってもらえたら嬉しいのだがな？」

　こう言えば、ナタリーはきっと流されてくれる。そんなずるい打算もあるが、本心でもある。

（いちいち気負わなくてもいい。君は、もっと肩の力を抜いていいんだ）

　そう心の奥で囁きかけながら、彼女の返事を待った。

「――わかった」

待ち望んでいた反応に、よし、と心の中で頷《うなず》く。俺は意識して余裕の笑みを浮かべたまま、彼女を横抱きにした。

「そうと決まれば、明日に備えるか」

「ひゃあ!? ヴィンス！　私、ひとりで歩けるからっ」

「俺がこうしたいんだ。甘んじて受け入れてくれ」

鼻歌を歌いたい気分になりながら、彼女を寝室へと連行する。そのままベッドの上にそっと寝かせ、俺も彼女の隣に滑り込んだ。

ほぼ毎日、こうして彼女を連行しているのに、彼女はいつも新鮮な反応をくれる。今も緊張しているのか、どうにも落ち着かない様子で身じろぎをした。琥珀色の瞳が羞恥で潤む様子が愛《いと》しくて、俺は彼女を抱き寄せる。

冷えた肩を温めるように、包み込む。さらに肩から背中にかけてゆっくりと撫《な》でると、彼女の睫毛《まつげ》がふるると震えた。何かを訴えたいのか、もごもごと言い澱《よど》んでいる。

「あ、あの、ね……ヴィンス、今日は」

彼女の反応に、俺は胸の奥から湧き出る喜びを噛みしめたくなった。

これは、少しはこの後の展開を想像してくれたと捉えていいはずだ。彼女は、俺に抱かれる予想を立てて戸惑っているわけだ。

ナタリーの情緒はしっかり育っている。それが嬉しくて、俺もつい彼女の想像に乗っかりたくなったが、ここは我慢だ。

「わかっている」

俺は彼女の額にキスをして、ゆっくりと頭を撫でた。

「大人しく床についてくれたんだ。これでよしとする。今日はそのまま、ゆっくり休むといい」

「…………いいの？」

「もちろん。だが――」

今日までナタリーがあまりに一生懸命で、俺もずっとお預けを食らっていたのだ。

これくらいは許されるだろう。そう思って囁きかけると、ナタリーが目に見えてビクッと震えた。

「明日の夜は、覚悟をしておいてくれ」

ごくりと唾を飲み込み――でも、何かを決意したのかぎゅっと俺にしがみつく。

「うん。私も明日は。明日の夜会が終わったらね？――――その、ヴィンスと」

よほど恥ずかしいのか、どんどん声が小さくなっていく。

「したい、と、思ってるよ？」

瞬間、ズキンと俺の心に響いた。

（全く、君は……！）

いつも余裕を持っているつもりだが、彼女はこうして、時に致命打を与えてくるから油断ならない。

（そういうことを言われると、今すぐ抱きたくなるだろうっ！）

しかし、悲しいかな。今宵は抱かないと宣言したばかりである。

俺は猛る想《おも》いをどうにかねじ伏せ、彼女を抱きしめたまま眠りにつくことにした。覚えてろよと、心の奥で投げかけながら。


そうして翌日、無事に夜会を迎えることになる。

会場の準備はおおよそ整っている。楽団や料理の手配も万全で、俺もナタリーも、あとは自分の支度を済ませるだけだ。俺は黒をベースに深紅の切り返しになっているコートを身に纏《まと》った。随所に金の装飾が入っており、それなりに華美な印象になっているはず。

俺は普段から、公式の場では、できるだけ黒と深紅と金色の色彩を組み合わせるように決めていた。そうすることで、俺の姿を色彩とともに印象づけることができるからだ。だから、俺に関するものはなんでも、その三色をベースにデザインされることが多い。

この日も当然、それらの色彩でまとめ上げた。コートと同じく黒のマントを羽織り、城の廊下を闊《かっ》歩《ぽ》する。向かっているのはナタリーの私室だ。彼女の身支度が整ったと報告を受けたせいか、どうも足早になってしまう。

わかっている。俺としたことが、どうしようもなく浮かれているらしい。

悔しいくらいに、ナタリーに心を支配されている自覚はある。彼女の着飾った姿を見るのが楽しみで、こうも浮き立っているだなんて。

（存外青臭い男になったな、俺も）

こみ上げる笑いを堪《こら》えながら、彼女の私室のドアを開いた。

「ヴィンス！」

振り返った彼女の姿を見て、俺は息を呑《の》む。

深紅のドレスだった。くるりと振り返る仕草に合わせて、裾のフリルが揺れる。その華やかさに俺は目を見開いた。

上半身は身体のラインにぴったりと沿い、その分スカート部分にたっぷりと布を重ねている。深紅の生地には宝石が散りばめられ、キラキラと煌《きら》めいていた。

深紅はまさに俺の色だ。俺の色彩を纏った彼女は、想像以上に大人びて見える。

さらに、普段は後ろに流している髪をアップに結い上げ、髪飾りが輝いている。聖紋と合わせた花の飾りが彼女を彩り、凛《りん》と立つ彼女の姿に釘付《くぎづ》けになる。

――いや、彼女にドレスを贈ったのは俺だから、どのような仕上がりになるのかはそれなりに考えてきた。しかし、生身の彼女の姿が、こうも破壊力があるものだとは予想できなかった。

「綺麗《きれい》だ」

「えっ」

口をついて出た言葉に、ナタリーが目を丸くしている。

俺も、半ば無意識に讃辞《さんじ》を垂れ流していたらしく、声に出してからハッとした。

栗色の髪に琥珀色の瞳という落ち着いた色彩を持つ彼女は、何色のドレスでも見事に着こなすとは思っていた。しかし、こうも美しくなるとは。

俺の見立てでは完璧だったわけだが、完璧すぎて逆に悩ましい。

彼女は王太子妃ではあるが、この国の大聖女としての印象も周囲に植え付けないといけない。だから今宵は、彼女の聖紋がはっきり見えるように、渋々ながらもオフショルダーのドレスを誂《あつら》えさせたのだ。きっと似合うだろうと思っていたが――。

「ナタリー、今からでも遅くない。変えるか、ドレス」

つい出てしまった本音に、ナタリーが目を白黒させている。

「そ、そんなに似合ってない……？」

挙動不審になる彼女に、俺はごく真剣に訴えかけた。

「逆だ。似合いすぎている」

「えっ⁉」

「こんな姿、他の男どもに見せてたまるか」

「いやいやいや、ちょっと待ってよ、ヴィンス！」

つい、彼女の肌を隠すようにぎゅっと抱き込むも、腕の中でナタリーが抗議をしはじめる。

「変じゃないならいいの！　せっかく素敵にしてもらったんだから、無茶なことを言わないでよっ」

「しかしだな」

彼女を抱き込むと、剥《む》き出しになった肩にダイレクトに目が行く。さらに、形のいい胸の谷間。こんなものを見せられたら、すぐに脱がせたくなって然《しか》るべきだろう。彼女の柔肌が他の男どもの目に晒《さら》されると思うと、モヤモヤとした感情が渦巻いてどうしようもない。

わかっている。つまり、面白くないのだ。

いや、オフショルダーを選ぶにあたって、俺だって覚悟していた。だが、想像以上の仕上がりに、正直俺の気持ちが追いつかない。

（俺のナタリーに手を出す男などいたら、そのときはわかっているよな……？）

などと、心の奥で他の男どもを牽制《けんせい》しつつ、仕方がなく会場に向かうことにした。


しかし、夜会ではその懸念が現実となる。

今日はいわば、俺を支えてくれる臣下をはじめとした貴族たちを労《ねぎら》う夜会だ。俺は今まで以上に、皆に労いの言葉をかけながら、穏やかな笑みを顔に貼り付ける。ナタリーもややぎこちなくはあるが、よく対応してくれていると思う。

「まあ、あなたがレインのお兄さまですのね。レインには本当に助けていただきましたの」

今、ナタリーはアッシャー子爵家の挨拶を受けていた。

ナタリーは今まさに、王太子妃としての言葉遣いを身に付けている最中だ。だから、普段とは立ち居振る舞いが全然違う。

かつて聖女として活動する中で、丁寧な言葉遣い自体には慣れているようだが、貴族女性となると、そこに余裕と優雅さが加わる。選ぶ言葉に遊びが入ってくるわけだが、そのあたりがナタリーはちっとも理解できないと言っていた。そのわりには、しっかりした受け答えをしているように思う。

さすがに困ったときには、俺に助けを求めて視線を寄越してくるが、上等だ。何よりも、堂々としようと心がけているところが実にいい。ナタリーのことは褒めて然るべきなのだが――。

(ノールズ侯爵のところの倅《せがれ》と――ダレル、お前もか。ブランソンまで揃いも揃って)

すっかりナタリーに鼻の下を伸ばしている。

胸元の聖紋が気になるのか――いや、それだけに留まるはずがないだろう。俺は腹の奥底がぐつぐつと煮えるような感情を抱えてしまった。

ナタリー本人は自分を地味だと思っているようだが、それは全く違う。確かに華がある顔だちとは異なるが、その造形は整っている。

結婚して食生活を整えるようになり、痩せすぎだった身体にも適度なまろみが出てとてもいい。ゆえに何を着せても、どんな髪型にしても、どのように化粧を乗せても全部が映えるのだ。

さらに、この城の侍女たちは、女性を着飾る腕も一流だ。そんな彼女たちが全身ピカピカに磨き上げ、腕によりをかけてナタリーを仕上げた。

頬はほんのりと色づき、くっきりとした目元が優しく細められる。元々姿勢がよく、所作が整っている彼女がふと微笑《ほほえ》みかけるだけで、極上の王太子妃の誕生というわけだ。

ああ、よくもここまで、見事に仕上がったものだ！

ナタリーは、本人が思っている以上に、中身だけでなく外見も目を惹《ひ》く王太子妃になり得る。

今は本人も、かなり気を張って貴族女性らしい所作を心がけているから余計にだ。俺が想定していた以上の魅力を放ち、周囲を魅了してやまない。

（っ、やりすぎだ！　あまりにやりすぎだぞ、ナタリー！）

だが、この心の声が届くはずがない。

彼女は目の前の貴族たちへの対応に一生懸命で、この日まで勉強してきた成果を存分に発揮している。そんな彼女に水を差すわけにもいかなくて、俺はもどかしい気持ちを抱えつつ、どうにか夜会をやり過ごした。


――あまりに長い時間だった。

ようやく私室に戻れて、ナタリーもほっとしているようだ。

だが、問題は俺だ。おそらく俺の方がナタリー以上に疲弊している。

（俺の覚悟が全然足りていなかった）

ナタリーに出会ってから本当に、新しい自分に気付かされてばかりだ。自分が執念深く、嫉妬深い人間であることは自覚していたが、まさかここまで拗《こじ》らせているとは思わなかった。彼女を貴族の男どもの中へ放り込んではじめて、ハラハラして目が離せなくなるという経験をした。

一方のナタリーは呑気《のんき》なもので、ドレスのままうーんと伸びをしている。

「はぁー、もう何喋《しゃべ》ったか全然覚えてない。でも、私、ちゃんと対応できてたわよね……？」

などと平和そうに訊《たず》ねてくる。

本人は無自覚なのだろうが、上目遣いで見てくるから困ったものだ。

（できていた。できすぎだ。――褒めるべきか。いや、わかっている。褒めるべきなのだろうが）

褒めたい気持ちにならないのはこれいかに。

（俺以外の男に笑いかけるな。随分楽しそうに談笑して。日ごろから社交は苦手などと言っていたが、どの口が言うんだ？　あんなににこやかに話をしていたら、勘違いする男が――）

「あの、ヴィンス？」

俺が無反応だったからだろう。ナタリーが不安そうに瞳を揺らしている。

いよいよ我慢できなくなって、俺は手を振り、俺たちの身支度を整えるために集まってきていた侍従たちを下がらせた。

「え？　あの――」

薄暗い部屋にふたりきり。困惑するナタリーを抱き上げ、寝室へと向かう。

「え⁉　ねえ⁉　あの⁉　ヴィンス⁉」

ナタリーの戸惑いの声が大きくなるが、返事する余裕などない。ドレスを身に付けたままの彼女をベッドの上に横たわらせ、俺はその上に覆いかぶさった。

「ちょ、まさかこのまま――ヴィン、んんっ」

そして齧りつくようなキスをする。

ああ、ようやくこの唇にありつけた。ほんのわずかだが、焦る気持ちが和らぐ。だが、俺の欲望はそれだけで収まるはずもなく、彼女の唇を貪った。

自然と手が温もりを求め、彼女の身体を撫でている。ドレスの裾を捲《まく》り上げ、白い脚をあらわにした。そうして腿を擦《こす》りあげると、彼女がくすぐったそうに身じろぎする。

「っ、ま、待ってよヴィンス！　ドレスが！」

「ああ、よく似合っている」

「そうじゃなくて！　せっかく綺麗なドレスなのに、くしゃくしゃになっちゃう！」

「くく、ナタリー、知っているか？」

　彼女のキャンキャン吠えるような訴えが愛らしくて、俺は口の端を上げた。

「男が女性にドレスを贈る意味を」

「え？」

　この様子では知らないのだろうな。ナタリーは色々知識があるようで、常識がすっぽりと抜けていたりする。

「このドレスを着た君を、脱がしたい」

「――――っ!?」

「脱がせるためのドレスだ。気にするな」

　あえてにっこりと微笑んでみせるも、ナタリーは表情を強張《こわば》らせたままだ。

「ヴィンスっ！　でも――」

「ああ、このドレスは今宵を堪能《たんのう》するために誂えさせた。だから十二分に役目を果たしてもらうつもりだ。心配するな」

「役目って……!?」

「ナタリー」

　あえて耳元で囁きかけると、ナタリーがぴたりと口を閉ざした。

　もうわかっているのだ。ナタリーはどうも、耳元に弱いらしい。その証拠に耳朶《みみたぶ》を喰《は》んでみせると、甘い息を吐いた。

「ん……っ」

彼女の悩ましげな表情に、ゾクゾクゾクと俺自身が昂《たか》ぶる。

ああ、早く脱がせたい。だがもう少しこの姿を堪能したい。

ただ彼女の姿を指をくわえて見ているにすぎなかった他の男たちとは違う。俺は、この美しい彼女を暴く権利を持つただひとりの男だ。

「君はよく頑張っていたぞ。俺の妃として、立派に対応していたさ」

「ちょ――それ、本当に思ってる!?」

「ああ、本心だ」

「嘘《うそ》!」

にっこりと微笑んだつもりだが、嘘つき呼ばわりは心外だ。

戸惑う彼女の唇をもう一度奪った。俺も自分の上着のボタンを外し、マントと一緒に適当に脱ぎ捨てる。ピンを外してアスコットタイを緩めながら、いよいよナタリーの攻略に挑んだ。

「――――皆、君に釘付けだった」

「え?」

「わかっている。素通りできるはずがないからな。――今日の君は、綺麗だった」

「そんな」

「だから、俺も嫉妬くらいする。もう知っているだろう? 俺が存外、心の狭い男だということは」

俺の気持ちが少しは伝わったのだろう。ナタリーはまだ困惑した様子だが、抵抗がなくなる。どうやら俺の愛撫《あいぶ》を受け入れてくれる気になったらしい。

「ちゃんとできたと、思っていていいのね？」

「ああ。俺は世辞は言わぬ男だろう？」

「ええ。だったら、よかったけど」

よくない。全然よくない。――そう言いたくなるのをぐっと堪え、俺は微笑んだ。

（しかし、これから先、これが日常になるのか……？）

すでに辟易《へきえき》しそうだ。彼女は大聖女であるため、その胸の聖紋を見せるデザインのドレスを着る機会も多い。となると、どうあっても胸元はある程度晒さなければいけない。

結婚するときから危惧していたが、今日という日を境に、俺ははっきりと理解した。どうしてもこの聖紋を晒したくないと。

（やはり、制度を変えるしかないのか？　あるいは――）

思考を巡らせながら、彼女の聖紋に目を向ける。そこには白く輝く花と、蔓《つる》を模した大きな聖紋が輝いていた。

一度目を奪われると、考える前に口づけを落としている。聖紋に直接唇を落としてから、彼女の胸元に幾度も。そのたびにちぅと強く吸いつくと、白い花の側に小さな赤い華が散った。

「あ！　ヴィンス!?」

ナタリーの咎《とが》めるような声が聞こえてきて、ほくそ笑む。

――ああそうだ、この方法があったのだった。

もう一度、彼女の胸元に強く吸いつき、赤く色づくのを確認する。調子づいてきて、さらにもうひとつ、ふたつと印を刻んでいった。

「また侍女のみんなに怒られるわよ!?」

「構うものか。こうしていれば、君は聖紋を見せなくてもよくなるだろう？」

「手段が強引すぎるわよっ」

「強引にする以外に方法がないからな」

この先、一生やきもきするくらいなら、当然対策をとる。そういう男だ、俺は。ナタリーの胸元に問答無用にキスの痕をつけ、隠さざるをえなくすればいいのだ。

印は一週間程度で消えるが問題ない。毎日新しいものをつければ済む話だ。

そう考えると、なんだか楽しくなってきた。

わざわざ聖紋など晒さずとも、彼女は正真正銘の大聖女だ。結婚式で見せたあの圧倒的な力。この先も、披露する機会はあるだろう。

（消えることのないキスマークを隠すため、胸元の隠れるドレスを着用している——と、噂《うわさ》でも流すか。ま、事実だしな。問題ないだろう）

俺がどれだけ彼女に溺れているか、全国民が知ればいいのだ。そうすれば、迂闊《うかつ》に彼女に近付こうとする男も現れないだろう。

明日にでも早速実行に移そうと心に決めつつ、俺は彼女の攻略をはじめた。

ドレスをずらし、彼女の胸元を晒す。まろびでた白い肌を見て、俺はさらに機嫌がよくなった。まだまだ印のつけがいがありそうだ。

「あ、ひゃぁん！」

胸を寄せたところに顔を埋め、その白い肌に吸いつく。そのたびに彼女が反応して、実にいい。

もっと声を聞きたくて乳首をかぷりと喰む。そのまま舌先で転がすように愛撫すると、彼女の身体がビクビクと跳ねた。

「ちょ、ヴィンス！　わかった！　わかったから！　もう十分でしょう⁉　つけすぎ、注意っ」

「なかなか印のつけがいのある胸だからな」

「ううっ……ヴィンスって、その」

ナタリーが頬を膨らませながら、こちらを睨《にら》みつけてくる。顔を真っ赤にしているあたり愛らしいしかないが、彼女なりに訴えたいことでもあるらしい。

「あ、案外、胸が好きよね」

主張するのも恥ずかしいのか、彼女は目を逸《そ》らしている。一方で、その意外すぎる言葉が俺に突き刺さった。俺は馬鹿みたいに口を開けたまま、顔を上げる。

正直、言われてはじめて気がついた。

「――俺は胸が好きだったのか」

「今さら⁉」

ナタリーが驚愕《きょうがく》しているものの――思い返せば確かにそうかもしれない。

（いや、彼女の聖紋があまりに美しいから、つい胸元に目が行ってしまうというのはある。彼女は痩せ型だが、それなりに胸は育っているし、形もいい。白い肌には印のつけがいもあって。あー……ああー…………）

上半身を起こして、パンッと両手で顔を押さえた。

（………なるほど？　俺は、胸が好きらしい）

理解した。ならば、もはや受け入れるしかない。

「………………ちょ、ヴィンス？　あの、顔が」

「どうした？」

何を不審がることがあるのだろう。笑顔だ。俺は今、最高の笑顔を見せている。

「いやその笑顔、怖い」

「これ以上にないほど美男だろう？　怖がる要素など皆無のはずだが」

「それ、自分で言っちゃう⁉」

大変気分がよくて、俺は笑みを深める。

「ナタリー、君のおかげだ。俺は、すっかり君にわからせられたようだ」

「な、何をかしら……っ⁉」

焦ってジリジリと逃げようとするナタリーをガッチリ拘束した。

「俺はどうも、君のここが好きらしい」

そう言いながら、再び彼女の胸に顔を埋める。

「——まあ、胸にかぎらず、君の身体ならばどこでも愛せる用意はあるがな」

「っ！　あ、あの！　手加減。手加減をですね、その、お願いしたく」

たらたらと、彼女が冷や汗を流しはじめる。及び腰になっているようだが、心配ない。全部どろどろに愛し尽くせば、アレコレ考える余裕もなくなるだろう。

「今日まで散々我慢してきたんだ。今夜は付き合ってくれる。そういう約束だったな？」

にっこりと微笑みながら、俺は身体をずらし、次なる標的とばかりに彼女の太腿を持ち上げた。

ドレスをたくし上げてあらわになった白い脚。柔らかそうな内腿に吸いつき、そこにも印を刻んでいく。ガーターリングをパチンと外し、ストッキングをずらしたところで、彼女はキュッと唇を噛みしめた。

「そ、そうだったけど——ううっ」

いよいよそのまま食われると思ったのか、ナタリーは俺の腕からすり抜けて、自身もがばりと上半身を起こした。そうして、じーっと俺の方を見返してくる。まるで何かを決意したような表情に、俺は片眉をあげた。

「ナタリー？　どうした？」

「わ、私だって、やられっぱなしじゃないんだからね」

予想外の宣言に、俺はほう、と息を呑む。そんなことを言われたら、つい期待が高まってしまうではないか。ニマリと微笑みながら両手を開き、彼女に訊ねてみせる。

「面白い。何をしてくれるんだ？」

どこからでもかかってくるがいいとばかりに訊ねてみると、彼女はうっとたじろいだ。

きっと今、自分に何ができるのか全力で考えているのだろう。こういうとき、考えなしで前のめりなところが実に彼女らしい。

「もうっ！　笑わないでよっ！　私だってねえ！」

ナタリーは手を伸ばした。緩めていた俺のアスコットタイを引っ張り抜き、シャツをはだけさせる。そうして琥珀色の瞳をきょろきょろと彷徨《さまよ》わせてから、ようやく狙いを定めたらしい。

「えいっ！」

ばっと飛び込むようにして俺の胸元に顔を埋めたと思うと、そこに唇を寄せてくる。そのまま、ちう、と吸いつくも、すぐに表情を曇らせた。

「…………痕、つかない」

「くっ」

「あっ、笑わないでよねっ。もう、見てなさいよ。今度こそ」

そう宣言するなり、もう一度ちうーっと吸いついた。その仕草がたまらなく可愛くて——でも、笑ったら止めてしまいそうで、邪魔をしないように俺は声を殺す。

彼女はようやくキスマークをつけることに成功したらしく、得意げに笑っていた。

「ふふっ、私だってできるんですもの」

実に楽しげな様子である。自分のつけたキスマークを撫でながら、すぐ近くにもちゅっちゅとキスを落としてくる。

（ああもう、どうしてくれようか！）

下半身が痛いくらいに硬くなってくるが、もう少しだけ我慢だ。

「そこだけでいいのか？」

「え？」

「仕返しのつもりなのだろう？　俺を困らせたいのなら、隠せぬ位置にもつけてみせろ」

「言ったわね……！」

すぐに勝負に乗ってくるのも実にいい。俺は己の首元の——襟でも隠れないような顔に近い位置をトントンと指し示してみる。挑戦的な目をしたナタリーがすぐさま顔を寄せ、強く吸いついた。

チクッとした痛みが走った。俺からは見えないが、きっと見事なキスマークをつけることに成功したのだろう。どうだと言わんばかりに、ナタリーは勝ち誇った笑みを浮かべている。

「ふむ、いい印をもらったな」

「え」

だから俺は、彼女に印をつけられたであろう場所をトントンと叩いてみせる。

「これで、君からの愛を皆に存分に見せびらかすことができる。礼を言うぞ、ナタリー」

「――っ、謀ったわね!?」

「はははは!」

こんなことに騙《だま》されるナタリーが悪いのだ。

「あなたが羞恥心ゼロなのを忘れてたわっ!」

「もう遅い」

そう言って、俺はトンッと彼女をベッドに押し倒す。

「――さ、互いに所有印もつけたことだし、続きを楽しむとするか、我が妃よ」

「ちょ、あ、ま――まっ!?」

待ってたまるか。これまで焦らされた分、せいぜい覚悟するといい。

俺は彼女のドレスを捲り上げ、ストッキングと一緒にショーツもずり下げた。それから彼女の内腿をさらに攻略する。白い柔肌にたっぷりと赤い印を落とすと、俺自身、いくぶんか満足できたらしい。自然と口の端が上がる。

しかし、まだまだ全然足りない。いつもより大人っぽい彼女をもっと暴きたい。そんな欲が溢《あふ》れて、いよいよ彼女の蜜口に唇を触れた。

瞬間、ビクンッ! と彼女の身体が跳ねた。

彼女は腰を引こうとするも、逃がしてなるものか。俺は彼女の腿をガッシリと掴《つか》み、強引に蜜口を嬲《なぶ》っていく。ひくひくと彼女の蜜口が震え、俺は喉の奥で笑った。

「ふふ、俺だって知っているぞ? 君はこれが好きなのだろう?」

「っ、ああ!」

じゅ、と強めに吸いつくと、さらに彼女がビクンと跳ねた。

彼女の嬌声《きょうせい》がもっと聞きたくて、休む間もなく刺激を与え続ける。さらに片手で彼女の花芽を弄《まさぐ》りはじめ、押しつぶしたり弾いたりを繰り返した。そのたびに彼女は小刻みに震え、甘い声を聞かせてくれる。

「ひぁ！　ヴィンスっ、それ、きちゃう……！」

「ああ、いいぞ。イけ」

彼女の膝ががくがく震えているのがわかる。

よほどいいのだろう。余裕がなくなり、呼吸が荒くなっていく。

「っ、ぁ！　ああ！」

やがて彼女の身体が弓なりにしなり、果てた。ビクビクと大きく跳ねたかと思えば、力を失いベッドに身を預けている。

俺は上半身を起こし、ぐったり寝そべるナタリーの姿を見下ろした。赤いドレスがぐしゃぐしゃに乱れ、白い肌がまろび出ている様が実に艶《なま》めかしい。とろりとした愛蜜が彼女の腿を伝ってこぼれ落ちていくのが見え、俺はごくりと唾を飲み込んだ。

身体中の血が下半身に集まるのがわかり、俺はギラギラとした欲望を抑えきれなくなる。

今すぐにでも彼女を貪り尽くしたい。だが、時間をかけてゆっくりと彼女を愛したい。相反する気持ちが心の中でせめぎ合い、笑いたくなる。

（ナタリーを前にすると、俺もただの男か）

それなりに理性的な人間であるという自負はあったはずだが、その理性がまともに働きそうにない。

俺はカチャカチャとベルトを外し、ズボンをくつろげる。下着をずらすと、収まりきらなかった俺の欲望が顔を出し、問答無用で彼女の蜜口に押しあてた。

服を脱ぐ余裕すらなかった。早く彼女と繋がりたくてたまらない。

「ん、ぁぁ！　ヴィンス……っ」

彼女に名を呼ばれると、ますます俺の欲は昂ぶった。一気に奥まで突きたてて、そのままガツガツと穿《うが》ちはじめる。

「っ、ぁ！　はげし、はげしいよ、ヴィンス……っ」

彼女の琥珀色の瞳がとろんと細められる。上気した頬、小さな唇から漏れ出る愛らしい声に、俺はすっかり虜《とりこ》になった。

彼女の膣《ちつ》はすっかり俺の形を覚え込んでいて、きゅうきゅうに締まる。それがあまりに気持ちよくて、油断をするとあっという間に果ててしまいそうだ。

しかし、それはもったいない。もっと彼女の声を聞きたい。彼女をよがらせたい。彼女を愛し尽くしたい。そんな気持ちが俺を突き動かし、抽送を繰り返す。

「ナタリー、愛している……！」

無意識にこぼれ落ちた愛の言葉。彼女への想いが不思議なくらい、俺の心の奥から溢れ出てくる。

「愛してる。愛しているんだ……！」

一度伝えただけでは足りない。もっと。もっとだ。

俺の心の中で暴れる感情を制御しきれずに、俺は何度も彼女への想いを繰り返す。

「ヴィンス……っ」

その言葉が届いたのか、ナタリーの表情がわずかに緩んだ。先ほどまで余裕のない様子だったけれど、一生懸命笑みを浮かべている。

彼女が両手を差し出してくる。俺はその手を掴み、強く引っ張った。彼女の上半身を起こし、細い身体を持ち上げる。

そうして俺がベッドに座り、その上に跨《また》がらせる形で彼女と向き合った。

とても近い場所に彼女の顔があり、我慢できずに唇を貪る。

すっかり彼女も俺とのキスに慣れてきたのか、触れ合うだけでそっと舌を差し出してくるようになった。それを絡め取りながら、たっぷりと互いの熱を感じ合う。

同時に、ゆさゆさと下から彼女を突き上げた。とろとろに解《ほぐ》れた彼女の膣は具合がよく、奥を擦るたびにキュッと締まる。俺のモノを離さないとばかりに求めてくれる彼女が愛しくて、俺はますます彼女のナカを堪能した。

「っ、はぁ。ヴィンスぅ……っ」

わずかに唇が離れるも、すっかり溺れきった彼女は俺を求めてしがみついてくる。甘えきったその仕草が可愛くて、俺も彼女の身体をぎゅうぎゅうに抱きしめた。

「すき、すき……っ」

彼女は覚えたての首元へのキスを繰り返す。最初は照れていたはずなのに、いくつもの印をそこに刻んでは、うっとりするように目を細める。

彼女からはっきりと好意を示してくれるのが嬉しくて、調子に乗って何度も激しく彼女を穿つ。そうするうちに、俺も限界に近付いたらしい。いよいよ、熱がせり上がってきた。

「くっ……！」

ぶる、と身体が震え、すっかり蕩《とろ》けきった彼女のナカに精を吐き出した。

「っ、っ、っ……！」

制御することなどできない。俺は溜め込んでいた最後の一滴までも彼女のナカに流しきる。

あまりの気持ちよさに、しばらく彼女を抱きしめたまま動けなくなってしまった。

「ヴィンス」

掠《かす》れた声で彼女が囁く。そのたったひと言。名前を呼ばれるだけで俺の心は簡単に動く。

ハッとして顔を上げると、彼女がずっと俺を見つめてくれていたことに気がつく。彼女の真っ直ぐな眼差しに心奪われ、何かを考える前に唇を重ねた。

すっかり崩れてしまった彼女の髪を梳《と》かしながら、彼女とのキスに溺れる。唇だけでは足りずに、頬に、額に。俺はいくつものキスを落とした。

（ナタリー、君は本当に可愛い）

簡単に流されてくれるかと思えば、張り合ってくるその様もいちいち可愛い。さらに、ときに大胆になって、俺の方が翻弄される始末だ。

「ふふっ、ちょっとくすぐったいよ、ヴィンス」

調子に乗ってキスをしすぎたか。彼女が目を細め、くすくすと笑っている。何気ないその仕草にすら、俺の心はぐらぐらと揺さぶられるから困ったものだ。

「って、あれ？　ヴィンス……？」

しかし次の瞬間、ナタリーがぱちりと瞬いた。

（おっと、気付いたか）

まあ、気付かれないはずもないか。彼女の反応が愛しくて、再び俺自身にも火が灯ってしまったらしい。

「――仕方がないだろう？　久しぶりに、君を堪能できるんだ。それも、こんなにも美しい格好をした君を」

頬に手を当て、小さな唇にキスを落とす。

「君を愛し尽くす用意はある。君だって、今日まで我慢した夫を労ってくれるだろう？」

「それは――」

ナタリーの琥珀色の瞳がふるりと揺れた。考え込むように、キュッと唇を噛みしめる。

でもすぐに答えは出たのか、頬を真っ赤に染めながら、彼女は小さく頷いた。

「うん。あの、ね？　その、明かりを消してくれる……？」

なんて、まるで期待しているかのような素振りを見せるのだから困ったものだ。

（全く。君はどこまで俺を夢中にさせるんだ）

いじらしい彼女が愛しくて、俺は彼女を押し倒す。

（だが――まあ、焦る必要はない。夜はまだ長いからな）

俺は俺自身にそう言い聞かせ、口の端を上げる。

今度はもっとゆっくりと堪能しようと心に決め、俺は彼女を抱きしめた。

# あとがき

皆さまこんにちは、作者の浅岸久です。

このたびは『隣国の王太子が奴隷として売られていたので買ってみました――ただし、性奴隷だった件――』をお手にとっていただき、ありがとうございます。

大好きなメリッサさまで新作をお届けでき、私も嬉しいです！

本作は、二〇二三年六月～七月頃にムーンライトノベルズさまにて連載しておりました物語を加筆修正し、書籍化したものとなります。

二〇二三年は私生活が非常にバタバタしていたのもあり「欲望のままにＷＥＢ連載したいけど、ちょっと難しいだろうなあ……」と覚悟していたのですが、半月ほど書く時間がとれそうで「今しかない!!」と前のめりで一気に執筆しました。本当に勢い任せだったのですが、結果として大勢の読者さまに恵まれ、こうして書籍にしていただけました。応援してくださった皆さま、本当にありがとうございました。

というわけで、今回の書籍化にあたって、本当は書きたかったけれど時間がとれなくて書けなかったあれやこれやを、これでもかというほど加筆させていただきました。おかげさまで、一冊に詰め込んだ文字数が過去最高値を叩き出しました。

実は、ＴＬ長編小説を書くにあたって、これまでほとんど王子ヒーロー（といいますか、貴族ヒーロー自体を）を書いてこなかった私なのですが、だからこそ本作では、いつか書くならこうしたい——という理想の王子さま願望を全部ヴィンスに盛り込んでおります。見目も頭もよくて、剣も魔法も得意なうえ、柔軟かつ先進的な考え方をし、人望も厚くカリスマ性に満ちあふれ、王族らしい誇りを持ちあわせながらちょっとワルいところやお茶目なところもあり、ノブレスオブリージュ、ウィットに富んだ会話も得意な完全無欠の王太子殿下——と、設定を盛れるだけ全部盛ったうえで「そんな男の心をべっきべきにへし折って泣かせたい！」という欲望を作品の中に詰め込みました。ええ、大変楽しかったです！

そんな作者の欲望まみれの本作ですが、なんと、うすくち先生がイラストをご担当くださいました。憧れのうすくち先生にご担当いただけて、作者はそれはもう大騒ぎしておりました。

特にヴィンスは「非の打ち所のない完璧王太子（概念）」「圧倒的ロイヤル」という抽象的なくせに圧のある（きっとやりにくいであろう）要望を出させていただいたのですが、それをこうも見事にビジュアル化してくださり、感無量です。

表紙も口絵も、そして挿絵も全てなのですが、キャラクターの美しさはもちろんのこと、構図がとても魅力的で、本当に夢のようでした。
うすくち先生、素晴らしいイラストの数々を本当にありがとうございました！
ヴィンスの睫毛はやっぱり国宝だと思います。

実は本作、ありがたいことにＳＨＵＲＯ（マガジンハウス）さまにて、コミカライズすることが決定しております。こちらも素晴らしい先生が手がけてくださる予定ですので、どうかお楽しみに！

小説だけでなく漫画という形でも、本作の世界をお届けできる機会に恵まれ、私も楽しみでなりません。是非続報をお待ちくださいませ。

最後になりましたが、素晴らしいイラストを描いてくださったうすくち先生、いつも私の好き勝手させてくださる心が広すぎる担当さま、制作に携わってくださった方々、そしてこの物語をお読みくださった読者の皆さま、本当にありがとうございました。

これからも楽しく、ガンガンお話作りをしていきますので、お付き合いいただけましたら幸いです。

では、またお会いできますよう！

# 隣国《りんごく》の王太子《おうたいし》が奴隷《どれい》として売《う》られていたので買《か》ってみました

## —ただし、性奴隷《せいどれい》だった件《けん》—

浅岸 久


2024年2月5日　初版発行

著者　浅岸 久

発行者　野内雅宏

発行所　株式会社一迅社
〒160-0022 東京都新宿区新宿3-1-13　京王新宿追分ビル5F
電話　03-5312-7432(編集)
電話　03-5312-6150(販売)
発売元：株式会社講談社(講談社・一迅社)

印刷・製本　大日本印刷株式会社

DTP　株式会社三協美術

装丁　AFTERGLOW





ISBN978-4-7580-9615-7





●本書は「ムーンライトノベルズ」(https://mnlt.syosetu.com/)に掲載されていたものを改稿の上書籍化したものです。




MELISSA